뮤지엄 건축 기행

뮤지엄 건축 기행

최우용

미메시스

바 람 소 리   내 딸 예 서

차 례

〈뮤즈〉는 아홉 자매 여신의 총칭이다. 이 아홉 자매의 부모에 대해서는 몇 가지 이설이 있는데, 어떤 이는 제우스가 무성 생식하듯 홀로 낳았다고 하고(호메로스), 또 다른 이는 제우스와 기억의 여신 므네모시네가 결합해서 낳았다고 하며(헤시오도스), 또 어떤 이는 대지의 여신 가이아와 그녀의 아들 우라노스가 근친 관계하여 낳았다고 한다(디오도로스). 어찌 되었든 이 아홉 자매는 이복이 아닌 동복임이 분명해 보이는데, 각기 희극(탈리아), 비극(멜포메네), 비가(에라토), 서정시(폴리힘니아), 서사시(칼리오페), 음악(에우테르페), 춤(테르프시코레), 역사(클리오), 천문학(우라니아)을 관장했다고 한다. 아홉 뮤즈가 인간 세상에 개입하는 영역들을 가만히 살펴보면 오늘날의 학문과 예술에 해당하는 분야에 널리 걸쳐 있음을 알 수 있다. 그런데 학문과 예술은 인간의 거의 모든 정신적 존재 형식 아니겠는가?

먼 옛날, 고대 그리스 세계 여러 곳에 뮤즈Muse에게 바친 공간um들이 있었다. 뮤지엄museum[1]은 여신들을 위한 제의의 공간이자 학문 연구와 문헌 수장의 중심이었다. 고대 헬레니즘 당시 뮤지엄은 전시 영역을 제외하고 오늘날의 뮤지엄과 거리가 그리 멀지 않았다. 그러나 당시 뮤지엄은 선택받은 극소수만 접근할 수 있었다. 애초에 학문과 예술은 소수에게만 허락된 독점

---

[1]　뮤즈는 그리스어로 무사이mousai라고 표기해, 뮤지엄은 무사이에게 바친 공간인 무세이온Mouseion이란 이름도 갖는다. 우리에게 가장 잘 알려진 무세이온은 기원전 3세기에 건립된 알렉산드리아의 무세이온이다.

적 대상이었다.

그리스 세계가 저물고 기독교 세계가 시작되면서 뮤지엄은 자취를 감췄다. 헬레니즘에서 헤브라이즘으로의 변화는 서구 정신문화사의 급격한 변곡점이었는데, 부분적으로나마 활발했던 학문과 예술의 지성적 교류가 대폭 쪼그라들었다. 학문과 예술은 수도원이나 권력자들 같은 선택된 소수만이 접근할 수 있는 희소한 대상이었다. 움베르토 에코가 『장미의 이름』에서 만들어 낸 철옹성 같던 미로의 장서관은 감금된 뮤지엄의 상징이라 할 만하다. 이후 중세 서구에서는 상류층의 수집품을 과시적으로 전시하기 위한 공간들이 만들어졌다. 캐비닛cabinet, 분더카머Wunderkammer, 쿤스트카머Kunstkammer 등은 오늘날의 뮤지엄과 거리가 먼 사사로운 과시의 공간이었다. 근대 이전까지 학문과 예술은 과점 상태에 머물러 있었다.

그러나 시간은 멈추지 않고 앞으로 나아갔다. 민(民)이 주인(主)이 되는 진정한 의미의 민주주의가 성립되고서야, 즉 무거운 역사의 철문을 통과하고 나서야 뮤지엄은 낮은 곳으로 내려와 만민의 품에 안길 수 있었다. 1789년 삶의 궁지에 몰린 프랑스 군중이 바스티유 감옥을 습격하고 루브르궁을 접수했다. 구중궁궐 깊숙한 곳에서 어마어마한 양의 예술품이 발견되었다. 더불어 혁명의 불길 아래 교회와 수도원, 그리고 귀족과 왕족 등 소수만이 소유했던 장서와 예술품들이 국유화되었고 곧 민중에게 공개되었다. 근대적 박물관은 혁명을 딛고 시작되었다. 이로써 뮤지엄은 독점의 시대를 지나고 과점을 통과해 지금 여기 우리 앞에 자리하게 되었다.

뮤지엄의 한자 번역어 〈박물관〉²은 박물이 놓인 장소 또는 공간이라 할 수 있는데, 박물(博物)은 만물(萬物)과 다름없기에 박물관은 사실 미술관, 문학

2   뮤지엄이란 용어는 19세기 후반 미국과 유럽을 방문하고 본국으로 귀국한 일본 사절단들에 의해 〈백물관(百物館)〉, 〈박물소(博物所)〉, 〈박물관(博物館)〉 등으로 번역되었으며, 이후 박물관으로 통일되었다. 우리나라에서는 유길준의 『서유견문록』(1885)을 통해 뮤지엄이 박물관으로 번역, 소개되었다.

관, 기념관, 자료관 등을 모두 포괄하는 용어라 하겠다. 구한말, 쏟아져 들어오는 문물과 더불어 이 땅에도 박물관이 들어왔다. 1909년 창경궁 한편에 들어선 우리 첫 박물관인 제실박물관은 곧 망국과 더불어 1910년 이왕가박물관으로 개칭되었다. 황제가 왕이 되는 수치와 모멸의 곡절이 우리 박물관의 첫 역사임이 서글프다. 그렇지만 이 나라의 학문과 예술을 위한 공간은 느리지만 꾸준히 증식했다. 아직 뮤지엄이 출현한 원조 뮤지엄의 나라들에 비하면 질적, 양적 비교가 어려워 보이지만, 대한민국 뮤지엄은 학문과 예술을 알고자 하는 우리의 욕구와 욕망만큼 꾸준히 많아졌고 지금도 늘어나고 있다.

최북단 고성에서부터 최남단 한끗 위 가파도에 이르기까지 뮤지엄은 우리나라 전국 팔도 곳곳에 세워졌는데, 이 땅 위 뮤지엄을 찾아다니는 일은 스스로 배워 알게 되는 자기 교육과도 같다. 제도화된 학교 교육은, 이반 일리치가 말하는 것처럼, 자율적이고 능동적인 그것이 되기 힘들다. 그럴 수밖에 없다. 내가 좋아하는 공부라기보다는 국가가 의무하는 교육이지 않던가? 그러나 뮤지엄은 내가 찾아가야만 내게 다가온다. 앎이란 지혜, 지식, 정보 등을 포함해 느끼고 생각하는 모든 지적 형태를 아우르는 우리말이다. 알고 싶어서 박물관에 간다. 그래서 뮤지엄은 앎의 잠재태(潛在態)인 것이다.

박물관은 학문과 예술의 보고이며 인류 정신문화의 큰 집이다. 세계가 서로 얽히고 지구 마을 한 가족이 되면서 국가별 박물관이 서로 연대하기 시작했다. 1946년 발족한 국제박물관협회International Council of Museums, ICOM는 뮤지엄에 대해 다음과 같이 정의 내리고 있다.

박물관은 교육과 연구와 즐거움을 위해 인류와 그 환경의 유형 및 무형유산을 수집, 보존, 연구하고 소통하여 전시하며 사회 및 사회의 발전에 공헌하는 공중에 개방된 비영리 영구 기관이다.

이 말은 현대 뮤지엄의 기능(수집, 보존, 연구, 전시)과 목적(그리하여 사회 발전에 공헌)을 짧고 간략하게 나타낸다. 이 간략한 정의는 1974년 이래 크게 바뀌지 않았는데, 몇 해 전 뮤지엄에 대한 정의를 대폭 변경하기 위한 시도가 있었다. ICOM은 2017년 〈뮤지엄의 정의, 전망과 가능성에 관한 위원회 Standing Committee for Museum Definition, Prospects and Potentials, MDPP〉를 설치하면서 뮤지엄의 정의 개정에 착수했다. 제시된 개정안은 다음과 같았다.

뮤지엄은 과거와 미래에 대한 비판적 대화를 위한 민주화되고 포괄적이며 다면적인 공간이다. 현재의 갈등과 도전을 인정하고 해결함으로써 사회에 대한 신뢰 속에서, 유물과 표본을 수장하고, 미래 세대를 위한 다양한 기억들을 보호하며, 모든 사람에게 평등한 권리와 공평한 유산 접근을 보장한다.

뮤지엄은 이익을 추구하지 않는다. 뮤지엄은 참여적이고 투명하며, 인간의 존엄성과 사회적 정의, 전 지구적 평등과 지구적 안녕에 기여하는 것을 목표로 세계에 대한 이해를 수집, 보존, 연구, 해석, 전시 및 향상하기 위해 다양한 공동체와 적극적으로 협력한다.

MDPP가 제시한 뮤지엄의 정의 개정안 채택에 관한 사항은 2019년 교토 세계박물관대회에서 서유럽 뮤지엄계의 반발로 무기한 연기되었다. 과거 제국주의 국가이자 오늘날 문화 선진국들에는 뮤지엄의 새로운 정의가 부담스러웠던 듯하다. 현재의 갈등과 도전을 인정하는 것 자체가 문화재 약탈 주체들로서는 받아들이기 부담스러웠으며, 더 나아가 그것을 논제 대상으로 삼는 것 역시 받아들이기 어려울 수밖에 없었으리라. 제국주의의 잔영은 아직도 여전하다.

비록 뮤지엄에 대한 새로운 정의 선택은 보류되었지만, 오늘날의 뮤지엄이 단순한 전시, 수집, 보전, 연구의 테두리를 넘어서고자 한다는 점은 분명하다. 계몽과 훈육이란 근대적 뮤지엄의 목표를 넘어 과거와 미래, 그리고 현재를 비판적 관점에서 조망할 수 있는 포괄적이고 다면적인 공간으로 나아가길 희망한다. 오늘날의 뮤지엄은 스스로 알고자 하는 자기 배움의 욕구를 통해, 단순한 지적 갈망의 해소를 넘어, 더불어 사는 공동체와 지속 가능한 미래를 다 같이 고민해 보기를 권유한다. 우리는 뮤지엄을 통해 과거와 미래의 비판적 대화에 동참하길 희망하고 있다.

　나는 건축 설계로 밥벌이하고 간간이 건축과 관련된 글을 쓴다. 이 글은 뮤즈와 공간 사이에 걸쳐 있는 두루뭉술한 글이다. 나는 뮤지엄 〈건축〉만을 콕 집어 〈건축적〉으로 해체하는 일이 크게 중요하지 않다고 여긴다. 그리고 결국 건축 또한 뮤즈에 귀속된다고 여기기에, 이 글은 뮤즈와 공간 사이를 무시로 오가며 썼다. 또한 맥락 없이 끊어지는 난장 같은 나열의 글이 되지 않기를 희망하며 썼음을 밝힌다.

　이 글은 돌도끼에서 파라메트릭 도구까지의 여정, 파피루스에서 종이로의 이행, 구한말에서 일제 강점을 지나 해방 공간 속에서 벌어진 우리 부침의 역사, 그리고 시와 소설이 피어나는 시공간과 민속, 그림, 사진 등 그야말로 박물, 거의 모든 것에 바친 공간들에 대한 이야기다. 이를 통해 이야기하고자 하는 바는 뮤지엄의 주제가 품고 있는 의미와 더불어 그것이 공간과 어떻게 어우러지고(혹은 그러지 못하고), 그것들이 우리에게 어떤 의미가 있는가 하는 것이다. 나는 뮤지엄이 단순한 지적 호기심을 해소하는 공간을 넘어, 자기 배움을 통해 우리가 있는 지금 이곳이 어디인지 자문하는 공간이 되기를 소망한다.

　앞서 언급했듯 뮤지엄이 우리에게 다가온 역사는 그리 길지 않다. 그러나 때마침 우리는, 모두에게 열린 뮤지엄의 시대를 살고 있지 않은가? 어느 성현께서는 배우고 익히면 기쁘지 않겠느냐고 말씀하셨는데, 굳이 배우고 익히지 않아도 괜찮을 듯하다. 김영갑의 사진이나 전태일의 분신 또는 박경리의 한 줄 문장만이라도 마음속에 담을 수 있다면, 그것은 앎의 잠재태가 세상을 향한 의미 있는 행동의 현실태로 자리 이동하는 계기가 될 수 있음을, 나는 믿어 의심치 않는다. 뮤지엄으로 가자. 이 글을 읽는 여러분과 함께 나는 뮤지엄으로 간다.

1   사물과 사람 사이

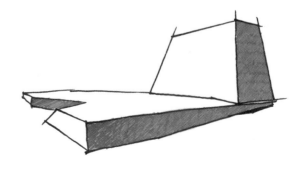

뮤즈는 문명에 깃든다. 인류의 문명사는 인간이 만들어 낸 사물의 역사와 동일한데, 뮤즈는 사물과 사람 사이에 개입해 서로를 매개한다. 뮤즈는 인공의 사물을 단순한 물적 도구를 넘어, 인류의 정신적 존재 형식으로 자리 이동시킨다. 도구적 존재인 인간은 삶의 지평을 확장해 나가며 무수히 많은 사물을 만들어 냈다. 인공의 사물은 그것을 만들어 낸 인류의 세계관을 비추는 거울이다.

주먹 도끼는 자연의 사물에 인공의 행위가 개입된 인류 최초의 도구다. 떼고 가는 정교한 도구 제작 능력은 다른 동물들의 투박한 도구 사용 능력을 압도한다. 이 압도적 차이가 인류 문명사의 여명이다. 석기를 지나 청동기를 경유해 철기를 거치며 인류의 고대사는 일단락되었지만, 석기와 철기는 사실 현재 진행형이다. 현대 문명은 여전히 돌과 쇠의 강고한 기반 위에 서 있기 때문이다. 그런데 이러한 석기와 철기의 공통 글자인 〈기(器)〉는 그릇을 뜻한다. 그릇은 모든 도구의 어머니이며 토기, 도기, 자기는 내일의 삶을 오늘에 고정하려는 인류의 욕망이 빚어낸 사물이다. 하루 벌이 인류가 꿈꾸던 예비의 삶. 초기 고인류가 미래의 삶을 꿈꾸던 욕망이 그릇에 맹렬히 투사되어 있다. 저장과 보관에서 발생한 도자기는 대비와 예비라는 미래적 시점을 겨냥하는 미래 지향적 사물이었다. 그런데 돌과 쇠와 그릇이 실물의 구체성을 바탕으로 하는 구체의 사물이라면 말과 글은 인류의 정신 활동이 만들어 낸 추상의 결과물이다. 이 추상이 인간의 머릿

속에서 흘러나와 손을 거쳐 종이에 고정된다. 종이는 단순한 얇은 글판을 넘어 인간의 모든 지혜와 지식을 집적할 수 있는 추상의 저장 매체로 찬란하다. 종이 이후로도 인류가 발명과 제작을 통해 만들어 낸 사물의 종류는 다종 다양하지만 석기, 도자기, 필기만큼이나 혁신적인 변화는 역학에 대한 구체화된 이해를 바탕으로 만들어질 수 있었다.

증기가 만들어 내는 힘을 인간의 편의를 위해 변형하고 구체화할 수 있는 방법들이 개발되었다. 개벽이었다. 증기 기관은 곧 내연 기관으로 진화했고, 내연 기관은 자동차에 이르러 절정에 달했다. 자동차의 등장은, 세월아 네월아 걸어 이동하던 완보의 삶을 전광석화와 같은 속도의 삶으로 바꿔 놓았다. 빠름은 시간과 공간을 동시에 압축하는데, 자동차로 인해 인류 삶의 시공간 구조가 천지개벽했다. 지금 여기, 그리고 아직도 여전히 우리는 자동차에 기반을 둔 삶에 완전히 포획되어 있다.

뮤즈를 위해 뮤지엄은 존재한다. 석기와 도자기, 그리고 필기는 인류 문명사의 서막이었다. 연천(석기)과 광주(도자기)와 원주(종이)에는 각각의 사물에 깃든 뮤즈를 전시의 근간으로 하는 뮤지엄이 자리하고 있다. 한반도 고인류 석기 문명의 역사가 녹슬지 않는 철을 근간으로 하는 뮤지엄으로 만들어졌고, 조선백자의 역사가 매장되어 있는 곳 위에는 철화 백자의 산화철을 미메시스한 뮤지엄이 자리 잡고 있으며, 원주 지정산 산자락에는 종이를 전시 근간으로 하는 뮤지엄이 있다. 이 세 뮤지엄은 한반도 인류의 삶에 지대한 영향을 미친 사물들을 전시 근간으로 하고 있다. 그리고 자동차는 인류 문명사의 후반부이자 지금 우리 삶의 형식을 표상하는 대표적이고 상징적인 사물이다. 고양시에 있는 자동차 관련 뮤지엄은 자동차를 통한 더욱 미래 지향적인 삶을 전시하고 전망하는데, 그 미래 지향적 희망이 강렬한 조형으로 표현되어 있다.

돌과 쇠　전곡선사박물관

거의 모든 것의 역사가 시작되는 곳

인공(人工), 그러니까 인간이 무엇을 만든 흔적이 매우 옅었던 시절의 이야기다. 아주 먼 옛날, 아프리카에서 출현한 인류의 조상들은 고향 아프리카를 떠나 동으로 또 동으로 이동했다. 이러한 고인류 또는 원인들의 동진(東進)은 삶의 물적 토대를 넓히려는 인류의 생존 본능에서 비롯되었다. 그들은 살기 위해 퍼져 나갔다.

두 발 걷기로 한가해지자 그들은 두 손을 놀려 무언가를 만들기 시작했다. 처음에는 어설프고 어색했겠지만, 동쪽으로 이동한 거리에 비례해 도구 제작 숙련도는 점차 높아졌다. 그들은 몸뚱이만 끌고 간 것이 아니라 꾸준히 도구를 만들며 이동했다. 이러한 도구의 주된 물리적 바탕은 돌이었다. 그들은 이리 깨고 저리 뗀 돌 도구-석기를 손에 움켜쥐고 이동하면서 환경을 자기편으로 끌어당기기 시작했다.

아마도 깨진 돌날의 유용함을 우연히 알게 되었으리라. 그러자 곧 일부러 돌을 깨뜨려 박편(剝片)의 날카로움을 얻는 경의에 찬 도구 제작의 새 역사를 열었다. 우연에 의한 날카로움에서 인공에 의한 날카로움으로의 전환. 이것은 인류의 모든 역사적 전환에 선행하는 최초의 신기원적 전환이었다. 달나라로 우주선을 보내고 화성에 탐사선을 보내는 현생 인류의 현대 문명은 바로 이 전환에서 비롯된 것이다.

그들은 돌덩이를 드문드문 거칠게 떼었을 때보다 부분부분 세밀하게 떼었을 때 그 효용이 높아진다는 사실을 알게 되었다. 유라시아 대륙을 완전히 횡단하여 동쪽 끝 어디쯤, 지금의 경기도 연천군 전곡읍 전곡리 한탄강 변 일대에 도착했을 때, 그들의 손에는 자르고 긁고 찍기에 적합하게 다듬어진 주먹 도끼가 쥐어 있었다. 선 날로 자르고 날 끝으로 긁고 뭉뚝한 뒷면으로 찍었다. 전곡리의 그들은 한 손에 들어오는 돌도끼 하나로 이 모든 행위를 수행했다. 이렇게 잘 다듬어진 뗀석기가 프랑스 생아슐 지방에서 처음 발굴되었다고 해, 고고학계에서는 이 도구에 아슐리안Acheulean 주먹 도끼라는 이름을 붙였다. 그 옛날 한탄강 변을 유랑하던 한반도 최초의 인류는 아슐리안 주먹 도끼로 자르고 긁고 찍으면서 삶의 지평을 확장해 나갔다. 그들은 죽은 몸 뼈와 머문 집 자리의 흔적을 남기지는 않았으나 사용했던 도구들을 여기저기에 많이 남겨 놓았다.

1978년 전곡리 일대에서 우연히 발굴된 대량의 아슐리안 주먹 도끼들은, 정교한 석기를 만들던 고인류가 유럽 근처까지만 이동했을 거라는 이전까지의 학설(모비우스 가설)을 폐기시켰다. 아슐리안 주먹 도끼를 손에 쥔 오래전 전곡리 사람들은 구석기 문명이란 문명사적 지위를 스스로 쌓아 가며 전곡리까지 이동했다. 전곡 선사 유적지는 날카롭게 가공된 주먹 도끼를 만들었던 아주 오래전 전곡리 사람들과 그들의 최첨단 도구들로 찬란하다.

돌에서 쇠로

인류의 문명은, 비로소 돌로써 시작되었고 드디어 쇠로써 완성되었다. 돌로 시작된 인류의 문명은 수십만 년을 관통해 지금 여기 쇠의 오늘에 이르렀다.

돌은 불현듯 꼬리 없이 두 발로 서서 걷는 영장류의 손으로 들어가 석기가 되었다. 아득히 먼 인류의 조상들은 한 손에 잡히는 주먹만 한 돌을 이리 깨고 저리 떼어 날카로운 날을 만들었는데, 이 날은 다만 야생 짐승의 가죽을 가르고 살을 바르는 도구에 그친 것이 아니라 인류 문명 개조를 향한 열망의 총아로 화했다. 뗀석기는 오늘날 첨단 기술의 위대한 어머니였다.

호모 하빌리스(habilis의 라틴어 어원 hábĭlis는 형용사 〈능숙한〉, 〈재능 있는〉이란 뜻). 이 능숙하고 재능 있는 인류의 선조들은 그 뜨거운 열망을 삶의 모든 방면에 고루고루 투사하며 엄숙한 문명 개조의 과업을 쉬지 않고 수행해 나갔다. 깨거나 떼는 타격에 의한 우연의 돌날이 갈아 만든 마제(磨製)의 돌날을 거쳐, 다시 철광석을 녹여 만든 예리한 쇠날이 되기까지 수십만 년이 필요했다. 석기 시대에서 철기 시대로의 이행은 돌에서 쇠로 건너가는 인류의 지난한 문명 발전의 여정이었다. 그러나 〈석(石)〉과 〈철(鐵)〉은 강도와 가공 난이도에서 격절의 차이가 있으나 〈기(器)〉, 즉 도구라는 측면에서는 차이가 없다. 돌과 쇠는 결국 문명 진보를 향한 인류 열망의 상징이란 측면에서 완벽하게 동일하다고 할 수 있다.

전곡리 구석기인들이 사용하던 주먹 도끼는 날카로웠다. 그들은 주먹 도끼의 양쪽 날을 모두 날카롭게 벼릴 줄 알았다. 그들의 날카로운 양면 뗀석기는 한반도 도구 문명의 여명이었는데, 그 도구 문명의 역사가 지금 이곳 한탄강 변에 다시 한번 쇠로 나타났다.

쇠로 완성된 박물관

현대 문명이 디지털에 의지하는 바가 넓어지고 연성화(軟性化), 즉 부드럽고 무른 말랑함을 선호하는 방향으로 흐르고 있다지만 몸을 매개로 살아가는 인류에게 돌과 쇠 등의 강고함은 영원히 소거될 수 없는 삶의 물리적인 필수 기반이다. 우리의 연약하고 무른 몸은 흔들리지 않는 셸터 shelter 안에서야 비로소 편히 잠들 수 있고, 삶의 밑바닥을 다지는 데는 팔과 손이 감당할 수 없는 역할을 단단한 삽과 도끼와 망치 등이 대신한다. 강고한 물성은 삶의 밑바탕을 떠받친다. 특히 건축은 더욱 그러하다. 건축은 스스로 서 있을 수 있어야 함은 말할 필요가 없고, 그 건축에 실리는 여러 하중을 감당할 수 있는 구조적 강성을 기반으로 성립한다. 또한 건축의 외피는 눈과 비와 바람과 햇볕에도 뒤틀리지 않고 갈라지지 않는 내구성이 깃들어 있어야 한다. 이러한 강고함이 건축 존재 형식의 근본적인 뼈대라고 할 수 있다. 따라서 인류 건축 문명의 발전은 이 강성함을 인간의 편으로 적극적으로 끌어들이는 방식의 발전사라 할 수 있다.

현대 인류는 쇠iron를 강steel으로 만들었다. 철에 탄소를 섞어 탄소강을 만듦으로써 철의 강도가 더욱 증대되었다. 또한 철에 크롬과 니켈 등을 섞어 녹이 안 스는 쇠를 만들어, 녹슬어 부스러지는 산화(酸化)로부터 자유로워질 수 있었다. 탄소강과 스테인리스강은 인간의 편에 아주 가까이 서 있는 쇠 문명의 결과물이다.

전곡선사박물관은 한반도 인류의 도래와 문명의 여명을 기념하기 위해, 2011년 전곡 선사 유적지 바로 지척에 세워졌다. 프랑스 건축가 아눅 르장드르Anouk Legendre와 니콜라 데마지에르Nicolas Desmazières는 한탄강 변 작은 둔덕 위에 비정형의 유선형 쇳덩이로 박물관을 설계했다. 이 박물관은, 쇠를 인간의 편으로 극단적으로 제련시킨 녹 안 스는 쇠-스테인리스 스틸로 완성되었다. 건축가들은 스테인리스 스틸을 이리 휘고 저리 휘어 만든 박물관 덩어리를 양쪽 둔덕 위에 올려놓았고 이렇게 해서 생긴 하부의 공간을 박물관으로 통하는 입구이자 출구로 만들었다. 그러고는 이 박물관을 〈선사 유적지로 통하는 문〉이라고 명명했다.

과거로 통하는 문을 열고 들어서면 선(線)적인 동선과 이에 부속된 공간들이 연속적으로 펼쳐진다. 박물관의 전시 공간은 전형적인 선형 동선으로 계획되어, 동선의 꼬리에 붙어 있는 기획 전시 공간으로의 접근이 다소 불편하다. 기획 전시실로 가기 위해서는 진입 층에 해당하는 지하 1층을 거쳐 박물관의 로비와 상설 전시실이 있는 지상 1층으로 올라온 뒤, 다시 지하 1층으로 내려가야만 한다. 기획 전시 공간으로의 선택적 접근이 어려운 것은 아쉽지만, 박물관 전시의 전체 골격과 공간 구성, 그리고 세련된 디테일은 돋보인다. 한반도 도래 인류의 지난한 여정을 보여 주는 전시물이 상설 전시실의 중심을 이루는데, 7백만 년 전 인류인 투마이Toumai로부터 1만 년 전의 만달

24

인(晚達人)에 이르기까지 인류 복원 모형 전시는 섬세한 복원 수준과 맞물리며 드라마틱한 장관을 연출하고 있다. 상설 전시에서 기획 전시로 이어지는 선적인 동선이 끝나는 곳은, 다시 〈선사 유적지로 통하는 문〉이다. 관람객은 다시 선사의 갈대 벌판을 대면하게 된다.

전곡선사박물관에서는 직선을 찾아보기 힘들다. 굽이치는 박물관의 곡면은 2차원에 포획되는 곡면이 아니며 3차원의 공간 속에 종횡무진 펼쳐 있는 변화무쌍한 곡면이다. 이 변화무쌍한 비정형 곡면은 인간의 상상 속에서는 구현 가능하나 인간의 인식 틀로 정량화, 수치화, 수식화하기가 매우 어렵기 때문에 건축물로서의 구체적 표현과 실체적 건설이 대단히 난해하다. 이 곡면은 오직 파라메트릭 디자인 도구parametric design tool, 다시 말해 컴퓨터 연산의 힘을 빌려야만 그 구체적인 표현과 실체적 건설이 가능하다. 기필코 생각하고 상상하는 바를 구체화하고 실체화하는 오늘날 인간 도구의 진보가 이러하다고, 박물관 스스로 말하고 있다.

한탄강 변 한가로운 대지 위에 비정형의 모습으로 유유히 떠 있는 스테인리스 스틸 박물관은 사방의 빛을 반사하며 스스로의 존재감으로 뚜렷하다. 여하한의 장식과 관습적 덧댐 없이 반짝이는 쇳덩이로만 오롯한 모습은 돌 도구 문명 유적지란 연천군 전곡리 땅의 역사적 플롯과 맥락을 같이하고 있다. 돌에서 쇠로 넘어온 박물관. 전곡리에서 발견된 아슐리안 주먹 도끼는 이리 깨고 저리 떼어 우연의 날을 세운 인류 최초의 도구이자 거의 모든 것의 시작점이었다. 지금 전곡리 그 자리에는 녹슬지 않는 쇠를 상상한 대로 자유자재로 휘고 구부려 만든 인류 현재 최고의 도구로 지어진, 돌에서 쇠로 넘어온 박물관이 있다.

• 상설 전시실 전면 홀

: 전곡선사박물관의 접근로, 굽이치는 박물관의 곡선이 보인다

• 상설 전시실, 한반도 인류의 여정이 관람객을 맞이한다

： 전곡선사박물관, 돌에서 쇠로

전곡선사박물관의 부정형 곡면

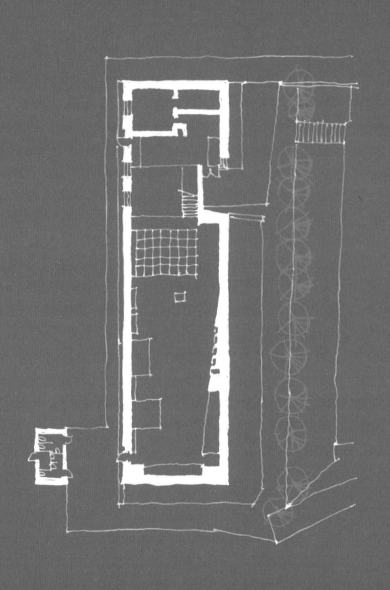

그릇

　　돌도끼 손에 쥐고 먹을거리 찾아다니며 풍찬노숙하던 인류가 씨 뿌리고 거두어 먹으면서 집을 짓고 머물러 살기 시작했다. 인류의 정주는 경작으로 본격화되었지만, 먹을거리를 찾아 유랑하던 구석기인들의 집자리들 또한 드문드문 발견되는 것으로 보아 집짓기의 역사는 농경의 역사에 선행하는 것으로 보인다. 어찌 되었든 집짓기는 항구적 정주든 임시적 정주든 간에 머무름을 의미하는데, 이 머무름은 보관할 수 있는 능력에서 비롯되었다. 하루 벌어 하루 먹던 인류는 먹다 남은 것이나 쓰고 남은 것을 보관할 능력이 없었다. 담을 도구가 없어 온전히 저장할 수 없었기 때문이다. 돌도끼가 환경을 개조하는 개벽의 도구였다면, 그 개조를 일상에 고정할 수 있는 도구는 그릇이었다. 보관은 그릇의 어머니라 할 만한데, 오래전 인류의 선조들은 흙을 물로 반죽하여 그릇 모양의 틀을 잡고 불에 구워 단단한 그릇을 만들어 냈다. 흙으로 만든 그릇이라서 토기(土器)다. 석기와 더불어 토기의 탄생으로 인류는 의식주 역사의 여명을 일단락 짓게 되었다.

　　물컹한 흙 반죽을 불에 구우면 화학적 변화를 일으키며 단단해지는데, 토기의 빈 공간과 단단함에서 보관의 쓰임이 탄생한다. 불의 온도가 높으면 높을수록 그 단단함 또한 비례해서 높아지는데, 온도가 더 높아지게 하는 것은 기술력에 달려 있었다. 인류의 토기 제작 능력은 고온을 만들어 내는 기술을 따라 점차 진일보했다. 대략 5백 도 전후에서 구워진 그릇은 토기, 1천 도 전후와 1천3백 도 전후에서 소성된 그릇은 각각 도기(陶器)와 자기(磁器)로 그

이름을 달리한다. 도기와 자기를 합쳐서 도자기라고 하며 사기(沙器)라고도
한다. 이 땅에서 그릇이 제작된 역사는 통일 신라 시대 이전까지를 토기의
시대, 그 이후를 도자기의 시대로 크게 구분할 수 있다. 18세기에 이르기까
지 전 세계에서 자기를 생산할 수 있는 나라는 동아시아의 한국, 중국, 일본,[1]
베트남 등 극히 일부에 불과했다. 고온을 발생시키고 그 고온의 열기를 유지
한 상태에서 그릇의 형상을 유지한 채 소성해서 온전한 도자기를 완성하는
일은 18세기까지도 고도의 기술력이 있어야 가능했던 것이다.

분원

　　　　조선 시대는 유교의 명분(名分)을 떠받들었다. 임금과 신
하, 아버지와 아들, 남편과 아내, 어른과 아이 등은 서로가 맺고 있는 관계에
의해 각자의 자리가 규정되었으며, 그 각자의 자리에서 반드시 지켜야 할 도
리가 구분되었다. 사람의 도리, 즉 인륜은 명분에 의해 구분되었는데, 명분은
문명과 오랑캐를 가르는 기준이었다. 조선의 그릇 또한 명분이 엄연했다. 임
금이 쓰는 그릇과 세자가 쓰는 그릇이 같을 수 없고, 왕족과 양반이 쓰는 그
릇이 같을 수 없고, 일상의 음식을 담는 그릇과 제사에 쓰이는 그릇이 같을
수 없었다. 그리하여 조선 조정은 조선 왕실이 쓰던 그릇, 즉 어기(御器)를 전

　1　일본은 16세기 말 임진왜란 당시 수많은 조선의 사기장(沙器匠)을 본국으로 납치해 갔
고, 그 후 이들을 통해 자기를 생산할 수 있었다. 오늘날 일본이 세계 도자기 산업의 정점에서
군림하게 된 것은 온전히 일본에 유입된 조선의 사기장들 덕분이었다. 일본 6대 가마인 가라
쓰야키(唐津燒), 다카도리야키(高取燒), 사쓰마야키(薩摩燒), 아가노야키(上野燒), 하기야키
(萩燒), 아리타야키(有田燒) 모두 일본으로 납치된 조선의 사기장을 시조로 한다. 임진왜란 당
시 일본의 지배 계급인 무사 계층은 조선의 도자기(특히 그들이 〈이도다완〉이라고 불렀던 분
청사기 계열의 그릇)에 심취해 있었는데, 바다 건너 한반도에 침략 출정한 그들의 조선 도자
기 편력은 조선 명인 사기장들의 본국 납치로 이어졌다. 그 수가 헤아릴 수 없이 많았는데, 조
선의 도자기 기술에 적지 않은 공백을 줄 정도였음을 여러 자료가 말해 준다. 〈문명의 한 근원
과 작용, 생성의 원천과 역사까지 송두리째 이동시킴〉(정동주,『조선의 막사발과 이도다완』,
151쪽) 약탈의 역사가 도자기에 선연하다.

담하여 생산하는 관요(官窯)를 설립했다.

궁궐 내 기구인 사옹원(司饔院)은 왕의 식사와 궁중의 음식 공급을 관장하는 부서였는데, 음식을 담을 수 있는 그릇 등인 어용(御用) 자기 또한 관리했다. 이러한 어용 자기를 생산하는 부서의 명칭이 분원(分院)이었다. 사옹원을 본원(本原)으로 하는 하부 기관으로서의 분원을 의미한다. 정확한 명칭은 〈사옹원 분원 백자 번조소〉. 분원은 궁궐 내에 있지 않고 도자기를 굽기 유리한 곳, 즉 흙(도토)과 불(연료, 즉 땔감)의 수급, 생산품의 수송이 유리한 곳을 찾아 계속 이동하다가 18세기에 이르러 경기 광주목 양근군, 오늘날의 광주시 남종면 분원리에 터를 잡고 정착했다. 오늘날의 행정 명칭인 분원리는 도자기 굽던 분원의 명칭에서 유래한 것이다.

왕의 그릇을 만드는 흙은 주로 경기도 광주와 강원도 양구, 원주 등에서 북한강과 남한강 물줄기를 따라 공급했고, 만들어진 그릇은 두 강이 합쳐져 하나의 강이 된 한강을 따라 도성 한양으로 수송되었다. 분원은 재료 수급과 생산품 수송이 모두 유리한 곳에 자리하면서 조선 왕조의 역사와 함께했다.

분원리

오늘날의 분원리는 북한강과 남한강, 그리고 경한천이 합류하여 한강으로 이어지는 수계의 사거리 한복판에 위치한다. 팔당댐이 들어서기 전에는 수계의 선적 형상이 도드라졌으나 1973년에 댐이 완공되면서 사거리 교차점은 면을 갖는 너른 호수 팔당호가 되었다.

물길의 교차점에 자리했던 분원은 조선 왕조에서 대한 제국에 이르는 국가의 명운과 흥망성쇠를 같이했다. 명분을 그릇에도 투사할 만한 여력과 역량이 있었던 젊은 조선 왕조가 힘없는 늙은 왕조가 되어 허울뿐인 잠깐의 제국을 거쳐 사라졌을 때, 분원 또한 구한말 이후 민영화를 거쳐 분원 자기 공소가 되었다가 곧 민자 회사와 분원자기주식회사를 거친 후, 식민 지배국 일본에서 침투해 들어오는 도자기에 잠식되어 역사 속으로 사라졌다. 분원자기주식회사가 폐업한 1916년이 분원 역사의 마지막이다.

그렇게 분원의 역사는 땅 밑으로 묻혔다. 식민과 개발 독재와 부박한 속도전의 오늘날 근방까지, 한 세기에 가까운 시간 동안 왕의 그릇과 조선의 찬란한 도자기 문화는 땅에 묻힌 채 밖으로 나오지 못했다. 분원의 역사가 매장된 후 분원리는 팔당호에서 잡힌 민물고기를 요리해서 파는 식당들이 들어서며 그만그만한 관광지의 풍경을 이루고 있었다.

그러다가 21세기 시작과 더불어 분원리 일대 발굴 조사가 시행되면서 그동안 묻혀 있던 분원의 역사가 떠올랐다. 2001년 현재의 분원백자자료관과 분원초등학교 진입로에 해당하는 곳에서 발굴이 시작되자 여기저기서 사금파리(도자기 파편)들이 쏟아졌다. 온통 도자기 잔해 터였다. 가마의 흔적과 숱한 사금파리는 이곳이 분원의 중심지 중 한 곳이었음을 확인해 주는 유적과 유물이었다. 이를 기념하기 위해 폐교된 교사를 고쳐 지어 분원백자자료관을 만들었다. 자료관은 건축가 이종호가 설계해 2003년에 준공되었다.

분 원 백 자 자 료 관

조선 도자기의 중심은 백자다. 하얀색 자기는 질 좋은 하얀색 도토라야 가능한데, 광주와 양구의 흙이 분원에서 사용했던 도토의 대부분이었고 진주와 곤양(사천) 등지에서도 약간의 흙이 조달되었다.[2] 이런 하얀 도토로 만들어진 백자는 질박하고 고졸한 바탕을 이루는데, 여기에 달과 구름과 꽃과 동물 등의 장식 그림을 덧붙여 조선백자가 완성되었다. 도자기에 사용되는 안료는 고온에서도 휘발되지 않아야 하기에 색상의 수가 많지 않았다. 도자기의 그림 물감인 안료에는 파란색 청화(靑華), 붉은색 진사(辰砂), 흑갈색 철화(鐵華)가 있는데, 청화 백자, 진사 백자, 철화 백자의 명칭은 안료의 종류에 의해 결정되었다.

---

2   박은숙, 『시장으로 나간 조선백자』(고양: 역사비평사, 2016). 이하 조선백자의 기술적 사항에 대해서는 이 책을 참조했다.

백자 철화 끈무늬 병은 16세기 중반 조선 중기에 만들어진 것으로 추정되는 철화 백자다. 보물 제1060호로 국립중앙박물관에 가면 볼 수 있다. 백자 표면에는 산화철을 안료의 바탕으로 하는 철화로 술병 끈이 그려져 있다. 흑갈색 끈은 잘록한 병목을 휘감고 몸통으로 흘러 병 끝에서 자취를 감춘다. 끈의 두께는 그림을 그린 자의 자연스러운 손 떨림으로 일정하지 않고 농담(濃淡) 또한 표현되어, 이 유려한 곡선의 백자 끈은 구상과 추상이 넘실거린다. 넘실거리는 흑갈색 철화의 끈이 백자의 고졸함을 운치로 이끌고 있다.

분원의 가마터와 사금파리로 한 켜의 지층을 이룬 발굴 터를 보전하기 위해 경기문화재단은 신축보다는 오래된 폐교를 고쳐 짓기로 결정했다. 이렇게 리모델링하여 분원백자자료관이 만들어졌다. 자료관 건축과 조선백자는 철화에서 접점을 이룬다. 폐교는 흑갈색 내후성 강판의 외장으로 리모델링되었다. 오래된 네 칸짜리 폐교에 철화의 면(面)을 입혀 흑갈색 기념관을 만들었는데, 건축가는 오래된 건물의 고쳐 짓기 결정을 기본 조건으로 받아들이고 폐교의 골격을 유지한 채 안팎을 새로 다듬었다.

밖을 새로 꾸민 재료는 내후성(耐候性) 강판이다. 강(鋼)은 철(鐵)이다. 강 또는 철이 판상형으로 만들어진 것이 강판 또는 철판이다. 철은 대기(산소)와 만나면서 산화하는데, 철 산화의 부산물이 녹이다. 철이 녹스는 것은 자연의 이치다. 모든 철은 녹이 되어 부서져 흩어지는 것이 자연 섭리에 의한 철의 최종 안정화 단계다. 강한 철도 결국 녹 부스러기가 되어 소멸하는 것이 자연 상태에서 철의 운명인 것이다. 그런데 내후성 강판은 고의로 발생시킨 녹에 니켈, 크롬 등을 작용해 촘촘한 안정 산화층을 만들어 녹 표면 안쪽의 철이 더 이상 산화되는 것을 방지하여 철의 강성(내구성)을 유지한다. 스테인리스강이 녹을 원천 봉쇄하는 방식의 철이라면 내후성강은 녹으로 녹을 방지하는 철이라 할 것이다. 인간 편으로 바짝 끌어당긴 철이 스테인리스강이고 내후성강이다.

철화 백자의 흑갈색과 내후성강의 흑갈색은 산화철에서 유래한 공통의 빛

깔이다. 건축가는 외장 재료를 선택하고 결정하는 과정에서 철화의 텍스트를 빌려 왔다. 작은 자료관은 철화의 흑갈색으로 초록 잔디밭에 도드라지는 오브제로 자리하고 있다.

자료관 내부는 단출하다. 폐교 면적이 작아 전시 공간의 여유가 없다. 입구에 들어서면 이미 전시관의 내부 전체가 한눈에 들어온다. 분원의 역사와 조선백자의 전반을 개관하는 전시는 평면적이다. 이 평면적 전시에 약간의 물리적 깊이를 갖는 것은 사금파리가 묻힌 지층의 단면 복원 전시물과 폐교 바닥판 일부를 걷고 사금파리가 묻힌 지표면을 복원하여 유리판을 덮은 전시물이다. 도자기 파편이 퇴적층을 이룬 지층의 단면은 광주 분원 3백 년 역사를 압축적으로 보여 주고, 사금파리가 깔린 바닥은 이곳 자료관의 장소성을 상징적으로 보여 준다. 1층은 단출한 전시로 분원을 기념하고 중층 형태의 2층은 회의실과 자료실로 덧댄 공간처럼 부속되어 있는데, 이 정도가 기념관의 전부다. 자료관을 나와서 조금만 걸어가면 진입하면서 보지 못한 자료관 맞은편의 풍광이 펼쳐지는데, 팔당호의 너른 호수가 와락 시야에 들어온다. 사금파리가 가득 묻힌 앞마당은 복개되어 초록 잔디로 덮여 있다.

시 장 으 로 나 간 조 선 백 자

『시장으로 나간 조선백자』는 조선백자의 미학적 가치 등에 관한 글이 아니라, 조선백자를 만든 분원의 역사를 시장의 관점에서 조망하는 내용이다. 저자는 관요에서 생산되던 백자가 시장 경제에 편입되면서 어떠한 과정을 거쳐 잠식되고 소멸했는지 고찰한다. 이 땅의 자본주의는 자연스럽게 발생했다기보다 외부로부터 갑작스레 주어진 충격에 가까웠는데, 구한말 대부분의 혼란과 격변은 이러한 외부 충격 속에서 발생했다. 국가의 유교 이념과 명분이 투사된 백자는 조선 지배 계층 식문화의 산물을 넘어, 조선의 미의식과 생활양식을 총체적으로 보여 주는 우리 문화의 선연한 실체다. 이러한 조선의 백자가 외부 충격에 급격히 쇠락하다 어느 순간 땅속으로 사라졌다. 자본에 의해 대량 생산된 왜사기에 비해 가격 경쟁력이 현저히 부족했다. 이러한 상황에서 자본 조달의 어려움과 운영 체제의 급격한 변화, 사기장들의 지위 변화 등으로 분원은 땅 밑에 묻히게 되었는데,『시장으로 나간 조선백자』는 매장된 조선백자의 역사적 여정을 조망한다.

저자의 시선에는 거대한 시대적 전환으로 무기력하게 스러져 가는 우리 문화에 대한 서글픔이 내재해 있다. 시장으로 포획된 조선백자는 결국 백전백패하여 소멸했는데, 그러함에도『시장으로 나간 조선백자』라는 책을 엮은 저자의 주제 선택에는 스러져 간 조선백자와 이를 생산한 사기장들에 대한 애정이 담겨 있다.

시인 박노해는 오래된 것들은 다 아름답다고 시로 노래했다. 그는 빛바래고 삭은 저 플라스틱마저 은은한 색으로 깊어진다고 했는데, 심지어 천 년 동안이나 도자기 굽던 이들의 사기그릇이 어찌 아름답지 않을 수 있겠는가? 조선백자의 명맥이 끊어지고 꼬박 한 세기가 넘은 지금 백자 굽던 가마터가 발굴되고 은은한 색감의 사금파리들이 지천으로 드러난 곳 위에, 철화의 흑갈색을 미메시스한 작은 자료관이 세워진 것은 작은 위안이라 하겠다. 분원 백자자료관은 우리 문화에 대한 애정의 산물이다. 오래된 것들은 다 아름답다.

- 분원백자자료관 내부 전경
⦂ 분원백자자료관 외부 전경

• 분원백자자료관은 철화의 옷을 입고 있다

⠿ 내후성 강판은 녹으로 녹을 방지한다

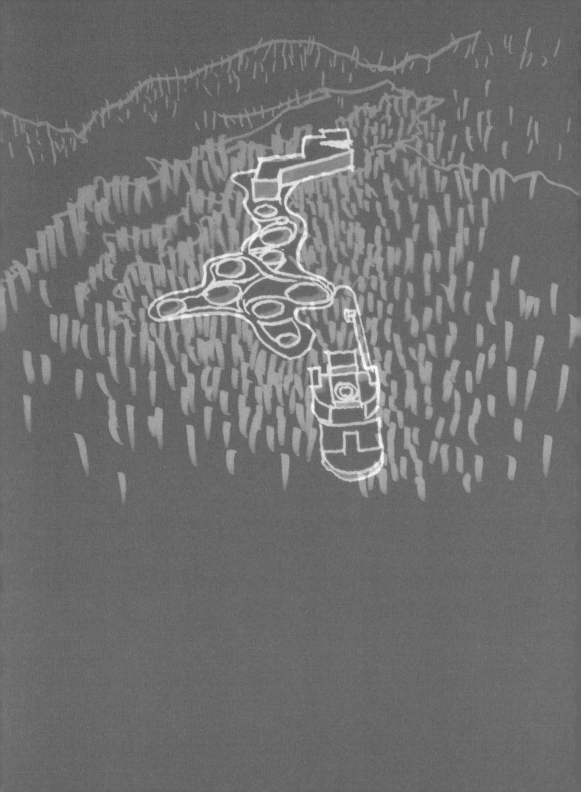

뮤지엄 산

글과 종이

석기를 사용하던 인류는 청동기를 거쳐 철기를 사용하기 시작했다. 이 돌과 금속이 교차하던 시기에 고대 문명이 꿈틀거렸고, 이 문명 발생의 중심에 문자가 있었다. 입 벌려 말하던 인류가 드디어 손 놀려 글을 쓸 수 있게 되었다. 석기와 토기가 구체성을 바탕으로 한 물질적 발명품이라면, 문자는 머릿속 추상성을 바탕으로 한 정신적 발명품이다. 인류의 문명은 글로써 개벽했다. 글을 통해 인류의 시간은 선사(先史)에서 역사(歷史)로 진입할 수 있었고, 실물의 구체성은 문자의 추상성으로 대체되어 다음 세대로 전해질 수 있다. 글은 추상화된 프로메테우스의 불이었다.

필기는 석기와 토기에 후행했지만 인류 문명의 발전 속도를 대폭 가속화했다. 석기와 토기의 〈기(器)〉는 도구를 뜻하지만, 필기의 〈기(記)〉는 기록을 의미한다. 문자는 기록으로 고정된다. 그리하여 인류는 글을 기록할 수 있는 매체 또한 끊임없이 개발했다. 글과 글 판은 한 쌍으로 붙어 있다. 돌과 거북 등에 글을 새기던 지역별 문명은 파피루스와 죽간(竹簡) 등에 글을 남기기 시작했고, 드디어 종이에 이르러 기록 매체를 완성했다. 중국의 채륜이 발명했다고 알려진 종이는 온 세계 동과 서로 퍼지며 인류의 광대한 지혜와 지식의 저장을 가능하게 했다.

글과 더불어 시작된 기록 매체의 역사는 종이에 이르러 만개했다. 종이는 다만 〈식물성 섬유를 원료로 하여 만든 얇은 물건〉에 그치는 것이 아니었다. 종이는 인류 문명과 문화 발전의 강력한 동인이었고, 디지털 시대인 지금도 그 유용성이 반감되지 않으며, 앞으로도 종이의 여러 가치를 디지털 매체가 완전히 대체할 수 없을 것이 분명해 보인다.

안도 다다오

　　뮤지엄 산은 종이를 전시 근간으로 하는 박물관이다. 강원도 원주시 지정면 넓은 산중에 들어앉은 박물관은 종이를 생산하는 기업이 설립한 문화재단에 의해 운영, 관리되고 있다. 종이 생산업체가 출현한 기금으로 종이를 전시 주제로 설립된 박물관으로, 일본 건축가 안도 다다오(安藤忠雄)가 설계했다.

　안도 다다오라는 일본 건축가의 이력은 독특하다. 건축가로 성공한 그의 삶은 드라마틱하다. 지극히 엘리트주의적인 일본 건축계에서, 대학 정규 교육을 받지 못한 권투 선수 출신 건축가의 성공은 실로 뜻밖이었다. 그러나 보수성 짙은 일본 건축계가 그를 인정하기도 전에 이미 그의 재능은 숨길 수 없었다. 캄캄한 구석에 밀려나 있어도 삐죽 튀어나온 그의 건축적 특출함은 이미 전 세계를 매료시키고 있었다. 그렇게 그는 1995년 전 세계 최고 권위 건축상인 프리츠커상을 수상했다.

　그의 건축적 성취 바탕에는 구태의 권위에 귀속되지 않는 자유가 있다. 무언가를 따라야 할 강박이 없다는 것이, 그의 건축을 그만의 건축으로 이끌었다. 안도 다다오의 건축적 자취를 들여다보면, 관통하는 일관적 맥락이 눈에 들어온다. 그 맥락의 골자는 노출 콘크리트란 재료와 기하학적 형태의 사용이다. 그의 출세작인 스미요시 주택에서부터 최근 작업에 이르기까지, 이 두 가지 건축적 요소는 안도 다다오 건축의 건축적 인장(印章)과도 같다. 이 두 가지 요소가 세세하게 다듬어지고 조율되면서 그의 건축은 일본 고유의 미적 정취를 얽어 낸다. 세계 건축계가 안도의 건축을 호명하고 호출하는 이유에는 이러한 안도 다다오 건축만의 고유한 미감이 자리하고 있다. 그런 그가 2006년 설계한 뮤지엄 산이 2013년 개관했다.

뮤지엄 산

강원도의 산하는 장대하고 아름답다. 이 땅의 등뼈 태백산맥은 한반도의 동쪽을 유장하게 흘러가며 강원도를 관통한다. 그리하여 강원도는 설악산, 오대산, 태백산 그리고 치악산 등의 명산을 거느리며 산의 풍경을 완성하고 있다. 강원도를 떠올리면 어느새 산의 이미지가 포개지는 것은 아마 이런 이유일 것이다.

강원도 원주시 지정면 월송리에 뮤지엄 산이 있다. 뮤지엄 측은 뮤지엄의 이름 〈산SAN〉에 대하여 〈Space, Art, Nature〉의 영문 첫 글자를 모아서 조어(造語)했다고 설명한다. 산의 풍경이 농밀한 강원도 한 곳에 〈산〉이란 이름을 갖고 있는 뮤지엄이 있다.

뮤지엄 산은 인류의 가장 위대한 발명품 중 하나인 종이를 전시 근간으로 하는 복합 문화 공간을 목표로 개관했다. 2006년 설계를 시작한 뮤지엄 산은 2008년 착공해 2012년에 준공했다. 그리고 2013년 〈한솔뮤지엄〉으로 개관했다가 2014년 현재 명칭인 〈뮤지엄 산〉으로 변경해 오늘에 이르고 있다.

종이 박물관을 설계하는 과업을 수행하기 위해, 문화재단은 안도 다다오를 뮤지엄의 건축가로 지명했다. 강원도 원주시 산중에 들어서는 종이 박물관을 설계하기 위해, 건축가는 종이라는 전시 테마보다 강원도 산중이라는 박물관 부지의 장소적 성격에 천착했다. 넓은 부지에 장대한 선형으로 이어지는 전체 뮤지엄의 배치에서 종이를 환기시키는 공간은 뮤지엄 본관 진입부(또는 도입부)에 있는 페이퍼 갤러리가 유일하다. 나머지는 뮤지엄 본관 전후에 놓인 산책로이며, 산책로 끝에 놓인 예술 구조물(제임스터렐관)이다. 안도 다다오에게는 종이라는 전시 주제보다 박물관이 놓일 땅의 성격이 더 중요했다. 건축가는 강원도 산중 너른 풍광이 펼쳐진 한복판에 건축적 산책로를 계획하여 걷기를 유도했다. 문화재단이 밝히고 있는바, 뮤지엄 부지를 처음 방문한 건축가는 〈도시의 번잡함으로부터 벗어난 아름다운 산과 자연으로 둘러싸인 아늑함〉[1]을 느꼈고, 이 느낌을 산책길과 건축으로 구체화하려 했다.

대가의 설계 배경치고는 너무 순수해서 다소 밋밋하게 들리기도 하지만, 문화재단은 건축가의 이런 뜻에 호응하여 뮤지엄의 슬로건을 〈소통을 위한 단절Disconnect to Connect〉로 이름 지었다. 소통을 위한 단절? 모순적 표현인 이 슬로건은 〈그동안 잊고 지낸 삶의 여유와 자연과 예술 속에서 휴식〉을 의미한다고 한다. 순진무구와 티 없이 맑음을 목표로 하는 뮤지엄에서 종이라는 주제는 옅어지는 대신, 본관을 압도하는 산책로가 박물관의 중심으로 떠오른다. 웰컴센터-플라워 가든-워터 가든-본관(페이퍼 갤러리 및 청조 갤러리)-스톤 가든-제임스터렐관 순으로 이어지는 전체 박물관 구성은 〈부지 전체를 뮤지엄으로 만들고〉 싶었던 건축가의 결과물이다. 꽃길(플라워 가든)과 물길(워터 가든)을 거쳐 돌길(스톤 가든)에 이르는데, 돌길은 막다른 길이다. 그리하여 순로를 역로로 바꿔, 왔던 길을 되짚어 가야만 처음 시작했던 곳으로 돌아갈 수 있다. 순로와 역로가 한 몸인, 거슬러 가는 산책길은 그래서 지루하게 느껴지기도 한다.

브랜드 뮤지엄

안도 다다오는 어느덧 브랜드가 되었다. 마치 토머스 버버리의 버버리처럼, 구초 구치의 구치처럼, 기성의 구태를 전복하고자 했던 그의 건축은 이제 정형화된 노출 콘크리트와 기하학의 기성 〈명품〉 브랜드가 되어 버렸다. 명품에 대한 욕망은 건축 또한 예외일 수 없어 그의 건축을 찾는 이들은 여전히 많은데, 이들을 위한 〈명품〉의 인장이 건축물 여러 곳에 각인되어 있다. 뮤지엄 산에서도 안도 다다오의 건축적 인장은 여기저기서 쉽게 확인된다. 사각, 삼각, 원형으로 엮여 있는 본관의 형태, 그 형태를 반사하는 연출된 수변 공간, 단순하지만 섬세한 디테일, 그리고 건축물 내부를 반

---

1 뮤지엄 산 홈페이지. 이하 인용 부분 동일.   **44**

반하게 포장하고 있는 노출 콘크리트 등이 그러하다. 한 가지 이채로운 점이라면 본관 외부 마감으로 석재가 쓰인 것인데, 뮤지엄이 놓인 강원도 산중이란 부지의 특성에 부합하고자 했던 건축가의 재료 선정이리라.

뮤지엄 본관을 들어서면 곧이어 파피루스의 온실에 이르게 된다. 영어 페이퍼paper의 어원인 파피루스papyrus는 종이 이전의 기록 매체 이름이자 그 재료가 되는 식물 이름이기도 하다. 뮤지엄 산이 종이 박물관임을 일깨우는 거의 유일한 건축적 공간이 이곳 파피루스 온실이다. 온실과 페이퍼 갤러리 내부의 전시물을 제외하고 뮤지엄 본관에서는 안도 다다오의 브랜드 인장만이 강렬하게 다가온다. 이 강렬함은 세련됨이기도 하지만 동시에 식상함이기도 하다. 그의 건축을 많이 접해 본 사람들에게는 일종의 권태일 수 있겠다. 그래도 거장의 순수한 욕망, 그러니까 〈어른과 아이 모두 여기에 와서 하루를 보내면 자연과 예술에 대한 감성이 풍부해져, 새로운 자신을 발견하고 《살아갈 힘》을 되찾을 수〉 있기를 바라는, 건축가의 마음이 투사된 뮤지엄의 외부 공간은 탁월하다. 꽃길과 물길과 돌길을 걸으며 마음의 평강을 얻되, 인류 문명의 개벽과도 같은 발명품인 종이에 대해 생각해 볼 수 있기를 희망한다.

- 물가에 비친 뮤지엄 산

: 뮤지엄 산 내부는 안도 다다오의 인장으로 가득하다

•• 플라워 가든, 꽃길의 산책로

:: 스톤 가든에서 바라본 뮤지엄의 후면

뮤지엄 산 주 출입구에서 바라본 전경

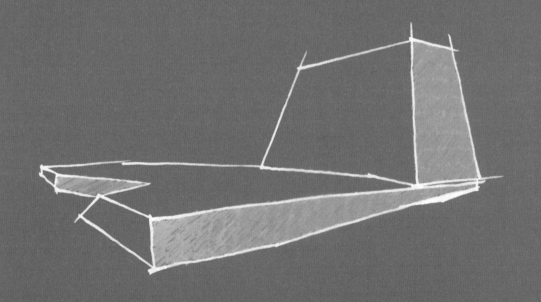

자동차   현대모터스튜디오 고양

자동차와 건축

사람의 힘이 동력의 전부이던 시대가 있었다. 태초의 인류 이래 쭉 이어졌을 인력(人力)의 시대는, 마침내 짐승을 부려 일을 시킴으로써 한 발짝 앞으로 나아갈 수 있었다. 그나마 부릴 수 있는 동물이라야 말과 소가 거의 전부였는데, 인력의 시대에서 마력과 우력의 시대로 넘어온 시기는 전체 인류 역사에 비춰 보면 그리 오래전이 아니다.

그런데 자연의 이치와 물리에 대한 이해는 힘의 발생과 작동 원리에 대한 이해로 급격히 진전되었다. 역학의 발전과 이를 구현할 기술의 발전이 곧 인류사 천지개벽인 산업 혁명의 바탕이었다. 증기 기관은 연약한 인력에 비할 바가 아니었다. 그것은 수십, 수백 마리의 말이 내는 힘과 비견할 만했고, 이러한 증기 기관은 곧 마력과 비교도 할 수 없는 내연 기관으로 도약했다. 내연 기관은 인류가 만들어 낸 동력 발생 장치의 꽃이다. 내연 기관이 바퀴를 굴리는 이동 도구에 이용되기 시작했는데, 자동차의 발명은 이동의 제약을 폭발적으로 해제시키면서 시공간을 대폭 압축하며 근대적 삶의 가장 강력하고 견고한 물적 토대를 형성했다. 더불어 자동차의 발명과 맞물린 포디즘의 도래는 자동차 생산의 방법론을 넘어 근현대 생산 방식의 지배적 이데올로기로 자리하게 되었다. 무한궤도를 닮은 컨베이어벨트에서 상품이 무진장으로 쏟아지기 시작했다. 자동차는 인류 도구 혁명의 절정에 위치한다.

자동차가 서구 사회를 격변의 도가니로 달궈 나갈 때, 저 유명한 건축가 르코르뷔지에Le Corbusier는 이에 적극적으로 호응했다. 그는 시대의 기민한

탐지자이자 새로운 건축의 선지자 같았다. 서구 고전주의가 끝물에 달했을 때, 그는 모더니즘으로 당대의 건축을 적극 견인하기 시작했다. 르코르뷔지에 말고도 시대의 변화에 예민했던 근대의 기라성 같은 거장 건축가가 많았지만 모두 르코르뷔지에만큼은 아니었다. 르코르뷔지에는 그의 대표 저서이자 모더니즘 건축의 바이블 같은 책 『건축을 향하여』에서 건축은 〈살기 위한 기계〉임을 천명했고, 격변하는 삶의 문제를 해결할 수 있는 열쇠는 건축에 있다고 했다. 〈건축이냐 혁명이냐〉라는 도발적 건축 테제가 여기서 언급되었다. 그는 건축으로 혁명을 대체할 수 있다고 믿었다. 그러면서 자동차를 이야기했다. 그뿐만 아니라 여객선과 비행기도 근대 디자인 원리의 전면으로 소환했다. 그는 자동차, 비행기, 여객선과 같이 근대를 추동하는 이동 도구들의 순전한 기능과 그 순전한 기능에서 도출된 군더더기 없는 디자인을, 양식주의의 구태와 대비하면서, 새로운 건축가의 새로운 디자인 지침으로 지시했다.

심지어 그의 대표 건축물 중 하나인 빌라 사보아는 그의 건축적 주장과 열망의 상징적 건축이다. 프랑스 파리 교외에 있는 이 작은 주택은 르코르뷔지에의 〈근대 건축의 5원칙〉을 온전히 투사하는 건축물로 유명하다. 그만큼 이 집은 자동차를 살림살이 한복판으로 끌어들인 건축으로 회자된다. 집은 심지어 자동차 동선의 궤적으로 1층 평면의 볼륨이 결정되었다. 필로티를 유유히 돌아 나가는 U자형 1층 평면의 빌라 사보아는 자동차가 일상의 가장 기본적이고 필수적인 요소가 될 오늘날을 명확한 구체로 보여 주는 상징적 건축이었다. 건축가 르코르뷔지에는 시대정신과 자동차와 건축을 한데 버무려 세상에 선언적으로 보여 주었다.

현대모터스튜디오 고양

경기도 고양시 일산 변화한 도심 한가운데, 민간 완성 차 생산업체에서 운영하는 전시관이 있다. 전시관 주변은 낮은 전시장과 수변 공원으로 둘러싸여 있다. 밀도 높은 도심이지만 전체적인 스카이라인이 낮게 형성되어, 주변 여러 곳에서 전시관 전체 형태를 조망할 수 있다.

이 전시관은 오스트리아의 건축 설계 그룹 DMAA에서 설계했다. 비기하학적 사선들로 이뤄진 비상(飛上)하는 전시관의 형태가 강렬한데, 이 강렬한 조형성이 건축물 전체의 인상을 결정짓는다. 건축가의 초기 개념 스케치로 보이는 비상하는 날들의 이미지가 실제 건축물로 구현되었다. 이 날들과 같은 지붕 구조물을 구조적으로 지탱하는 기둥들은 지붕 아래 유리 벽 안쪽에 은폐되어 지붕의 비상하는 이미지가 더욱 강력하게 환기된다. 건물 설계를 의뢰한 기업의 진취적 디자인 지향에 맞춰 건축가가 적극 호응하려는 이유도 있어 보이지만, 실상 이 건축 집단이 기존에 이어 온 건축 작업들과의 형태적 연속성에 따른 결과(매너리즘?)이기도 한 것 같다.

이 오브제적 조형과 더불어 건축가가 언급하는 설계 개념은 천(天), 지(地), 림(林)이다. 〈천지림〉이라니? 의아하다. 한자 〈천지림〉을 설계 개념으로 소환하는 오스트리아 건축가에게 왜 〈천지인〉이 아닌 〈천지림〉인지 묻고 싶다. 천은 날들 조형에 대응하고, 지는 자동차의 접지(接地)에 대응하고, 림은 건축물 내부 몇 개 층 높이를 관통하는 수목에 대응한다는 건축가의 변은, 다소 헐겁다 못해 싱겁다. 하늘과 땅과 인간의 심오한 관계성(천지인)과는 상관없어 보이는 천지림의 3음절 한자 표기와 음운은 (동아시아에서 작업해야 하는 서구 건축가의) 편의적 설계를 위한 알리바이일지도 모른다는 의구심이 강하게 든다. 거대하고 정교한 지붕 구조물의 시각적 스펙터클만이 강렬하게 다가온다.

주 출입구를 들어서면 맞닥뜨리는 몇 개 층을 관통하는 대형 쇼룸이 내부 공간 전체를 장악하고 있다. 하늘과 땅을 연결한다는 〈림〉은 세장한 비례로 평면 깊숙한 곳에 들어앉아 있어 실내에 갇힌 야생 짐승처럼 느껴진다. 실내 공간은 대형 쇼룸과 세련된 디테일, 그리고 섬세한 시공이 눈길을 끌지만, 매끈하게 만들어진 대형 공간의 세련됨 외에는 다른 감관을 건드리는 것이 쉽게 눈에 띄지 않는다. 거대한 실내는 매끈하나 평범하다.

쇼룸에서 연결된 상설 전시는 눈에 보이는 소수의 공간 외에는 지붕 구조물 안에 숨어 있다. 비상하는 조형 내부에 전시의 핵심 공간이 들어 있다. 계획된 동선으로 유도되는 전시는 건축적·공간적으로 평이하지만, 세련된 디스플레이나 시각, 촉각, 청각 등을 적절하게 자극하는 체험 위주의 전시는 따로 언급할 만한 수준이다. 자동차의 생산으로 시작하는 전시는 여러 여정을 거쳐 앞으로 자동차가 만들어 낼 미래 지향적 삶에 이르러 절정에 이르며 종료된다.

전시관의 역동적 형태는, 인근 여러 곳에서 눈에 띄는 스펙터클로 그 만듦새가 발군이다. 사방으로 뻗친 캔틸레버는 진취와 비상의 강렬한 메타포다. 진취와 비상에 디자인의 초점을 맞춘 건축가와 이를 의뢰한 기업의 디자인 지향이 서로 비슷해 보이는데, 비상하는 지붕은 과연 어디를 향(하고자)하는가?

의문

르코르뷔지에가 자동차의 엔지니어 미학에 경의를 보내고 스스로 빌라 사보아를 설계한 시기는 1920년대 중후반이었다. 컨베이어벨트의 무한궤도에서 제품이 쏟아지기 시작하던 포디즘의 탄생 또한 빌라 사보아의 준공 시기와 겹친다.

그런데 그로부터 반세기 정도 지났을 때, 자동차가 전 세계적으로 지배적이고 절대적인 이동 수단으로 자리매김했을 때, 이반 일리치는 행복은 자전거를 타고 온다고 주장했다. 아직도, 그리고 여전히 포디즘이 한창이던 시기, 자전거가 행복을 보증한다는 주장은 씨알도 안 먹힐 이야기였다. 그런데 일리치의 친구 앙드레 고르스 또한 자동차 의존적 사회의 위태로움을 걱정하는 글을 많이 썼다. 1960년대 사회 운동가이자 이론가로 열심히 살았던 고르스나 일리치 같은 인물은 자동차 의존적인 현대의 삶을 지극히 우려의 시선으로 바라봤다. 자동차가 〈가장 노예적이고 임의적이고 예측할 수 없고 불편한 것이 되어 버)[1]릴 것이라는 고르스의 진단은 어느 정도 사실(극심한 교통 체증, 걸어 다니려는 의지와 능력의 퇴보 등)로 증명되었지만, 아직 자동차가 현대 사회를 떠받치고 추동하는 가장 중요하고 주요한 물리적 바탕임을 부정할 수는 없다. 자동차 없는 세상을 지금 그 누가 상상할 수 있겠는가?

그러나 생각해 보자. 우리가 사는 마을과 세상이 자동차로 씽씽 〈지나다닐 만한〉 곳이 되기보다는 애정을 갖고 〈살 만한〉 곳이 되기를 바라는 정서적이고 정성적인 바람[2]보다 더 시급한 것은, 에너지와 환경 문제와 자동차가 불가분의 관계에 있다는 점이다. 전기 자동차로의 전환이 에너지와 환경 문제를 해결해 줄 것이라는 믿음은 허구다. 기본적으로 전기는 2차 에너지라 그러한데, 1차 에너지에서 2차 에너지로의 전환에는 무조건적인 에너지 결손이 따르고, 이 결손만큼의 추가 환경 부담이 무조건 뒤따르기 마련이다. 전기 자동차가 직접 배출하는 이산화탄소는 적거나 없겠지만, 공급되어야 하는 전기 생산에는 이산화탄소 배출이 뒤따를 수밖에 없다. 전기 생산은 물론 공짜가 아니다. 전기를 생산할 수 있는 친환경 에너지는 전체 에너지 비중에서 극히 일부에 머무르고 있다. 전기 자동차로의 전환은 화석 에너지에 대한 대안이라는 관점에서 아무런 의미가 없다. 지금 이뤄지고 있는 전기 자동차로의 전환은, 다만 동력원이 1차 에너지에서 2차 에너지로 전환되고 있는 것에 지나지 않는다. 이런 관점에서 보면, 전기 자동차는 상품 시장 경제의 또다른 〈핫〉한 아이템으로, 내연 기관에서 전기 모터로의 돌려막기 대체재로

---

1 앙드레 고르스, 『에콜로지카』, 임희근·정혜용 옮김 (파주: 생각의나무, 2008), 87쪽.

2 이반 일리치는 『행복은 자전거를 타고 온다』(사월의책, 2018)에서 다음과 같이 썼다. 〈자동차들이 자기들이 늘 지나다니는 순환(교통)의 작은 섬을 다시 영토로서 사랑하게 될 때, 그리고 너무 자주 그곳에서 멀어지는 것을 두려워하게 될 때, 그들은 초권능 운송 체인을 깨부수게 될 것이다.〉 이 글에 대해 앙드레 고르스는 『에콜로지카』에서 이렇게 썼다. 《자기 영토》를 사랑할 수 있으려면 우선 그 영토가 《살 만한》 곳이 되어야지 《지나다닐 만한》 곳이 되어서는 안 된다.〉

생각할 수 있다. 문제는 전기 자동차나 최첨단 자동차나 완전 자율 자동차 등이 아니라 자동차에 의존하는 삶 자체에 대한 반성적 시선이지 않겠는가? 멀고 먼 그곳까지 걸어가자는 이야기가 아니다.

르코르뷔지에와 포드가 살던 세상에는 에너지 고갈 문제나 환경 문제에 대한 인식 자체가 없었다. 그런 생각을 하지 않아도 아무런 지장이 없었다. 그들은 그들 입장에서 세상을 읽고 각자의 분야에서 진취적으로 응전했다. 그것이 코르뷔지에의 〈빌라 사보아〉였고 헨리 포드의 〈모델 T〉였다. 그러나 에너지와 환경 문제가 인류 생존의 문제로 코앞에 닥쳤고 그 중심 한 곳에 자동차가 놓여 있다.

그런 의미에서 다시 좀 돌아본다. 현대모터스튜디오 고양의 비상하는 날틀의 조형은 장쾌하기 그지없다. 한마디로 멋지게 잘 만든 전시관이다. 그런데 그 비상은 어떤 미래를 지시하고 있는가? 그 비상은 너무 장밋빛으로만 보인다. 좀 더 반동적이고 반골적인 자동차 박물관도 하나 정도 있었으면 좋겠다. 아니면 멋진 자전거 박물관이라도.

- 오감을 자극하는 전시 영역

: 도심 복판에 들어선 현대모터스튜디오, 틈 사이로 보이는 아파트가 높다

•: 전시관 내부를 장악하고 있는 대형 쇼룸 공간

- 쇼룸의 조감(鳥瞰), 대형 공간은 한눈에 들어오지 않는다

∷ 쇼룸에서 이어진 전시관 진입부

•∷ 자동차와 인산인해

전시관으로 오르는 공간, 상설 전시가 시작된다

토착과 강박

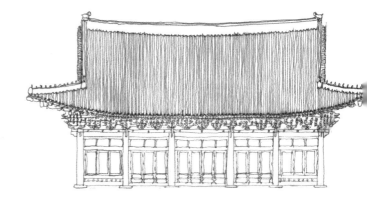

〈지구 마을 한 가족〉이 된 지는 그리 오래 되지 않았다. 태초의 문명 이래 인류의 이동에는 제약이 많았다. 바다와 산맥, 그리고 드넓게 펼쳐진 사막 등은 이쪽과 저쪽의 문명과 문화를 가르는 경계이자 장애였다. 그러나 서구 세계가 이동의 제약과 한계에서 벗어나면서부터(서구사는 이때를 〈대항해 시대〉라 부른다) 권역별로 교섭하는 지역사는 전 지구적 세계사로 확대되었다. 초기 서구의 확장은 물산의 이동 증가, 즉 무역의 확장으로 이어지다 곧 비서구에 대한 식민화로 연결되었다. 이후 식민화에 열중하던 서구 제국주의 국가들 내부에서는 산업화와 그로 인한 근대화가 시작(세계사는 이때를 〈모더니즘〉이라 부른다)되었는데, 서구 근대화의 바람은 피식민지의 효율적 수탈을 위한 도구로 적극 전용되었다. 비서구권 국가들로서는 식민화와 근대화와 서구화가 이렇게 한 꼬치에 꿰어져 있는 연결된 역사다. 문화인류학자 조한혜정의 말처럼, 전 지구의 근대사란 서구를 중심으로 하는 근대화의 과정이자, 전 지구적 규모의 식민화 과정에 다름 아니었다.

문제는 여기서 시작된다. 지역별로 교섭하며 각자 도생하던 비서구권 국가들에 들이닥친 서구의 식민 근대 문물은 천지개벽의 시작이었다. 수천 년간 이어져 온 전통에 던져진 강렬한 파문. 우리를 포함한 대부분의 비서구권 왕조 국가들에 불현듯 이식되거나 이입된 서구의 근대는 매우 곤혹스러운 것이었다. 전혀 접해 보지 못한 완전히 다른 세계가 당시의 삶을 결딴낼 듯 달려들었다. 이 과정에서 서구의 근대가 시작하기 전은 〈전(前)근대〉가 되었는데, 전근대는 다만 〈근대 이전〉이란 시간적 한정을 넘어 〈비문명〉과 〈미개〉를 함의하는 용어로 격하되었다. 전근대는 〈전통〉과 〈토속〉과 〈토착〉 등 유구한 가치들을 깡그리 끌어안으면서 〈근대화〉를 위한 타블라 라사를 마련해 줬다. 전통은 똥물을 뒤집어쓴 채 은폐되었고, 서구의 근대는 문명 개화란 꽃다발을 받으며 우리 삶 한가운데로 이식·이입되었다.

양껏 뺏어 가기 위해, 뺏기는 자가 뺏기는 줄 모르고 또 뺏기는 걸 당연하게 생각하도록 하는 것. 식민주의는 그런 것이었다. 스스로 〈전근대〉의 굴레를 뒤집어쓰고 〈근대〉를 향한 열망과 강박에 스스로를 감금했다. 구한말 우리의 삶이 이러했다.

일제가 들고 들어온 서구의 문물은 생경했지만, 여러 면에서 압도적이었다. 큰 콘크리트 건물이 그러했고, 빠른 기차와 자동차가 그러했고, 전기와 전화가 그러했다. 서구 문물은 동경 대상이 되었는데, 유구한 전통에 권위를 기대고 있는 권력으로선 전통이란 정통의 근간이므로 쉽게 내칠 수 있는 것이 아니었다. 양가적 상황에서, 대한 제국 황제는 두 개의 전각을 짓는다. 서구 고전 양식의 석조전은 힘없는 제국의 대외 공간이었고 전통 목조 양식의 중화전은 내칠 수 없는 대내 공간이었다. 덕수궁 내 석조전과 중화전은 근대와 전근대 사이에 놓인 식민 강점의 앰비밸런스를 상징하는 건물이다.

외부에서 유입된 낯설고 생경한 것은 초기에는 원형 모방이 대종을 이루는데, 어느새 익숙해지면 원래 것과 이것저것 등이 직설적으로 합쳐지기도 한다. 하이브리드hybrid. 혼종 또는 혼성으로 번역되는 이것은 종의 섞임이다. 석조전과 중화전이 서로 데면데면할 수밖에 없는 앰비밸런스라면, 박노수미술관은 원래 있던 것과 이것저것이 서로 한데 합쳐진 건축의 하이브리드다. 건물을 짓는 구법과 기법이 어느 정도 손에 익자 요소요소를 따로 절개하고 그것들을 이리저리 합해서 또 하나의 새로운 몸체로 만들게 되었다.

1937년에 지어진 오래된 가옥은 서구 조적식 구조의 몸체에 한국식 서까래를 만들고 일본식 기와를 얹어 완성되었다. 가옥은 양식과 한식과 왜식을 얽어 하나의 건물로 만들었다. 토착과 아종과 외래가 파편적으로 섞인 가옥의 모습은 식민 강점기, 이종의 문화가 한데 섞인 하이브리드적 건축의 모습을 보여 주고 있다.

시간은 흐르고 빼앗긴 들에도 봄은 온다. 그러나 봄은 이미 왔으나 우리의 정신은 아직 몽롱한 혹한이었다. 조국은 정치적으로 독립했으나 문화와 정신은 아직 관성의 틀 안에 머물러 있었다. 그러한 상황에서 민족의 독립을 맞이했다. 무엇을 기념할지는 비교적 분명하나 어떻게 기념할지는 어려운 문제였다. 조국의 독립을 기념하기 위한 독립기념관은, 국가가 주도적으로 개입하여 전통의 직설적 표현이란 공고한 설계 지침을 지시했다. 전통의 은유조차 원천 봉쇄한 지침을 통해 우리는 부석사 무량수전을 대규모로 뻥튀긴 독립기념관을 갖게 되었다.

전통은 나쁜 것인가? 당연히 그렇지 않을 것이며, 그 역(逆) 또한 아닐 것이다. 다만 최대, 최고의 수사로 수식되는 전통에 대한 강박은 아주 가까운 과거까지 계속 이어져 왔다. 천안에 있는 독립기념관은 전통에서 정통을 보상받고자 하는 전통에 대한 강박 장애를 상징한다.

　구한말과 일제 강점기, 그리고 국가 발전기를 거쳐 구정아트 센터에 이른다. 자이니치(在日) 건축가 이타미 준(伊丹潤)이 모 국에 설계한 첫 미술관은 좌고우면 없는 토착과 토속의 메타포 로 충만하다. 이 땅 모더니즘 건축가들이 건축의 문화적 헤게모 니를 쥐고 있던 한창때 재일 교포 건축가의 전통에 대한 과감한 직유와 은유가 놀랍다. 한국과 일본의 경계에서 머물거나, 그 경계에서 스스로를 추방하고자 했던 자이니치 건축가는 탯자 리의 기억에서 세련된 모국의 미적·건축적 정서를 길어 올려 미 술관을 만들었다.

　이제 제주민속자연사박물관은 다른 의미로 다가온다. 제주 초가지붕을 은유하는 박물관의 둥근 지붕과 현무암 몸체는 포 스트모더니즘이란 이름으로 납작 뭉개 버리기에 아깝다. 구태 여 케네스 프램턴의 비판적 지역주의를 언급할 필요도 없이, 박 물관의 그것들은 버내큘러의 가치를 완연히 환기시킨다. 버내 큘러의 가치는 근대화 또는 발전의 표상 강박, 그리고 정통을 향한 전통 강박 등을 밀어내고 삶의 한가운데 토착과 토속의 가 치를 복권하고 복원한다. 제주민속자연사박물관은 버내큘러의 관점에서 새로 읽히는 건축 텍스트다.

다음 다섯 글에서는 뮤지엄 건축을 통해 양가감정에서 혼종을 거쳐 전통 강박과 토속의 복권을 경유해 우리의 정체성을 돌아보고자 한다.

대 한 제 국 역 사 관

동 아 시 아 와 박 물 관

19세기 이전에는 동아시아에 박물관이란 단어가 없었다. 그전까지 동아시아에는 박물관이 없었기 때문에 박물관이란 단어가 필요 없었던 것이다. 물론 근대 이전에도 가치 있는 물건을 보관하거나 극히 제한적인 방법으로 전시하는 경우는 있었지만 전시, 연구, 교육 그리고 체험을 주된 목적으로 하는 서구에서 유래한 근현대적 개념의 박물관은 없었다.

일본은 메이지 유신을 전후로 서구 문물을 능동적으로 받아들이기 시작했다. 그 당시 쏟아져 들어오는 서구 문물에 대한 새로운 번역들도 같이 쏟아졌다. 한자를 그들 언어의 중심 줄기로 사용하던 일본은 서구 신천지의 신문물에 대해 한자(漢字)를 이리저리 잇고 붙여 새로운 용어들을 조어했다. 우리가 오늘날 빈번하게 두루 사용하는 용어들, 예를 들어 예술, 미술, 미학, 연극, 영화, 물리, 화학, 과학, 토목, 기술, 건축 그리고 개인, 근대, 사회, 연역, 귀납, 철학 등과 같은 번역어들이 이 당시 쏟아지듯 만들어졌고, 〈뮤지엄〉의 번역어인 〈박물관〉도 같은 사정에 따라 만들어졌다. 이때가 19세기 중반 전후였다. 근대의 시작과 더불어 한자 문화권인 우리나라, 중국, 베트남 등에는 박물관이란 새로운 가치가 일본이란 채에 걸려 소개되었다. 박물관이란 개념의 유입은 동아시아 국가들에 세계관의 외연 확장이라 할 만한 사건이었는데, 정작 우리와 그들에게는 스스로 확장된 테두리를 살피고 그 의미를 되새길 시간적·정신적 여유가 허락되지 않았다. 동아시아 국가들에 박물관은 예술과 학문, 그리고 문화를 만민에게 전시하는 〈개화〉를 선전하는 거대한 국가적 홍보 매체로 작동했다. 동아시아 초기 박물관은 일종의 문화적이고 건축적인 프로파간다였다.

대한 제국과 석조전

1876년 조선과 일본 사이에 체결된 강화도 조약은 우리 역사 격랑의 시작점이었다. 일본이 처음 강화도로 들어온 이후 서구 열강들이 앞다투어 달려들었는데, 힘없는 조선 조정의 시름은 날로 깊어졌고 왕은 번민했다. 1897년 조선의 왕이 대한 제국의 황제가 됨으로써 왕의 나라는 황제의 나라로 격상되었다. 황제와 제국의 위정자들은 이 국체 격상의 힘으로 주권을 바로 세우고자 했다. 고종은 아관 파천 후 경운궁(1907년 이후 덕수궁)으로 돌아와 대한 제국을 선포했는데, 이 시점을 전후해 고종은 덕수궁에 새로운 황제의 궁궐을 짓기로 결심[1]했다.

이런 상황에서 영국의 건축가 존 레지널드 하딩John Reginald Harding이 설계한 신고전주의 양식의 석조전이 1910년 완공되었다. 기단에 해당하는 층과 그 위 두 개 층으로 구성된 석조전은 설계 당시부터 이오닉 오더[2]와 전면 페디먼트[3]로 구성된 전형적인 서구 고전주의 양식의 건축이었다.

1907년 일본의 주도하에 대한 제국 황제 고종이 퇴위하고 순종이 황위를 이었다. 일본은 순종을 창경궁 구중궁궐에 유폐시키고 대한 제국을 〈문명국〉으로 선전함과 동시에 황제의 공간을 능욕하기 위해 1909년 창경궁 안에 박물관과 동물원을 세웠다. 우리나라 첫 박물관인 제실박물관의 역사가 이

1 석조전의 완공은 1910년으로 알려져 있으나, 계획 및 설계 시점은 근래에 발견된 석조전 도면에 기입된 날짜를 근거로 1898년 2월 20일 이전으로 추정할 수 있다. 이와 관련된 내용은 『석조전 — 잊혀진 대한 제국의 황궁』(김은주, 민속원, 2014)을 참조했다.

2 이오닉 오더Ionic order, 서양 고전 건축의 정형적인 기둥 형식 중 하나로 기둥머리, 즉 주두(柱頭) 부분이 회오리 모양으로 장식되어 있다.

3 페디먼트pediment, 기둥과 마찬가지로 서양 고전 건축의 정형적인 지붕 형식. 삼각형 모양의 박공 형태를 의미한다.

러했다. 그나마 제실박물관이란 명칭은 1910년 경술국치와 더불어 이왕가박물관으로 격하되었다. 황제의 박물관이 왕의 박물관으로 내려온 것인데, 이 나라 첫 박물관의 명칭 부침은 국가 전체 부침의 무게와 동일했다.

　1933년 덕수궁 석조전은 일본 그림을 전시하기 위한 미술관으로 용도가 변경되었고, 1938년 일본 건축가 나카무라 요시헤이(中村與資平)가 석조전 옆에 신축한 신관(1938년 준공)으로 창경궁 이왕가박물관의 소장품이 옮겨가면서 석조전 구관과 신관이 묶여 이왕가미술관이 되었다. 이후 석조전 구관은 1955년부터 국립미술관으로, 그리고 1984년부터 궁중유물조사관으로 사용되다 2014년 대대적인 보수와 복원을 거쳐 대한제국역사관의 오늘에 이르고 있다.

대한제국역사관

　　　　석조전은 덕수궁의 정전인 중화전과 동일한 위계의 건축물이다. 두 건축물 모두 황제가 정사를 보았던 공간이기에 그러하다. 전통적인 목조 건축인 중화전은 1901년 8월 고종의 명으로 건립을 시작하여 1902년에 준공되었고, 서양식 석조 건축인 석조전의 완공일은 1910년이다. 앞서 각주에서 언급한 것처럼 석조전의 건립 계획은 1898년 이전에 시작된 것이 명확해 보이는바, 중화전과 석조전은 거의 동일한 시기에 전통의 관성과 변화의 의지 사이 양가적 상태에서 각기 발생했다. 5백 년 왕조의 종묘사직을 떠받쳐 온 물리적 기반은 굵은 나무 기둥으로 받쳐진 장대한 기와지붕 아래 공간이었는데, 〈근대화〉된 〈문명국〉으로서 외래를 상대해야 할 공간은 서구의 고전적 오더로 지탱되는 페디먼트 아래 공간이어야 했던 것이다. 석조전 건립 이유에 대한 명확한 기록이 남아 있지 않아 알 수 없지만, 아마 그러했을 것이다. 〈전근대〉란 멍에가 씌워진 동아시아의 전통 건축은 의전의 공간이 될 수 없었다. 그 공간은 〈문명국〉의 건축이어야만 감당할 수 있다고 생각했을 것이다.

석조전을 설계한 영국인 건축가 존 레지널드 하딩은 동양의 왕조 국가에 서양의 고전 건축을 설계하는 과정에서 어떠한 문화적 월경의 고뇌를 느꼈을까? 이 또한 그의 기록을 확인할 수 없어 알 수 없지만, 아마 그는 남다른 고뇌를 하지 않았을 성싶다. 서양 문화 한복판에서 나고 자라며 건축 교육을 받은, 그러면서 자연히 오리엔탈리즘을 내재화했을 그에게 신고전주의 양식은 동양을 문명화하는 유용한 도구였을 것이다.

외연 확장은, 확장을 유발하는 원인에 대한 열등의식이 없어야만 비로소 진정한 확장으로 이어진다. 힘없는 황제의 나라가 겪은 타율적인 외연 확장과 주체 분열은 후손인 우리에게 처연하고 구슬픈 선조의 지난 과거인 동시에 오늘 우리의 거울이다.

석조전은 2014년 대대적인 보수와 복원을 거쳐 대한제국역사관이 되었으나, 그 외부 형태와 공간의 큰 얼개는 유지한 채 용도를 변경해 오늘 우리 앞에 서 있다. 역사관으로 사용되는 석조전은, 복원 수준을 가늠하기에 앞서 그 자체로 우리의 근대사를 압축적으로 함의하는 대상으로서 각별하다. 석조전이란 개별적 건축물의 상징성과 역사적 밀도는 매우 높다.

근대와 식민, 그리고 외연 확장과 주체 분열은 우리 근현대사를 톺아볼 때마다 피할 수 없는 통점으로 다가온다. 중화전과 석조전의 양립은 이러한 통점을 강렬하게 환기시킨다. 석조전이 아직 덕수궁 안에 존재한다는 것은 우리 근대사 아픔의 연유를 더듬을 수 있는 물리적 실체가 있다는 의미다. 따라서 석조전의 존재 가치는 이미 충분하다.

중화전과 석조전의 양립

- 석조전 이오닉 주두

석조전 전면 열주랑

하이브리드   **박노수미술관**

하이브리드

    양가성이 서로 양립하기 어려운 것들 간의 갈등 속 동거라면 혼종성hybrid은 서로 다른 것들이 합쳐져 새로운 무엇이 생성되는 것을 의미한다. 주로 언어학이나 생물학적 차원[1]에서 사용되는 용어 하이브리드는, 이제 한정된 용어의 범위를 넘어 서로 다른 요소가 결합하여 만들어진 새로운 결과물들을 폭넓게 아우르는 낱말로 사용되고 있다. 언어도 섞이고 동식물도 섞이고 기술도 섞이고 문화도 섞인다. 따지고 보면 인간사 안 섞이는 것이 없다. 안 섞이면, 고여서 썩는 물처럼, 새로운 무엇이 새로 만들어질 가능성이 줄어든다. 생물학적 순혈주의는 열성 발현의 높은 가능성 때문에 오히려 위험하며, 문화적 순혈주의 또한 문화적 다양성을 축소시켜 왜소한 문화계로 쪼그라들 위험성을 내포하기에 위험하다. 이는 문화의 도태와 정체를 의미한다. 대체로 잡종 강세는 생물학뿐만 아니라 문화적으로도 적용 가능한데, 서로 다른 문화가 만나는 것은 문화의 순도가 떨어지는 것이 아니라 다양한 문화가 생성되는 기반이 마련되는 것으로 받아들일 수 있다.

    〈지구 마을 한 가족〉은 앞서 말한 바와 같이 서구의 팽창에 따른 결과였는데, 비로소 매우 빠른 속도로 이 문화(서구 문화)와 저 문화(비서구 문화)가 섞이기 시작했다. 인류의 가장 거대하며 전방위적인 문화 혼종이 이 당시 이

---

1 언어학에서 하이브리드는 한 언어에 다른 언어의 접두사나 접미사 등이 결합하여 만들어진 낱말을, 생물학에서 하이브리드는 서로 다른 종의 동식물이 결합하여 만들어진 새로운 종의 동식물을 의미한다.

뤄지기 시작했는데, 하이브리드는 아직까지 현재 진행 중이다. 동서양의 문화는 여전히 섞이는 중이며, 그 결과 지속적으로 새로운 문화가 생성되고 있다.

건축 또한 하이브리드의 테두리 안에서 고찰할 수 있다. 서구 건축이 비서구에 침투하기 시작했을 때, 그 전개 양상은 단순하지 않았다. 식민의 역사에서 비서구는 처음 접하는 서구 문명에 대체로 압도되었다. 당연하지 않겠는가? 전광석화처럼 밀려드는 난타의 서구 문명 앞에서 비서구 문화는 자기 소외의 틀 안에 스스로를 격리시켰다. 그들처럼 되고 싶지만 절대 그들처럼 될 수 없는 현실. 프란츠 파농의 말을 빌리자면 검은 피부에 죽어라 흰 가면을 써보지만 〈검둥이〉가 백인이 될 수 없는 노릇. 아, 그래서 양가 감정이란 고달픈 것이었다. 한 자리에 데면데면 서 있는 중화전과 석조전을 바로 앞에서 보지 않았던가. 그런데 덕수궁에서 광화문로 큰길 따라 올라가서 서촌 깊숙이 들어가면 박노수미술관이 나온다. 이 미술관은 건축적 하이브리드의 모습을 보여 준다.

박 노 수 미 술 관

박노수미술관은 1937년에 지어진 살림집을 수리, 복원하여 2013년 개관한 미술관이다. 미술관은 박노수 화백의 작품과 그가 수집한 미술품 등을 전시 근간으로 하는데, 미술관 건축은 지상 2층의 단출한 규모로, 여러 양식의 혼종으로 이루어져 있다.

이 건축물은 친일파 윤덕영이 그의 딸에게 지어준 집(이하 〈가옥〉 또는 〈윤덕영 가옥〉)으로 알려져 있는데, 이 집을 1973년 화가 박노수가 매입하여 거주했고 말년에 그의 작품과 더불어 종로구에 기증했다. 이 가옥은 구한말 조선 최초의 근대 건축가 박길룡이 설계했다.

이 가옥이 지어진 시기는 1937년 일제 강점 한복판이다. 전통 가옥과 그 안의 삶 모두 〈전근대〉란 개념에 회석되어 아른아른 흐려져 갔는데, 일본에서 들어온 양식과 일식의 잡종 주거인 〈문화 주택〉이 동일한 이름으로 조선 반도에도 들어와 양식, 일식에 한식까지 더해진 윤덕영 가옥이 되었다.

외관을 살펴보면 이렇다. 가옥은 이층집인데, 1층은 서양식 벽돌조로 되어 있고 2층은 목구조를 바탕으로 하얀색 회벽으로 되어 있으며 지붕은 박공지붕이다. 창문 자체는 서양식이나 창살의 비례와 형태는 일식이고 지붕의 목조 얼개는 한식과 일식의 절충식에 가까워 보인다. 지붕을 덮고 있는 기와는 암키와와 수키와가 한 몸인 일식 개량 기와인데, 지붕 처마를 받치는 서까래는 한식(선자 서까래와 원형 단면)[2]으로 되어 있다. 그리고 가옥의 지붕에는 난방 연소 연기 배출을 위한 연도(굴뚝)가 삐죽 튀어나와 있는데, 건물 외부에 위치하는 우리 굴뚝과 배치는 다르지만, 그 외관은 전통적 조형으로 되어 있어 지붕을 조형적으로 돋보이게 한다.

평면의 공간 구성은 한식, 일식보다는 서양식에 가깝다. 이 가옥은 기둥-보 가구(架構)로 얽혀 모든 입면이 개방 가능한 동양의 목구조 공간과 근본적으로 다르다. 물론 2층은 목조를 구조 기반으로 하고 있으나, 가구가 은폐되며 전체적으로 벽으로 둘러쳐진 폐쇄적 공간으로 되어 있다. 가옥의 1층은 주 출입구(현관)에서 시작된 복도가 여러 방과 실들을 꼬치 꿰듯 엮고 중간에 놓인 계단을 통해 2층으로 올라가게 되어 있다. 2층으로 올라가서도 짧은 복도를 통해 방과 실들이 다닥다닥 엉겨 붙어 있다. 공간의 전체 얼개는 서양식이지만, 1층 안방만은 온돌 난방 구조로 되어 있다. 안방 외 다른 공간은 모두 방열기를 통한 난방이지만 엉덩이를 바닥에 붙이고 생활했던 수천 년 삶의 유전적 관성이 안방 온돌에 남아 있다. 그뿐만 아니라 안방과 인접한 응접실은 벽으로 구획되지 않고 4분할 미닫이문으로 나뉘어 있다. 문을 밀어 열거나 아예 분리하면 안방과 응접실이 하나의 공간이 되는데, 이는 전통 가

---

2 일본 전통 건축에서는 부챗살 모양의 선자 서까래를 사용하지 않고 추녀에 직각으로 서까래를 설치한다. 또한 일본의 극히 일부 고대 건축물을 제외하고 서까래와 부연 모두 사각형 단면을 갖는다.

옥의 안방과 대청에 대응한다. 가옥은 〈대단히 복잡한 양식의 혼용〉[3]으로 1937년 문화 혼종의 한복판에서 세워졌다.

다시, 혼종성

모든 문화는 섞인다. 태초 이래 아무것도 섞이지 않은 〈근본적〉 문화를 찾기는 불가능[4]하다. 그렇기에 중요한 것은, 어떻게 섞여 어떤 결과물이 만들어지는지, 그리하여 그 결과가 지금 여기 우리에게 어떤 의미인지 생각하는 것이다. 식민 지배자의 문화와 식민 피지배자의 문화가 혼종하는 것은 어떤 의미인가? 부정적 관점에서 보면, 지배자의 문화를 중심으로 피지배자의 문화가 종속되는 형식이다. 이 경우 혼종성이란 지배자의 관점에서 피지배자의 문화가 재단, 편집되고 그 가치가 편취되는 것을 의미한다. 문화 혼종을 식민 지배자의 관점에서 바라보면 혼종성은 식민주의 논리를 강화하는 수단에 머무르게 된다.

그러나 탈식민주의 이론에서 보면, 혼종성은 긍정적 개념으로 호출되기도 한다. 탈식민주의 이론가 호미 바바Homi K. Bhabha는 혼종성을 강력한 문화 생산의 요소로 바라본다. 물론 그에 대한 비판이 만만찮지만, 바바가 풀이하는 혼종성은 강력한 문화 생산성의 기호로 의미 있다. 윤덕영 가옥이 다만 한식·양식·일식의 잡종 형태인 것을 넘어, 가옥을 이루고 있는 서로 다른 문화적 요소가 어떻게 서로의 장단점을 길항하는지, 그리하여 어떻게 새로운 주거 문화의 가능성을 생산하는지 확인하는 것은 의미 있다. 그것은 당대의

3 박길룡·이재성, 『서울체』(부천: 디북, 2020), 54쪽.
4 〈단오〉는 우리 것인가? 아니면 중국의 것인가? 2천3백여 년 전 자결한 초나라 굴원을 기리는 단오가 한반도로 넘어와 우리의 단오가 되었는가? 우리의 단오는 중국의 단오와 완벽히 동일한 것인가? 다르다면 얼마나 무엇이 다른가? 어느 정도 다르면 서로의 단오는 다르다고 볼 수 있는가? 그런데 일본의 단오 또한 있지 않던가? 중국의 단오가 〈근본적〉으로 진짜 단오인 것이고, 한국과 일본의 단오는 유구한 역사(?)를 갖는 〈짝퉁〉인 것인가? 문화에서 근본주의는 근본적으로 성립하기 어렵다.

주거 문화를 해석하는 데 있어, 서구적 주거에 대한 동경과 전통적 주거에 대한 회의 등과 같은 이분법적 문화 경계의 편견을 극복할 수 있는 발판이 된다.

우리는 식민 강점과 민족 동란으로 잃은 것이 너무 많은데, 속도전을 중요시하는 오늘날 그나마 한 줌 남아 있는 유산들도 거덜 나고 있다. 박노수미술관이 남아 있어, 혼종이든 혼성이든 잡종이든 생각할 여지를 확보할 수 있다는 것은 다행이다. 박노수미술관에 가서 섞여 있는 것들을 살펴보자. 그리고 그것들을 지금 여기에서 어떤 가치로 살릴 수 있는지 또한 생각해 보면 좋겠다.

•   박노수미술관 측면, 1층의 벽돌과 2층의 회벽, 그리고 지붕 및 서까래

⋮   박노수미술관 측면, 멀리 보이는 인왕산의 등줄기

⋮   반원 아치의 미술관 입구

박노수미술관의 전경, 건축적 하이브리드를 보여 준다

강박 장애　독립기념관

최대와 최고의 기념관

　식민의 역사는 치욕스럽다. 삶을 우리의 의지대로 살 수 없어 참담했던 과거. 힘없는 나라의 위정자들은 무력했고 백성들의 삶은 참혹했다. 그 기간이 무려 36년. 이 36년은 1910년 경술국치에서 1945년 조국의 독립까지를 말하는데, 이미 조선 왕조 말기, 그러니까 대한 제국 언저리부터 외세의 본격적인 시달림이 시작되었으니, 반세기 넘는 기간 동안 우리의 주체적 삶은 계속해서 쪼그라들었던 것이다.

　1945년, 해방은 벼락처럼 다가왔다. 국내외에서 치열하게 전개된 독립운동과 더불어 국제 역학관계 재편에 따른 결과였다. 대하소설『토지』와『아리랑』모두 대한 독립으로 막을 내리는데, 소설가 박경리는 작중 인물이 덩실덩실 춤을 추는 장면으로, 소설가 조정래는 만주에서 귀국하는 동포들이 중국인들에게 학살당하는 역사적 사건으로 소설을 마무리했다. 조국 독립의 기쁨(『토지』)과 동시에 시작된 대한민국 근현대사의 또 다른 질곡의 복선(『아리랑』). 그러나 조국의 독립과 민족자존의 회복은 기념해 마땅한 일일 터였다.

　광복 이듬해인 1946년부터 조국의 독립을 기념하기 위한 독립기념관 건축에 대한 열망이 시작되었다. 이후 1982년 정부의 주도로 독립기념관 건립 추진 위원회가 발족했고 추진 위원회를 주도한 건축가 김원의 설계 지침과 현상 설계 공모에서 당선된 건축가 김기웅의 설계로 1986년 독립기념관이 개관했다.

천안에 있는 독립기념관은 강렬한 축을 형성하는데, 그 중간에는 부석사 무량수전을 모티브로 한 거대한 맞배지붕과 배흘림기둥으로 구성된 〈겨레의 집〉이 기념관 전체의 지배적이고 구심적인 공간을 이루고 있다. 입구에서부터 겨레의 집 사이에는 오직 〈겨레의 탑〉을 제외하고 시각적 장애물이 없어 거대한 맞배지붕의 강렬함이 더욱 부각되어 있다.

현상 설계 공모 당시 설계 지침은 〈민족자존과 발전 의지를 상징하는 조형〉이 되어야 함을 강조하면서, 〈그러기 위해서는 그 규모와 높이가 특출해야 하는〉데 그것은 〈구체적이고 명확한 전통 언어와 관련된 것〉이어야 한다는 형태적 기준을 매우 구체적으로 제시했다. 건축가 김기웅은 이에 완벽하게 부응하는 계획안으로 설계 공모에 당선되었다.

준공 당시, 겨레의 탑은 높이 51미터, 겨레의 집은 가로, 세로, 높이가 각각 126미터, 68미터, 45미터로 아시아 최고(最高) 높이의 탑, 아시아 최대(最大) 기와집에 해당하는 규모였다. 더군다나 겨레의 집 조형의 모티브인 부석사 무량수전은 우리 최고(最古)의 건축이 아니던가? 최고와 최대와 최고가 독립기념관의 목표였다.

그런데 민족자존과 발전 의지는 진실로 특출한 규모와 높이로 상징될 수 있는 것인가? 그리고 그 상징의 정도는 맞배, 기와, 배흘림 등의 전통적 이미지를 통해 배가되는가? 부석사 무량수전이 대규모로 뻥튀기된 독립기념관의 조형적 생성의 저면을 들여다보는 일은 난감하다. 이미 독립기념관 기획 반세기 전인 1930~1940년대 일본 건축계를 풍미한 제관 양식이 아른거린다. 건축가 김기웅은 기념관의 조형적 논란에 대한 출구 전략으로 포스트모더니즘으로 그의 건축을 설명하고자 했다.

제관 양식

일본의 근현대 건축사는 탈아입구(脫亞入歐)에서 탈구입아(脫歐入亞)를 거쳐 패전 후 재건에 이르는 일련의 과정사(史)다. 서구 열강이 일본 열도에 들어왔을 때, 일본은 서구의 압도적인 기술 문명에 경악했다. 그 후 일본은 동양 속 서양이 되고자 했다. 아시아를 벗어나 서구로 들어서는 것, 들어서는 것을 넘어 아시아의 서양이 되는 것이 그들이 설정한 시대정신이었다. 탈아입구는 그러한 시대정신 속에서 프로그래밍된 시대적 지침이었다. 이때 일본 건축계는 수많은 지식인을 서구에 유학 보내면서 일본 속 서양 건축가를 양성했다. 이 당시 서양 고전주의 양식에 입각해 설계된 건축물이 많이 세워졌다. 일본 국회의사당(1917)과 도쿄역사(1920) 등이 대표적 결과물이다. 서구의 고전은 그들이 따라야 할 지침이었고 일본의 덴토(傳統, 전통)는 그들이 극복해야 할 구태였다.

그러나 가면은 결국 본인의 얼굴이 될 수 없다. 일본이 서구와의 대외 전쟁에서 연승하며 기고만장하고 있을 때, 〈근대의 초극〉이란 단어가 일본 사상계와 문학계 등에서 회자되었다. 〈서구의 근대를 넘어서자〉라는 구호의 바탕에는 서구 모방에서 벗어난 일본 자의식의 성립이 자리하고 있다. 당시 일본의 국체는 다시 서구를 벗어나 아시아적 일본으로 선회하기에 이른다. 탈구입아는 이렇게 설정되었는데, 이제 서구의 고전은 초극 대상이 되었고 일본의 덴토는 다시 불러들여야 하는 소환 대상이 되었다. 이 덴토 건축은 일본 군부 파시즘에 의해 적극적으로 소환, 소비되면서 거대한 기와지붕 건축물들이 양산되기 시작한다. 오노 다케오, 와타나베 진 등 제국의 건축가들이 설계한 군인회관(1934, 현 구단회관), 도쿄제실박물관(1937, 현 도쿄국립박물관) 등이 서구 고전에서 일본 덴토로의 원점 회귀를 상징한다. 일본 군부 정권의 정통성은 일본 전통 건축의 전통적 이미지로 대변되었고, 기와지붕이 크고 장대할수록 천황을 상징으로 하는 군부의 권위는 높아졌으며, 이에 비례해 일본 국민은 계속해서 신민(臣民)으로 격하되었다.

일본의 반세기 전 건축적 시대 상황이 이웃 한반도에서도 반복되었다. 우리에게는 〈근대의 초극〉과 같은 자아 성찰에 바탕을 둔 기고만장의 자신감은 없었으나, 일본 군부 파시즘과 같은 군부 독재 정권의 정통성에 대한 갈

증이 있었다. 개발 국가, 발전 국가를 국가적 모토로 설정한 제3, 4, 5공화국은 정권의 정통성과 민족의 자존을 민족주의적 전통 이미지로 대체하려 했고, 국가가 천명한 발전 의지를 규모와 높이로 상징하려 했다. 이것은 우리의 전통 또는 한국성에 대한 심도 있는 관심이라기보다, 유사 제관 양식이라 할 만한 선전적 기획에 기반하고 있었다.

표층적이고 1차원적인 프로파간다적 건축의 요청은 전통, 최고, 최대, 최다 등의 수사를 동원하여 세뇌에 가까운 방식으로 반복되었다. 아직도 독립기념관을 수식하는 일반적이고 보편화된 수사는 〈동양 최대 기와집〉이다. 기와와 맞배와 배흘림은 죄가 없다. 최고와 최대와 최다 또한 죄가 없다. 다만 〈최대 기와지붕〉으로 국가적 정체성과 민족의 문화를 저급한 정량 대상으로 전락시키는 그 무엇에 문제가 있는데, 소아적 건축 논리가 우리의 한 시대를 풍미했다.

출 구 전 략

독립기념관의 태생이 이러한데, 정작 독립기념관을 설계한 건축가는 준공 당시 조형적 논란(몰문화적 형태 모방)에 대해 다른 이야기로 논의를 이끌어 갔다. 건축가는 불현듯 자신의 기념관 설계에 포스트모더니즘을 접목했다.

포스트모더니즘이란 명칭은 용어 그대로 모더니즘을 벗어나려는 욕망이었다. 모더니즘의 극복 또는 탈출의 몸짓이라 할 수 있는데, 극복과 탈출을 도모했던 포스트모던 건축가들은 건축의 전통에 대한 새로운 이론적 접근 또는 전통적 장식 이미지 재현에 골몰했다. 그러나 이 골몰은 대부분 전통의 모방적 재현에 머무르며 표류하다 사라졌는데, 1980년대 독립기념관의 건축가는 자신이 설계한 거대한 맞배지붕의 기념관을 포스트모더니즘이란 출구로 빼내 논란을 극복하려 했던 것으로 보인다.

그러나 1984년 포스트모더니즘으로 기념관 건축을 설명하는 건축가의 논리는 포스트모더니즘 논리의 표층에 머무른다. 그는 기념관의 전통적 형태 모방 또는 재현에 대한 이론적 근거를 논리적으로 설명하기보다, 설계 지침 내용을 반복적으로 인용하는 수준에 머무르고 있다.[1] 그런데 포스트모더니즘의 변은 결과적으로 사실일 수도 있다. 기념관을 강렬하게 지배하는 전통 건축의 이미지가 결과적 실체이기 때문이다. 서구 건축계에서 한창 논의되었던 주류 담론에 기대어 파고를 넘어서고자 했던 건축가의 고민이 떠오르기도 한다.

그러나 다시 말하지만, 기와와 배흘림과 맞배는 죄가 없으며 최대와 최고와 최다 또한 죄가 없다. 빈곤한 문화적 수사 속에서 기념관의 기념비적 형태만이 기념되고 있는데, 정작 기념의 주제를 전시하고 있는 전시동들은 〈마치 소똥처럼 방기되어〉[2] 있고, 거대한 겨레의 집 지붕 아래에서 관람객들은 어쩔 수 없이 왜소해질 수밖에 없다.

무엇을 기념하며, 무엇을 위한 기념관인가? 독립기념관에서 기념관에 대한 근본적인 존재 이유와 존재 형식에 대해 자문하게 된다.

---

1   박정현, 『건축은 무엇을 했는가 ─ 발전 국가 시기 한국 현대 건축』(서울: 워크룸프레스, 2020). 저자는 독립기념관에 대한 건축가의 포스트모더니즘으로의 해석에 대하여 (건축적 가치 판단 등에 대한 언급을 유보한 채) 개념적 전유appropriation로 설명하고 있다.

   2   이종건, 『해체의 건축의 해체』(서울: 발언, 1999), 17쪽.

- 독립기념관에 이르는 길, 소실점 끝에 겨레의 탑이 보인다

⋮ 겨레의 탑 뒤에는 초현실적으로 보이는 거대한 무량수전 복제품이 자리하고 있다

- 〈방기된 소똥〉 같은 전시동에서 본 겨레의 집

: 독립기념관 현판 안쪽에는 거대한 조형물이 있다

•: 서까래 메타포 아래, 겨레의 독립을 희구하는 조형물

구정아트센터

자이니치 정의신

　연극 연출가 정의신은 재일 교포 3세다. 그의 외할머니가 일본으로 건너가 그의 어머니를 낳았고, 그의 어머니가 다시 1957년생인 정의신을 낳았다. 정의신의 어느 인터뷰를 보면 그가 외할머니와 단둘이 일본의 어느 마을 화장터 옆 한국인 부락에 살았다고 하니, 그의 외조모가 부유한 이민자 계층은 아니었을 것이다. 그의 외조모는 구한말 생존을 위해 바다 건너 일본으로 건너간 수많은 조선인 중 한 명이었을 것이다.

　조선 왕조 끝자락에서 시작된 이 나라 민중의 디아스포라. 쫓기듯 밀려나 제 나라를 등져야 했던 이들은 육로로는 중국과 러시아로, 바다 건너로는 미국과 일본 등지로 흘러갔다. 중국은 간도, 만주 등을 기점으로 중국 전역으로, 러시아는 연해주 등을 시작으로 저 멀리 타슈켄트 등과 같은 중앙아시아로, 미국 하와이로 건너간 이주민들은 샌프란시스코 등의 미국 서부 지역을 포함하여 중앙아메리카의 멕시코 등지로 이주 범위를 넓혀 갔다. 일본의 이민자들은 관부 연락선 기점인 시모노세키를 거쳐 도쿄, 오사카 등과 같은 대도시로 이동했고, 연이어 열도 남서쪽 끝 오키나와와 북동쪽 끝 홋카이도까지 퍼져 나갔다. 이 당시 전 세계로 나간 조선 이민자의 수가 수십만 명을 헤아린다.

　나라를 빼앗긴 민중의 참혹한 삶이 옮겨 간 나라를 가렸겠는가. 대한민국 이민사의 시작을 연 그들 대부분의 삶은 곤고하고 신산했는데, 특히 식민 종주국 일본으로 건너간 재일 교포들의 삶은 모진 냉대와 핍박 속에서 더욱 힘겨웠다. 그럴 수밖에 없었다. 식민 피지배국에서 배곯아 가며 넘어온 그들을 식민 지배국이 온정의 마음으로 품었을 리 만무했다. 구한말 이래 일본으로 건너간 재일 동포의 역사는 1백 년을 넘어 오늘에 이르고 있는데, 식민 피지 배국의 이주자로 건너온 그들과 그들의 아들딸은 일본 속 이방인으로, 일본 인이 될 수도 없고 한국인(여기서 한국은 남한과 북한 모두를 포함한다)이 될 수도 없는 경계인으로서, 그들 자신이 서 있는 자리, 다시 말해 그들 자신 의 정체성에 대한 고민을 평생 짊어진 채 살아가야만 했다.

연극 연출가 정의신의 자리도 바로 그러했다. 한일 양국에 걸쳐 이름을 높 이 알린 그가 연출한 연극의 정수들은 자이니치(在日), 즉 일본 속 한국인의 정체성에 대한 고통스러운 자기 물음인 동시에 치열한 자기 답변의 산물이 다. 그중 「야끼니꾸 드래곤」은 일본 초연 이후 우리나라에서도 공연되었는 데, 정의신은 동일한 내용의 영화 「용길이네 곱창집」도 감독했다.

극중 김용길은 해방된 조국으로 가지 못했다. 미리 조선으로 들여보낸 아 내는 제주 4·3 사건으로 사망하고 곧이어 민족 동란이 터지면서, 그는 조국 으로 건너가길 포기하고 일본에 터를 잡고 재혼했다. 그에게는 딸 셋과 막내 아들 하나가 있었다. 첫째와 둘째는 그의 딸이고 셋째는 재혼한 아내의 딸이 며, 막내는 그들 사이에서 태어난 아들이다. 이들 가족은 오사카 이타미 공 항 일대 공유지의 무허가 건물에서 곱창을 구워 팔며 살았는데, 일본인 학교 에서 집단 따돌림을 당한 막내아들은 스스로 생을 마감한다. 우여곡절과 파 란만장한 몇 해가 가고 첫째 딸 부부는 북한으로, 둘째 딸 부부는 남한으로 떠나고, 셋째 딸 부부는 일본에 남는다. 일본 사람일 수도, 남한 사람일 수도, 북한 사람일 수도 없는 그들은 또 모두가 될 수 있기도 한데, 그들 가족의 삶 은 자이니치의 정의 내리기 힘겨운 정체성에 대한 거울과도 같다. 이 거울은 무엇을 비추고 있는가?

자이니치 유동룡

　　거울을 보는 이유는 거울에 비친 상을 보기 위함이다. 내가 거울을 보는 이유는 거울에 비친 나를 보기 위해서다. 라캉이 말하는 거울 단계에서 데카르트가 정초한 코기토Cogito, 즉 〈생각하는 내가 존재하는 나〉라는 근대적 주체 개념은 부정된다. 진정한 나를 알기 위해서는 〈나〉에게서 일정한 거리를 두고 객관적 시선으로 타자로서의 나를 응시해야 한다. 구조주의와 언어학, 그리고 라캉 등을 거치며 주체를 인식하는 틀은 근본적으로 바뀌기 시작했다.

　　건축가 이타미 준은 재일 교포 2세다. 그의 아버지는 일제 강점기에 일본으로 건너와 아들 유동룡을 낳았는데, 그의 예명이 이타미 준이다. 〈나〉란 존재에 대한 고민, 그리고 정체성에 대한 숙명적 고뇌 속에서 성찰한 이타미 준에게 코기토란 처음부터 성립 불가능한 개념이었을 것이다. 그래서 그는 끊임없이 자신을 비춰 볼 거울을 찾아야만 했다. 이타미 준은 그 거울을 통해 자기 자신을 들여다보려 했으며 그 거울에 비친 여러 상(타자)을 조합해 가며 자신이 만들어 나갈 건축의 방향을 모색하려 했다.[1]

　　모진 냉대와 차별 속에서 성장한 재일 교포 2세 유동룡은 일본 무사시 공업대학을 졸업하고 자신의 설계 사무실을 개소하면서 〈이타미 준〉이란 예명을 지었다. 〈이타미〉는 〈용길이네 곱창집〉 옆에 있는 국제공항 이름에서 빌렸고, 〈준〉은 유동룡의 친한 동료인 우리 음악가 길옥윤의 마지막 글자 〈준(潤, 우리말 독음 《윤》)〉에서 빌렸다. 유동룡의 예명은 비행기를 타고 그의 조국으로 향한다. 그 비행기는 대한 해협을 건너 한국과 일본을 오가는데, 이타미 준이란 이름은 대한 해협 어디쯤을 비행하는 자이니치의 예명으로 어울린다.

　1　해당 단락 및 바로 윗 단락은 최우용, 『변방의 집, 창조의 공간』(서울: 궁리, 2016)에서 가져왔다. 자이니치 건축가이자 경계인으로 살아온 건축가 이타미 준을 설명하기 위해 〈거울〉과 〈정체성〉의 개념은 계속해서 유효하기에 게으름의 비난을 무릅쓰고 본인의 글을 인용한다.

일본에서 죽는 날까지 한국인으로 작업한 그는 항상 자신의 정체성에 대해 고민했다. 일본 사회에서 냉대받고 차별받는 자이니치이면서 동시에 온전한 한국인으로 인정받기 어려운 재일 교포 2세인 그에게 정체성에 대한 물음은 숙명이었다. 그는 본인이 서 있는 자리에 대해 끊임없이 의문을 던졌다. 그가 남긴 글과 작업에는 이 자문에 대한 답 구하기 여정이 절절히 담겨 있다. 그의 말대로 〈부모 세대의 고통을 보고 자란 재일 동포 2세대들은 조국인 한국을 깊이 생각하지 않을 수 없었〉[2]는데, 〈그 땅에서 떨어져 있기 때문에 한국 문화를 접하면 조국에 대한 상념이 더욱 강해〉질 수밖에 없었다. 그가 나고 자란 곳은 이국인데, 이국의 배타성과 더불어 그의 생래적 귀소 본능은 그를 모국의 전통과 산천과 문화에 천착하게 했다.

그는 그 치열한 고민 과정에서 아버지와 어머니 나라의 미적 정서에 깊은 애착을 갖게 되었다. 대한 해협을 무수히 넘나들며 모국의 산천을 더듬고 모국의 건축을 둘러보며 민화와 백자와 불상에 탐닉했다. 그는 여기서 〈자연의 섭리〉와 〈꾸미지 않은 아름다움〉 등을 보았다고 했다. 이타미 준은 모국 산하의 정서, 공예품과 고가구의 아름다움, 그리고 초가와 민화의 기층적 생동감에 천착했으며, 이 한국적 전통의 서정을 통해 그의 건축이 나아갈 방향을 모색하고 다듬어 갔다. 그는 관념적 철학에 기댄 건축을 지양했으며, 건축이 놓일 땅과 그 땅을 쓸고 가는 바람의 노래를 들으며 생생하게 만들기 위해 집중했다.

2 유동룡, 『돌과 바람의 소리』(서울: 학고재, 2004). 이하 인용 부분은 모두 같은 책에서 인용했다.

온양민속박물관 구정아트센터

충청남도 아산시에는 온양민속박물관이 있다. 이 박물관은 현대 산업화에 밀려난 우리 기층의 삶을 이뤄 온 물적 바탕들을 기록하고 기억하기 위해 1978년에 세워졌다. 박물관은 너른 부지에 여유롭게 조성되었는데, 부지의 큰 축을 이루는 두 건축물은 민속박물관과 구정아트센터(설립 당시 명칭은 〈구정미술관〉)다. 개관 당시 민속박물관은 건축가 김석철이 설계했는데, 붉은 벽돌로 지어져 단정하고 정갈하다. 그중 탁 트인 로비는 허허롭거나 싱겁지 않고 붉은 벽돌과 고창(高窓)으로 흘러드는 빛이 조화를 이루어 안정적이다. 박물관에서 조금 떨어진 곳에 설립자의 호를 빌린 구정미술관이 있다. 이 미술관은 1982년 일본 속 한국 건축가였던 이타미 준이 모국인 대한민국에 설계한 첫 건축물이다.

이 땅, 이 풍경 속에서 건축은 견고하고 토착성에 뿌리내린 담대함을 지니지 않으면 안 된다고, 어머니 나라의 풍경은 땅속에서 신호를 보내는 듯했다.(……) 흙을 주제로 한 이 건축물의 외관은 혹독한 자연과 토착성에 맞서기도 하고, 어우러지기도 하면서 완성된 것이다.(……) 관념적으로 도면을 조작하거나 미의식을 고집하는 것이 아니라 흙벽돌을 무수히 만드는 일에서 시작하여 흙벽돌을 무수히 쌓아 올리는 일로 끝났다.

〈유라시아 대륙에서 불어오는 바람은 매서웠다〉라는 문장으로 시작하는 윗글은 이타미 준이 자신의 첫 작업에 대해 쓴 것이다. 유라시아 대륙에서 불어오는 모진 북서풍은 그가 모국의 첫 건축 작업에서 맞닥뜨린 첫 제약의 질감이었다. 이 모질고 매서우며 거칠거칠한 바람에 견고하게 뿌리내릴 수 있는 토착성이 무엇일까 하는 질문이 그의 귓가에 쟁쟁히 울렸을 것이다. 모더니즘Modernism으로 현대화된modernize, 다시 말해 근대주의로 현대화된 우리에게 토착성이랑 얼마나 어렵고 대면하기 곤란한 용어인가? 건축계를 포함한 우리 문화계 전체를 곤혹스럽게 하는 토착성이란 물음에 대한 유동룡이자 이타미 준은 오히려 담대했다. 경계에서 머무르거나 경계 밖으로 스스로를 내몰고자 했던 그는 전통에 대한 터부와 전통의 강박 사이에서 갈팡질팡하지 않았다. 좌고우면하지 않고 과감했으며 솔직하고 섬세했다.

구정아트센터는 하루가 다르게 상전벽해 하는 산업화 한가운데에서 지어진 건축물이다. 아산 구도심 외곽에 위치한 미술관이 지어질 당시에는 미술관 부지 주변이 온통 논이고 밭이었으며 전방위로 부는 바람이 부지 온 곳을 쓸고 다녔다.

이타미 준은 이 땅에 어울리는 미술관을 짓기 위해 노력했다. 그는 여러 토속적 재료가 갖고 있는 다양한 질감과 물성, 그리고 그 질감과 물성들이 자아내는 다채로운 분위기와 심상을 조화롭게 엮어 내고자 했다.

그는 직접 아산의 돌을 캐고 두드려 가며 미술관 둘레를 구획했고, 충청도의 너른 옥토를 덮고 있는 붉은 흙으로 황토 벽돌을 구워 미술관의 몸체를 쌓아 올렸으며, 네모반듯한 외곽 지붕에는 전통 기와를 올려 완성했다. 그리고 건축물의 중앙 높은 지붕 형태에는 아산의 거대 문화 텍스트인 거북선의 타원을 메타포로 동원했고, 건물 주변에는 석상과 석등을 구성지게 흩뜨려 놓았다. 이 서로 다른 재료들은 서로 겉돌거나 반목하지 않고, 건축가의 섬세하고 조화로운 배열과 배치로 한국적 정서를 품은 고유한 아름다움에 이를 수 있었다.

전실을 거쳐 들어가는 미술관의 본체는 수 미터 높이가 통으로 뚫린 열린 공간이다. 이 대공간은 평면 가운데 좌우측 대칭으로 솟아 있는 탑과 같은 수직 구조물로 안정감을 확보하는데, 노출된 목구조 천장의 자연스러움과 측장을 통해 흘러드는 자연광의 은은함이 시적 여운이 감도는 충만한 공간을 창조하고 있다.

이타미 준은 〈일본에서는 조센징으로, 한국에서는 일본인〉일 수밖에 없는, 어디에도 속할 수 없는 소외된 건축가였다. 그러나 그는 그 어디에도 속하지 아니하는 경계인 또는 주변인의 힘으로 중심 담론 또는 거대 담론에 함몰되지 않으며 그만의 농밀한 건축 세계를 펼쳐 보였다. 그의 건축은 한국과 일본 양국 모두에 있다.

기억

연극 평론가 안치운은 연극을 기억의 현상학으로 정의한다. 정의신이 연출한 연극은 본인의 유년 기억을 바탕으로 한 정체성에 대한 천착에서 비롯된다. 안치운의 표현을 빌리자면, 정의신의 〈기억은 보이지 않고, 잠재되어 있으면서, 기억은 과거이면서 언제나 지금 여기로 다가오는 현재이기도 하다〉.[3] 기억은 바로 〈나〉이면서 동시에 〈나〉를 만드는 근간이다. 현재의 내가 비롯된 과거는 곧 기억이며, 기억은 미래를 예비하고 있는 〈나〉의 잠재태인 것이다. 이타미 준이 설계한 건축은 자신의 태(胎)에 관한 기억으로 소급된다. 이타미 준의 건축에서 보이는 모국의 미적 정서는, 그의 영혼을 매료시킨 탯자리의 기억에서 비롯된다. 그 기억은 보이지 않고, 잠재되어 있으며, 또한 과거이면서 언제나 지금 여기로 다가오는 현재이기 때문이다. 이 기억에서 탄생한 이타미 준의 건축은 그가 아니면 만들 수 없다.

스스로 어디에도 귀속하지 못했던 어느 비주류 담론의 주류 지식인은 지식인이란 경계 밖으로 끊임없이 스스로를 추방하는 자라고 말했다. 이타미 준은 2004년 우리말로 우리나라에서 처음 출간한 책 『돌과 바람의 소리』 서문에 이렇게 썼다.

건축과 예술 사이 그리고 일본과 한국 사이에서 건축을 통해 예술을 사랑하고 예술을 거부한 한 인간의 생각과 시각이 서툰 문장 속에서 숨 쉬는

---

3 안치운, 『연극, 몸과 언어의 시학』(파주: 푸른사상, 2015), 109쪽. 안치운은 연극의 존재 이유가 〈기억〉에 근거하고 있음을 이야기하는데, 그는 연극의 존재 이유를 설명하기 위해 기억의 뼈를 발라 그 핵심을 한 줄 문장으로 보여 준다.

듯합니다.

자신을 타자의 시선으로 바라보는 듯한 그의 독백 같은 고백은 건축과 예술, 일본과 한국 어디에도 묶이지 않으며 경계에 머물거나 경계 밖으로 스스로 내몰았던 어느 건축가의 절절한 자기 성찰로 보인다. 몇 해 전 작고한 이타미 준의 빈자리가 크게 다가온다.

• 구정아트센터의 전경

⠸ 하늘 아래, 하늘을 향해 비상하는 지붕의 조형

・ 미술관 내부 계단 공간

⋮ 하얀색 벽체와 갈색 지붕 뼈대의 콘트라스트

⁝ 미술관의 입구 로비 공간

　　제주민속자연사박물관

둥글납작한 지붕의 박물관

　　제주민속자연사박물관은 제주 공항에서 그리 멀지 않은 곳에 있다. 차로 10분 남짓한 거리다. 제주시 일도이동에 위치한 박물관은 1978년 12월에 착공하여 1984년 5월 개관했다. 건축가 김홍식이 설계했는데, 그의 부친은 제주 태생 건축가 김한섭이다. 박물관은 제주의 민속과 고유한 자연을 소개하기 위해 세워졌다. 전체 골격의 큰 틀, 그러니까 건축물의 구조나 실의 구성, 그리고 배치 등은 당시 박물관 건축의 일반적 전형을 따르지만, 입면의 비례와 지붕의 형태 등에서는 제주의 풍토를 과하지 않은 수준에서 유연하게 드러내고 있다.

　　박물관 입면에 두루 쓰인 현무암은 제주 전역에서 널리 쓰이는 재료이니 따로 언급할 필요가 없어 보인다. 민속자연사박물관을 제주의 박물관으로 자리매김시키는 주요한 형태적 요소는 지붕이다. 낮은 물매의 현무암 지붕은 2천 년이 넘는 시간 동안 제주의 삶을 가능하게 한 물리적 근간의 상징으로, 제주의 초가지붕을 은유하고 있다. 이 지붕은 식물성 재료로 이은 초가지붕의 구조 강성과 내구성을 압도한다. 낮은 물매 형태는 기능적인 것이라기보다 심미적이고 상징적인 것인데, 이 심미와 상징이 제주의 풍토를 완연히 환기시킨다.

　　제주민속자연사박물관의 지붕은 찰스 젠크스Charles Jencks가 말하는 부정적 의미의 포스트모던한 형태의 유희로 뭉개 버릴 수 없어 보인다. 낮은 물매의 현무암 지붕은 제주의 풍토를 키치적 직설이 아닌 상징적 은유로 풀어내면서, 40년이 넘은 지금도 제주적 기풍과 풍토에서 우러나오는 기품을 도저하게 뿜어내고 있다. 이 글은 제주민속자연사박물관에 대한 상세한 글이라기보다 제주 초가지붕을 닮은 박물관을 꼬투리로 한 토속과 풍토와 건축에 관한 것이다.

시바 료타로와 제주민속자연사박물관

1996년 타계한 일본의 소설가 시바 료타로(司馬遼太郎)는 그의 장년 한창일 때 제주도를 포함한 우리나라 이곳저곳을 여행하며 그 감상을 기록으로 남겼는데,『한나라기행』(1972)과『탐라기행』(1986)이 그것이다. 그중 제주민속자연사박물관을 방문하고 나서 다음과 같은 글을 남겼다.

민속자연사박물관은 물론 석조 외장의 현대 건축물이나, 그 지붕 구조만은 전통적인 물매가 훌륭하게 채택되어 있어 흥미롭다.(……) 지붕만은 제주도 민가의 지붕 물매를 채택하고 있는 것이다. 물매가 곧 풍토다 하는 의식이 설계자에게 강하게 있었던 것 같다. 풍토를 의식하고 있는 증거로는 밀도가 엉성한 다공질의 현무암 돌덩이들을 지붕 전체에 흩뜨린 듯 포치해 놓은 것이 있는데, 그 비논리성이 이상한 품위를 느끼게 하고 있다.[1]

나는 20여 년 전 타계한 일본의 노(老)문인의 한 줄 문구에서 오랫동안 생각이 머물러 있었다. 건축과 거리가 멀어 보이는 이국의 소설가가 낯선 우리의 건축물을 통해 근현대 건축사의 어느 약한 한 곳을 깊숙이 찌른 듯한 인상을 받았기 때문이다. 물매가 곧 풍토라는 문장이 함의하는 바는 실로 깊어 보인다.

관광객과 이주민이 급증해 변방과 유배의 섬이었던 제주는 동경과 월경의 섬으로 자리이동했다. 나 또한 이 동경에 이끌려 제주 온 곳을 전전유랑하던

---

1 시바 료타로, 『탐라기행』, 박이엽 옮김(서울: 학고재, 1998), 65쪽.

때가 언제였던가. 꽉 막힌 출퇴근 길 위에서 수평의 제주를 떠올리는 일은 마음속 월경이었고, 겨우 틈을 내어 비행기를 타고 제주로 날아가던 일은 내 몸의 월경이었다. 김포 공항에서 이륙한 비행기가 북제주 상공에 다다를 때쯤 창문 밖으로 바다와 맞닿은 제주의 풍광이 와락 눈에 달려든다. 상공에서 내려다보는 제주는 주먹만 한 부정형의 밭뙈기들과 작고 낮은 집들의 올망졸망한 지붕이 얽혀 서정적이고 목가적인 풍경을 이룬다.

이제는 제주에도 초가가 흔하지 않지만, 불과 반세기 전만 해도 제주의 작고 낮은 집 대부분이 둥글납작한 초가지붕이었다. 도시화와 산업화를 거친 지금도 제주 전역에는 초가가 드문드문 남아 있으며, 성산민속마을 등에는 여러 초가가 무리를 이뤄 어깨를 맞대고 있다. 낮은 물매, 그러니까 경사가 급하지 않고 상대적으로 납작한 박공 형태는 자연스레 눈비를 흘리면서도 봉두난발의 거센 제주 바람에 저항하지 않고 유연히 흘려보낸다. 이 둥글납작한 지붕의 물매가 곧 제주 풍토의 상징이었다. 눈비를 버티고 바람을 흘리는 시원적 형태의 낮은 물매 지붕 아래서 제주의 오랜 삶이 영위되었다.

건축의 나무

우리가 익히 배워 온 세계 건축사에서 비서구의 건축사는 방계이며 구색 맞추기였다. 오늘날 세계 건축사가 서구 건축을 중심으로 기술되고 있기 때문인데, 서구 중심주의 또는 유럽 중심주의는 건축에서도 예외가 아니다. 서구 건축을 직계로 하는 세계 건축사의 뿌리는 고대 그리스 로마에 해당하며, 이를 시작으로 로마네스크, 고딕, 르네상스, 바로크 등이 유유히 직계의 줄기를 이루는데, 그 줄기의 끝 봉우리에 모더니즘 건축(근대 건축)이 위치한다. 배니스터 플레처Banister Fletcher가 저술한 『건축의 역사』에 나오는 그 유명한 〈건축의 나무The Tree of Architecture〉는 앞서 언급한 직계와 방계의 건축사관을 직설적으로 보여 준다. 건축의 나무줄기 밑동에서 분기한 비서구의 건축은 방계의 곁가지에 위치하는데, 동아시아 건축은 중국과 일본 건축으로 대표되며 한국 건축은 그나마 그들의 시선에 들어 있지도 않다. 이 직계의 큰 줄기 가장 끄트머리에는 모던 스타일, 즉 모더니즘 건축이 위치하는데, 그 절정의 봉우리 안에는 뉴욕의 상징이자 근대 건축의 상징이기도 한 플랫아이언 빌딩이 자리하고 있다. 세계 건축사는 클래식 스타일에서 모던 스타일에 이르는 줄기가 직계의 중심을 형성하는데, 이러한 건축 나무의 생장 속에서 방계의 풍토는 제외되었다.

그런데 우리는 우리 건축이 이러한 방계 취급을 받는 것에 대해 스스로 어떤 의문을 품어 본 적이 있던가? 서구 건축에 대한 동경과 갈망은 그들을 쫓아가기에 급급했을 뿐이다. 또는 잃어버린 우리 전통에 대한 강박과 민족주의적 다급함에서 비롯된 전통의 형태적 복원에 다급했을 뿐이지 않았던가? 지역의 건축, 토착 건축 등은 우리에게서조차 변방의 위치와 지엽의 방계로 밀려나고 말았다.

모더니즘 건축에서 유래한 국제주의 양식international style의 건축이 서구-비서구 구분 없이 산업화된 대부분 국가의 도시와 건축의 물리적 기반이 되었는데, 이 기반 위에서 포스트모더니즘과 해체주의 등이 당대 건축계의 거대 담론이자 주류 담론으로 회자되었고, 세계 유수의 건축가들은 이 담론의 바다 위에서 각자 배를 띄워 항해했다.

이 주류 담론이 한창일 때 버나드 루도프스키Bernard Rudofsky의 『건축가 없는 건축』은 방계와 풍토의 토속 건축을 다시금 우리에게 소환했다. 그는 이 책을 통해 〈기존의 건축 계보에 포함되지 않은 생소한 (건축) 세계를 소개함으로써 그동안 우리가 가졌던 편협한 건축 예술의 개념을 무너뜨리고자〉[2] 했다. 이 책의 부제는 〈무족보 건축의 짧은 소개A Short Introduction to Non-Pedigreed Architecture〉다. 그는 이 책에서 전 세계에 산재해 있는, 그 지역의 재료와 기술로 지어진 수많은 토박이 건축을 소개했다.

---

2 버나드 루도프스키, 『건축가 없는 건축』, 김미선 옮김(서울: 시공문화사, 2006), 11쪽.

이후 존 테일러John S. Taylor가 저술한『세계의 건축문화』또한『건축가 없는 건축』의 연장 선상에 있다. 존 테일러는 책의 서문에서 다음과 같이 말하고 있다.

인간의 요구와 환경의 영향에 대한 직접적인 반응은 전 세계 민속 주택의 질에 참신함을 부여한다. 그것들의 아름다움은 형태와 목적 사이의 강한 결합에 있고 꾸밈이나 과잉이 없음에 있다.(……) 이 관점에 있어서 토착의 민속 건축은 우리에게 많은 것을 가르쳐 줄 수 있다.[3]

존 테일러는 환경에 무감하고 에너지 의존적인 근현대 건축에 대해, 자연 환경에 순응하면서도 충분히 아름다울 수 있는 토속 건축으로 우리의 시선을 유도한다.

다른 곳 보기

마지막으로, 한 건축 이론가의 이야기로 글을 맺는다. 우리 시대 건축 지성 중 한 명인 케네스 프램턴Kenneth Frampton이 말한 〈비판적 지역주의〉는 다소 현학적이지만 알맹이는 그리 어렵지 않다. 그는 프랑스 철학자 폴 리쾨르Paul Ricoeur의 글을 인용[4]하며 현대 문명이 보편화·세계화라는 이름 아래 하향 평준화되고 있음을 지적하면서 이를 극복하기 위해, 단순하고 복고적인 지역성의 재현이 아닌, 비판적으로 해석된 지역의 가치 회복을 주장한다. 앞서 언급한 버나드 루도프스키나 존 테일러의 저술이 비교적 환경과 기술이란 측면에 초점을 맞췄다면, 케네스 프램턴이 주장한 지역 또는 토속의 가치는 좀 더 근본적인 물음인 동시에 좀 더 포괄적인 접근이라고

---

3 존 테일러,『세계의 건축문화』, 정무웅 옮김(서울: 기문당, 2005), 7쪽.

4 케네스 프램턴은 〈비판적 지역주의〉와 관련해 여러 글을 발표했는데, 그중 두 편의 글에서 공통적으로 폴 리쾨르의 글을 인용했다.

할 수 있다.

보편과 표준의 틀에 구속된 오늘날의 건축은 자본이라는 더욱 강고한 틀에 이중으로 감금되어 있다. 이러한 틀 속에서 지역, 토속, 풍토 등은 얇은 표피의 장식물이 되어 또 하나의 상품적 가치로 전락한다. 그러나 이제 지역과 토속과 풍토는 〈전근대적〉이란 불편부당한 오명의 굴레를 벗고, 자본과 상품의 포획 틀을 벗어나 그 가치가 복권되어야 마땅할 것이다.

우리에게 필요한 것은 다른 곳을 보는 수고로움이다. 건축가 없는 건축의 지혜와, 형태와 목적 사이의 강한 결합과, 비판적인 시선으로 지역과 토속과 풍토의 가치를 다시 소환해야 하지 않을까. 이러한 소환이 겉은 말끔하지만 속은 하향 평준화된 건축, 그리고 환경을 쥐어짜 불모로 만들어 버리는 건축에 대한 하나의 의미 있는 대안으로 우리를 이끌 것이다. 제주민속자연사박물관의 바람을 흘려보내는 낮은 물매의 지붕과 일본 노문인의 한 줄 글에서 시작된 글을 마친다.

- 박물관의 벽면이 담쟁이로 덮여 있다

: 박물관의 내부 중정

- 박물관 지붕 아래, 큰보와 작은보 그 자체로 조형을 이루고 있다

- 제주민속자연사박물관의 전경

113   박물관의 내부 전경, 바다 삶의 근간인 황포돛배가 전시의 중심 공간에 놓여 있다

3 기억의 문제

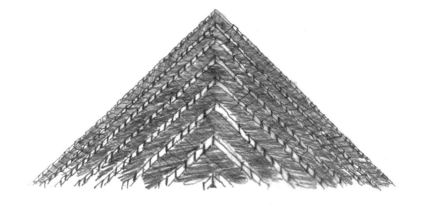

어제 하루를 무탈하게 살아 낸 내가 오늘의 나다. 오늘 하루 또 잘 넘기면 내일 내가 있을 것이다. 간단하면서도 자명한 사실이다. 우리는 불현듯 하늘에서 떨어지거나 땅에서 솟아오르지 않았다. 매일매일 리셋하듯 영점 상태로 돌아와 살아가는 존재는 없다. 베르그송의 말처럼 과거와 현재는 기억을 통해 연결되는데, 우리는 기억을 바탕으로 오늘 우리의 자리를 마련하게 된다. 망나니가 개과천선하여 다시 태어나는 경우도 있겠지만, 그것도 결국 망나니 스스로 망나니짓했던 자아에 대한 인식(기억)을 바탕으로 해야 가능하다. 오늘의 우리는 곧 어제의 기억이 아닐 수 없다.

기념은 기억을 통해야 가능하다. 잊지 않고 마음속에서 살려 내 오늘의 자리에 불러내는 기억이 기념이다. 지향하는 기억이 곧 기념 대상이다. 그렇다면 무엇을 기억하고 기념할 것인가?

기억이 사회와 정치의 관계에서 고찰되면서, 기억학memory studies은 시작되었다. 모리스 알박스Maurice Halbwachs가 말한 집단 기억은 개개인의 기억이 아닌, 사회 구성원들이 공통적으로 경험하고 공유하는 기억을 의미한다. 그런데 집단 기억이 사회의 결속을 위한 수단으로 복무할 때, 그 기억은 사회적·정치적 상황에 따라 재구성되고 편집될 수 있으며 지극한 편향성을 띨 수도 있다.

예를 들어 〈이승복 사건〉이나 〈한강의 기적〉 같은 경우, 전자는 어린아이의 참혹한 죽음의 기억이 어떻게 〈반공〉이란 국시에 이용되는지, 후자는 노동자들의 참담한 희생이 한강의 기적이란 집단적 기억화를 통해 어떻게 망각되는지 보여 준다. 에릭 홉

스봄Eric Hobsbawm의 〈만들어진 전통〉 또한 조작되고 가공·편집된 집단 기억의 서사라 할 수 있다. 유럽의 유구한 전통이라 여겨졌던 것들이 사실은 근대 민족 국가들이 자국의 결속을 위해 창조된 전통이라는 것인데, 경복궁과 덕수궁 등의 수문장 교대식 같은 전통이, 만들어진 것까지는 아닐지라도, 배우들에 의해 오늘 이 자리에 부활한 사정은 〈만들어진 전통〉과 〈집단 기억〉의 맥락 위에 놓여 있다. 일상 도처에 집단 기억이 배치된 것이다.

그동안 우리의 기념관(건축)은 무엇을 기억하고자 했던가? 식민 강점과 민족 동란, 신탁 통치, 그리고 발전 국가의 이데올로기 속에서, 우리의 기념관은 대부분 집단 기억의 테두리 안에서 세워졌다. 부정할 수 없다. 사회적 결속뿐 아니라 정통성에 대한 기갈, 발전에 대한 강박은 이 땅에 많은 수의 전쟁기념관, 호국기념관, 독립기념관 등을 만들어 냈다.

이처럼 국가 주도로 만들어진 기념관 등에는 애국에 대한 강요와 체제에 대한 순응 요구가 저변에 흐르고 있다. 그리고 기념관 건축은 이를 위해 복무한다. 강한 축을 형성한 배치, 높은 탑과 비, 강고한 기단, 좌우 대칭의 엄정한 형태, 거대한 크기 등은 인간의 척도를 훨씬 상회하여 관람객들을 왜소하게 만든다. 기념 대상이 무엇인지 생각하기 전에 기념관 자체가 기념비적이 되어 관람객들을 압도하고 기억으로부터 소외시킨다. 거대 서사와 거대 역사에, 그 서사와 역사를 떠받치고 있던 개인들은 함몰되어 있다. 천안독립기념관에서 이미 확인한 바와 같다.

공산당이 싫다고 외쳤던 아이의 용기가, 진정 우리가 기억해야 할 가치인 것인가? 대한민국 노동사에서 철저하게 외면당했던 노동자들의 인권은, 한강의 기적 속에서 휘발되어도 괜찮은 것인가? 순국선열들의 숭고한 희생이 최대와 최고의 기념비적 수사와 거대한 기와지붕에 의해 쪼그라들어야 하는가? 기억은 오늘의 내가 있게 하는 근본이기에 내일을 여는 근거이기도 하다. 사회적 결속만큼이나 중요한 것은, 그동안 잊혔던 가치들, 터부시되었으나 함께 살아가야 할 사실들, 그리하여 화해하고 극복할 수 있는 실마리를 찾는 것 아니겠는가?

위정자들의 필요에 따라 반복 소환되었던 영웅과 성웅 뒤에 가려진 한 무인의 내면을 어떻게 기념관에 담고자 했는가? 구한말 종교와 체제 사이에서 이슬로 사라진 사람들을 어떻게 추모하고, 전쟁이란 최고 수준의 폭력에 노출된 여성 인권을 어떻게 기억하며, 이념 대립의 광기에 희생된, 이념과 무관했던 섬사람들의 영혼은 진정 위로받고 있는가? 전쟁과 반공이 어떻게 건축적으로 호응하고 있는지, 더불어 반공 기념의 암점은 무엇인가? 그리고 꽃 같은 나이에 스스로를 불태워 영원히 살아 있게 된 한 청년의 죽음이 어떻게 기억되고 있는가? 이 몇 가지 기억과 건축 이야기를 해본다.

충무공 이순신 기념관

이순신

임진왜란은 조선반도 전역을 황폐하게 만든 초토화 전쟁이었다. 일본의 침략 의도를 감지하지 못했던 조선 정부는 개전 초기부터 무참히 무너졌다. 부산으로 들어온 왜군은 삽시간에 수도 한양을 함락하고, 계속해서 북진했다.

선조가 조선 북방 경계에 있는 평안북도 의주까지 몽양 가 있는 사이 전황이 잦아들었다. 조선의 관군과 의병이 왜군과 장기전으로 대치하면서 전선은 조선 팔도 전역으로 확대되었고 밀고 썰고, 밀리고 썰리면서 조선반도 전체의 논과 밭과 마을이 황폐해졌고 조선 민중의 삶은 결딴났다. 1598년 12월 삭풍 한복판에서 이순신이 지휘한 노량 해전이 7년 전쟁의 마지막 전투였고 왜군은 퇴각했으며 이순신은 전사했다.

이순신의 시호 충무공은 그의 사후 반세기가 지나서 추존되었는데, 정작 임진왜란 당시 이순신의 지위는 불안했다. 그의 무훈이 빛날수록 그를 향한 견제도 심해졌다. 그는 조선 수군 최고 직위와 백의종군의 극단 사이를 수차례 오갔으나, 그가 남긴 일기에는 이 극적인 등락에 관한 어떠한 글도 기록되어 있지 않다. 그는 오직 전쟁에서 전투를 지휘하는 무관의 글만 남겼으니, 인간 이순신이 어떠했는지는 다른 이의 기록이나 상황과 정황에 따라 상상할 뿐이다.

버려진 섬마다 꽃이 피었다. 꽃 피는 숲에 저녁노을이 비치어, 구름처럼 부풀어 오른 섬들은 바다에 결박된 사슬을 풀고 어두워지는 수평선 너머로 흘러가는 듯싶었다.

김훈의 소설 『칼의 노래』는 〈버려진 섬마다 꽃이 피었다〉라는 문장으로 시작한다. 그런데 소설가는 버려진 섬마다 꽃〈은〉 피었다와 버려진 섬마다 꽃〈이〉 피었다 사이에서 고뇌했다고 말했다. 소설가는 자신의 소설 첫 문장에 대하여 다른 글에서 밝히기를, 주격 조사 〈이/가〉와 보조사 〈은/는〉 사이에는 격절의 차이가 있다고 말하는데, 주격 조사와 보조사 사이를 수없이 오간 끝에야 꽃〈이〉 피었다에 이를 수 있었다고 말했다.

왜 그랬을까? 그에 따르면 〈이/가〉는 스스로 꽃 피우는 자연의 이치에 대한 사실적 진술의 언어이고, 〈은/는〉은 스스로 피는 꽃에 대하여 보는 이의 의견과 정서가 개입된 언어인 것이다. 전쟁으로 초토화된 버려진 섬에도, 당연히 꽃이 피리라. 개화라는 것, 꽃이 핀다는 것은 스스로 그렇게 되는 자연의 섭리다. 자연은 혼자 그렇게 흘러가는 것이지, 인간의 개입으로 꽃이 피는 것이 아니다.

소설가는 꽃이 피는 자연의 당연한 이치에서 의견과 정서와 편견과 선입견 등을 싹둑 잘라내려고 했다. 그는 이순신에 달라붙어 있는 온갖 의견과 정서와 편견과 선입견과 기타 등등의 생각들을 잘라 내려 분투했다고 여러 글에서 밝혔다. 소설 속에서 이순신은 영웅과 성웅의 자리에서 내려와 고뇌하고 번민하는 인간으로 다시 태어났다.

삼도 수군통제사 이순신은 1598년 노량 해전에서 전사했다. 4백여 년 전에 전사한 이순신은 시대의 갈망 또는 권력자들의 요청으로 수없이 후대의 역사 전면으로 소환되었다. 정조 때 『이충무공전서』가 편찬되었고, 민족 동란의 난리 통에 최남선 등은 『한국해양사』를 남겼다. 박정희 전 대통령은 현충사를 민족적 성지로 성역화했고, 그 후 오늘에 이르기까지 이순신은 민족의 영웅을 넘어선 성스러운 영웅-성웅의 자리에 붙박이게 되었다.

풍전등화의 국가 존망 앞에서 이순신이 보여 준 군사적 재능과 충절은 놀라웠다. 그는 열두 척의 배로 망으로 기우는 조선 왕조와 풀뿌리 백성을 존으로 일으켜 세웠으며, 자신을 옭아매는 정치권력을 탄하지 않고 백의종군의 모습으로 충을 각인시켰다. 이것이 우리가 배워 왔던 이순신을 기억하는 방법의 스테레오타입이었다. 이순신은 성웅이란 테두리 안에 감금되어 있었다.

소설 『칼의 노래』는, 그러나 인간 이순신의 내면을 그린다. 소설가는 처참과 참담 사이에 놓여 있는 조국의 현실과 버려진 섬에도 기어코 피고 마는 꽃 사이에서 고뇌했던 한 무인의 내면을 수사 없는 문장으로 써 내려갔다. 그러나 기름기 하나 없는 앙상한 문체는 오히려 무인으로서 한 개인의 내면을 극명하게 부각시킨다. 소설가는 독자들에게 성역에 붙박인 채 옴짝달싹 못하게 굳어진 박제된 이순신과 그 이순신을 둘러싼 역사와 시대, 그리고 거대 역사 속에 외롭게 서 있는 한 개인의 내면에 대해 생각할 기회를 마련해 준다. 독자들은 영웅의 행위에 앞서 한 개인의 내면을 마주하게 된다.

이순신 기념관

아산 현충사 경내에 있는 충무공이순신기념관은 현충사로 올라가는 길 초입 왼편에 있다. 그러나 쉽게 눈에 띄지 않는다. 기념관의 정면 전체가 작은 언덕 밑에 파묻혀 있고 나머지 면 또한 그 언덕 뒤에 숨어 있기 때문이다. 건축가 이종호는 〈기념관이 독자적인 건축으로 드러나지 않도록 《새로운 언덕》을 두었고, 그리하여 기념관 건축을 저편 눈에 띄지 않는 곳에 배치했다〉고 밝힌다. 그가 밝힌 바와 실체화된 기념관은 꼭 같다. 기념관은 우뚝함과 도드라지는 형태를 거부하고 시선 저편에 놓이는 것에서 시작되고 있다. 이는 기념관 자체가 기념 대상이 되는 상황, 다시 말해 충무공이 아닌 기념관 건축이 지배적 풍경이 되는 주객전도 상황을 막기 위한 장치다. 이순신기념관은 이 하나만으로도 절반의 완성에 이른다. 더불어 건축가의 섬세한 공간 구분과 세심한 디테일, 그리고 공간에 따른 적절한 재료의 구분은 건축물의 완성도를 높여 준다.

기념관은 기념을 위한 건축이다. 그렇다면 기념은 무엇인가? 기념은 잊지 않고 마음에 간직하는 것이므로, 기념관은 잊지 않기 위해 간직해야 하는 것들을 모아 놓고 또 전시하는 곳이다. 기념은 곧 기억의 문제이고 기념관은 기억을 위한 집이다. 〈이순신기념관은 그럼 무엇을 기념하는 곳이어야 하는가?〉라는 질문에서 시작해야 할 것이다. 이순신기념관을 설계한 건축가 또한 설계 앞머리에서 스스로 이 질문을 던지고 있다.

이순신기념관을 설계한 건축가 이종호는 다수의 기념관 건축을 설계한 바 있다. 따라서 그는 〈기억〉에 대해 집중하면서, 이에 대한 사고의 전개를 위해 모리스 알박스의 〈집단 기억〉 개념을 빌려 온다. 알박스는 개개인의 사적이고 개별적이며 심리적인 기억이 아닌, 사회와 기억 또는 사회 속 기억을 분석한다. 그가 말하는 집단 기억이란 사회 구성원들이 공유하는 기억으로, 사회적 상황에 따라 재구성될 수 있는 것이다. 다시 말하면 사회 구성원들 간에 널리 공유되는 기억은 순수한 그것이 아닐 수도 있는바, 알박스는 사회 집단을 결속시키는 도구로써 기억이 동원될 수 있음을 밝힌다.[1]

건축가 이종호는 알박스의 집단 기억 이론에 근거해서 여러 기념관 건축을 설계했다. 알박스가 말하는바, 기억은 사회 집단의 결속을 위해 복무할 수 있다. 이순신이 시대적 요구에 의해 반복적으로 호출, 소환되면서 영웅과 성웅의 틀에 붙박인 상태로 기억되는 이유는 알박스의 집단 기억 맥락으로 설명하면 더욱 분명하게 드러난다. 인간 이순신이 아닌 충무공 이순신을 호출하면서 국가는 애국을 기억하라고 국민에게 은밀히 호소한다.

1 〈무엇이 사회 집단을 결속시키는가〉라는 문제에 대한 답은 알박스의 의견처럼 집단 기억이 답일 수 있으며, 또한 에릭 홉스봄의 견해처럼 전통, 심지어 조작되고 가공되고 편집된 〈만들어진 전통〉일 수도 있다. 중요한 것은 집단 기억과 만들어진 전통 뒤에 가려진 것들을 살펴보는 비평적 시선이라 하겠다.

건축가 이종호는 집단 기억에 앞서, 다시 말해 재구성되거나 편집된 기억에 앞서 기념 대상의 심층을 겨냥한다. 그 겨냥된 심층이 사회 집단의 결속 또는 어떠한 공익적 목적과 무관할지라도 관람객은, 그 심층의 밑바닥을 스스로 더듬으며 무엇을 기념할 것인지 훈육되고 계몽되는 피동의 관람〈객〉이 아닌 주체의 자리에 올라서게 된다.

　　건축가는 성웅 이순신보다 전쟁 중에 일기를 써나간 인간 이순신과 그의 내면으로 침잠해 들어갈 수 있는 건축과 공간을 만들고자 했다. 공립 또는 국립, 그리고 이와 유사한 배경을 갖는 기념관들은 건립 속성상 공익 추구를 목표로 한다. 이것은 앞서 설명한 알박스의 집단 기억 개념과 일치한다. 이순신을 통해 또는 다른 국가적 영웅들을 통해 사회 집단의 결속 등을 도모하는 것은 어쩌면 국공립 기념관의 당연한 목표라고 할 수 있는데, 기념관이 오로지 그것을 위해 복무하고 봉사하는 것 또한 비문화적이다. 무엇을 기억하고 기념하는 것은 수단이라기보다 목적이기 때문이다.

　　그러나 건축가가 가장 공들인 공간인 〈일기의 방〉은 기념관 측의 일방적인 설계 변경으로 폐기되었는데, 그 계획상의 공간은 『난중일기』가 전시되어 있는 허허로운 공간이었다. (계획안에서 확인되는) 이 방은 아무런 장식과 기교가 없는 민짜의 입방체인데, 이 공간은 모든 수사가 배제된 『난중일기』 문체의 메타포로 다가온다. 건축가는 이 공간을 통해 관람객들에게 충무공의 전설적 무훈이나 신화적 전적이 아닌 인간 이순신의 내면을 전해 주려 했다고 밝혔다. 한 인간의 심연을 건축의 공간으로 전달하는 것이 가능할까? 이 질문에 대한 답변은 곤란한데, 어느 정도는 가능하다고 판단된다. 〈일기의 방〉은 단 하나의 전시물인 『난중일기』와 그 전시물을 채우는 공허부(空虛部)로 구성되어 있다. 관람객들은 기교 없는 이 무장식의 허허로운 공간에서 한 무인의 담담한 기록에 집중하며 사색의 기회를 얻을 것으로 기대되기 때문이다. 건축가는 훈육하고 계몽하는 전시가 아닌, 관람자 각자가 의미를 받아들이는 전시를 의도했던 것이다.

핵심 공간이 구현되지 못한 이순신기념관은, 그러나 풍경 뒤편으로 물러앉은 배치만으로도 이순신을 위한 기념관으로 반은 성공한 듯하다. 기념관 건축을 〈기념비〉적으로 보이기 위해 안달하는 건축가들의 욕망을 보는 일이 민망하고, 그러한 욕망의 결과물에 불편해하는 관람객을 보는 일 또한 겸연쩍다. 현충사로 올라가는 〈새로운 언덕〉 옆에는 보일락 말락 하게 기념관 하나가 낮게 엎드린 채 관람객들을 맞이하고 있다.

　　기념관 안쪽 공간은 모더니즘적 언어로 정제되어 있다

- 현충사에서 아산 시내를 바라보다

: 기획 전시실로 통하는 공간

•: 충무공이순신기념관은 언덕에 파묻혀 있다

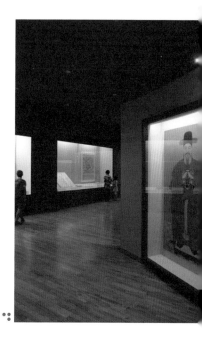

서소문성지역사박물관

천주교 전래

19세기 전후, 서구의 팽창은 이미 조선 코앞까지 들이닥쳤다. 그런데도 조선은 아직 어둠 짙은 새벽이었다. 모화(慕華)의 관념 속에서 조선으로선 중국이 세계의 전부였는데, 그 어머니와 같은 중국에는 이미 서구의 문물이 깊이 들어와 있었다. 서구의 동양 진출이 다만 칼과 펜뿐 아니라 종교가 함께했음은 다시 말할 필요가 없는 사실이다. 가톨릭은 〈보편 catholic〉의 이름으로 비서구를 전도하고자 했고, 이는 서구가 스스로 세운 그들의 소명이자 임무였다. 그렇게 가톨릭은 천주교가 되어 아시아를 비롯한 비서구 곳곳으로 흘러 들어갔다. 18세기 후반 조선 왕조는 고요한 듯했지만, 실상 조선이 서 있는 자리는 개벽의 기운이 들끓는 국제 정세 한복판이었다. 조선 왕조 5백 년의 마지막 1백 년은 파란만장한 격변기였는데, 이때 천주교는 서학(西學)이란 학문의 이름으로 중국에서 조선으로 건너왔다.

전래 초기에 이름을 남긴 천주교 어른은 이벽, 이승훈, 권철신 그리고 정약전, 정약종, 정약용, 황사영 등인데, 전래 초기의 서학이란 학문적 색채가 빠지고 이후 천주교란 종교적 색채가 짙어지자 조선반도 천주교 박해의 역사가 시작되었다. 천주교의 만민 평등은 사농공상의 위계로 지탱되고 있는 조선왕조 4백 년의 뿌리를 캐내려는 것이었기에, 조선의 위정자들은 분노했다. 이들 사대부에게 하느님을 아버지라 부르는 천주교도들은 어버이도 없고 임금도 없는 무부무군(無父無君)의 패역 무리와 다를 바 없었다. 이 패역 무리가 사대부도 농부도 가파치도 백정도 모두가 평등하다고 외쳤는데, 여기서 사대부 위정자들은 국가 정체(政體) 존망의 위기의식을 느꼈다. 그래서 천주교 박해는 조선 후기를 관통하며 지속적으로 반복되었다. 1791년 신해박해를 시작으로 1801년 신유박해, 1839년 기해박해, 1846년 병오박해 그리고 1866년 병인박해 등이 조선 조정이 주도한 굵직한 박해의 줄기인데, 이 박해와 박해들 사이에도 기록되지 않은 자잘한 박해가 수없이 많았을 것이다.

처형

박해는 죽음으로 끝이 나는데, 종교적 신념이 꺾이지 않을 때 그 죽음은 순교로 자리매김한다. 순교란 거룩한 것인가? 이 질문은 어렵다. 특히 종교가 없는 나에게는 대답 불가능한 물음으로 다가온다. 내가 살아 있어서 믿는 것인데, 믿는 나의 존재가 없어진다면 그 믿음은 무슨 의미인가? 이런 믿음의 영역 밖을 맴도는 자문만이 떠오른다. 아마 순교자들이 자기의 죽음을 기꺼이 받아들이는 것은, 죽음 후 내세에 대한 보상보다는, 죽음이란 극단적이고 폭력적인 최종 심급에 자신의 종교적 신념과 믿음을 굴복하지 않은 것에 대한 지극한 기쁨이지 않았을까? 모를 일이지만 순교자들이 고통과 비명 속에서 유명을 달리했어도 그들의 마음은 평온했을 성싶다.

많은 천주교 신자가 서소문 밖 네거리에서 참수되었다. 서소문은 서대문과 남대문 사이에 있는 간문(間門)이었는데, 이 서소문 밖 일대는 성저십리의 한양 생활권으로 한양 도성으로 몰리는 물류가 집결하는 번화한 저잣거리였다. 물류가 몰리면 사람도 몰린다. 서소문 밖 일대는 늘 사람이 몰리는 대처였는데, 일벌백계의 본을 보이기 적당한 곳이었기에 조선의 공식 형장으로 활용되었다.

정약전의 아우이자 정약용의 형이었던 정약종 또한 이곳 서소문 형장에서 참수되었다. 소설가 김훈은 그의 소설 『흑산』에서 정약종이 〈주여, 어서 오소서〉라고 말하며 칼을 받는 장면을 이렇게 묘사했다.

정약종은 하늘을 우러러 웃으면서 칼을 받았다. 도성 쪽으로 날이 저물고 서강 쪽 하늘에 노을이 번져 있었다. 그의 웃음은 평화로웠고 큰 상을 받는 자의 기쁨으로 피어나 있었다.

칼 받는 자가 자신의 죽음을 대면하는 자세가 이러하니, 〈칼 쥔 망나니는 그 웃음이 무서워서 칼자루를 더듬었다〉.

이 땅의 천주교는 빈곤에 허덕이고 계급에 억눌린 기층 민중, 그리고 학문에서 종교로 넘어온 소수의 사대부에게 모든 인간이 평등할 수 있다는 희망과 믿음을 주었고, 그것이 그들이 살아가는 기쁨이자 기꺼이 죽음으로 건너갈 수 있는 믿음의 근거였다. 그 믿음을 부여잡고 그들은 서소문 밖 네거리 군중 사이에서 순교의 다리를 건넜는데, 지금 그 자리에 서소문성지역사박물관이 자리하고 있다.

서소문성지역사박물관

번화한 대처이자 형장이 있던 서소문 밖 네거리는 일제 강점기와 근대기를 통과하며 일변했다. 일제는 서대문과 서소문, 그리고 일대의 성벽을 헐어 냈다. 성 안팎의 경계가 사라지면서 서울은 역사적 흔적을 지워 가며 계속해서 확장되기 시작했다. 해방이 되어서도 상황은 달라지지 않았다. 개발기를 거치면서 서울의 흔적들은 어김없이 지워졌다. 소설가 김영하의 표현대로 자기 몸에 새겨진 문신을 지우려 애쓰는 늙은 폭주족처럼, 서울은 곳곳의 흔적들을 지우려고 안달했다. 서소문 밖 형장이 있던 자리 또한 마찬가지였다. 저잣거리와 형장의 기억은 복개되었고 서울역에 부속된 철도 시설이 들어섰다가 근린공원이 되었는데, 접근성이 부족하고 시설이 낙후해 찾는 이가 적었다. 그러다가 천주교 순교지로서의 역사성과 장소성을 인정받아 2018년 로마 교황청이 승인하는 국제 순례지로 선포되었다. 그 사이 천주교 측과 서울시, 그리고 여러 관계 기관이 공론과 소통을 통해 서소문 역사 공원으로 조성되었고, 그 한편에 서소문성지역사박물관이 건립되기에 이르렀다. 역사박물관은 2014년 설계 공모를 통해 당선작이 결정되었고, 2019년에 개관했다.

서소문성지역사박물관은 로비, 기획 전시실, 상설 전시실, 자료실(도서관) 등 박물관의 기본적 공간들과 콘솔레이션 홀 등과 같은 특수한 공간들로 이뤄져 있다. 이 중 공간의 위치와 크기, 그리고 위계 등을 고려해서 대별하면 지하 3층에 위치한 상설 전시실, 콘솔레이션 홀, 하늘광장이 박물관의 중심을 이루는 세 개의 큰 공간에 해당한다.

상설 전시실은 중첩되는 흰색 아치 벽과 이에 조응하는 조명으로 세련된 분위기를 전해 주지만 공간은 평범하고 전시는 나열적 수준에 머물러 특별히 언급할 만한 점은 없어 보인다. 다만 바로 앞에서 말한 바와 같이 섬세하고 세련된 인테리어는 발군이다.

콘솔레이션 홀은 다소 특이하고 경험해 보지 못한 용도의 공간인데, 〈위로와 위안의 공간〉이란 이름처럼, 기능적 용도라기보다 이곳을 찾는 이들에게 위로와 위안을 주기 위한 공간이라고 건축가는 밝히고 있다. 박물관의 주인이자 관리 주체인 천주교 서울대교구 입장에서는 다소 추상적이고 모호하게 느껴질 수 있는 공간이었지만, 서울대교구는 건축가의 설계 의도를 받아들였다. 입방체에 가까운 공간은 조도를 낮춰 공간 내부를 어둡게 했다. 천장도 어둡고 바닥도 어두운데, 어두운 바닥에는 조명이 설치되어 걸을 곳과 앉을 곳의 구분이 가능하다. 벽과 같은 스크린, 스크린 같은 벽이 네 면을 에워싸고 여기에 영상이 투사된다. 가로, 세로, 높이 10여 미터의 어두운 입방체 내부에서 스크린에 투사된 겸재 정선의 「금강내산전도」와 레퀴엠을 위한 영상, 그리고 잔잔하게 밀고 썰리는 바닷물을 아무 생각 없이 들여다보는 행위는 부박한 속도전의 일상에서 휴지(休止)를 가능하게 해준다. 휴지 정도는 **134**

물론 하던 것을 멈추고 쉬려는 개개인의 의지에 따라 다를 것이다.

하늘광장은 박물관의 백미로 다가온다. 하늘광장은 콘솔레이션 홀 맞은편에 홀과 거의 같은 평면 규모로 계획되었다. 상설 전시실과 콘솔레이션 홀은 천장이 있는 내부 공간인 데 반해 하늘광장은 천장이 없는 외부 공간이다. 하늘이 열려 있어 하늘〈광장〉으로 작명한 듯하다. 그런데 광장은 〈넓은 터〉, 넓은 터는 많은 사람 또는 여러 사람을 전제로 하지만, 박물관의 하늘광장은 사람이 모이는 공간이라기보다 관조를 위한 공간에 가까워 보인다. 하늘광장은 거의 정사각형의 평면에 세 면은 개구부 없는 적벽돌의 민짜 벽으로, 나머지 한 면 또한 홀에서 접근할 수 있는 3미터 높이 내외 유리문을 제외한 윗부분은 민짜 적벽돌 벽으로 막혀 있고 오직 하늘을 향해서만 열려 있다. 바닥 또한 벽과 같이 적벽돌의 단일 재료이고, 공원 인근에 고층 빌딩이 멀리 있어 하늘광장에서 올려다본 하늘은 오직 하늘뿐이다. 이 하늘공원은 상(象)이 완전히 소거된(抽) 추상 공간에 가깝다. 이 외부 공간에는 폐침목, 그러니까 기차가 수없이 밟고 지나간 철도 받침목을 바로 세워 사람 모습으로 형상화한 〈서 있는 사람들〉 조형물이 마흔네 개 있다. 이 조형물은 이곳에서 순교한 순교 성인의 은유라고 하는데 알베르토 자코메티Alberto Giacometti가 인간의 실존을 뼈대와 같은 앙상함으로 추상했다면, 이 조형물은 버려진 재료로 낮은 자의 직립을 통해 귀천(歸天)을 추상화하고 있다. 이 공간은 광장과 같이 사람이 모이는 곳이라기보다 상이 소거된 허허로운 공간을 배경으로 낮은 자의 직립과 귀천을 대면하는 공간으로 적합해 보인다.

그래서 아쉬움이 느껴진다. 관조를 위한 짬을 가능하게 하는 건축적 장치가 〈마당〉이란 작명과 함께 증발한 것일까? 하늘광장은 멈춰 머무를 곳이 없다. 그래서 서 있거나 배회하게 되는데, 서 있고 배회하는 사이 〈서 있는 사람들〉은 가려지거나 소외되거나 기념사진의 파트너로 용도가 변경된다. 실용 또는 점유의 관성 대신 〈서 있는 사람들〉을 멀리서 마주하며 관조할 수 있는 정적인 공간을 떠올렸다. 료안지 방장 툇마루에 앉아 석정을 바라보는 것처럼, 그렇게 낮은 자의 바로 섬과 그리하여 하늘로 나아갈 수 있었던 이들 속으로 침잠할 수 있는 그런 건축적 장치가 있었다면, 하늘광장과 순교는 좀 더 밀도 있게 호응하지 않을까 생각하며 박물관을 나선다.

어린 딸에게 순교를 설명하기란 어려운 일이었다. 믿음을 위해 죽음의 길로 기꺼이 나아갔던 그들의 죽음을 만 여섯 살이 안 된 딸에게 설명한다는 것은 쉽지 않다. 망나니가 피 묻은 칼을 씻었던 뚜께우물 둘레를 뛰어다니고 노숙자 예수상에 말을 걸며 웃고 떠드는 딸을 보면서 신생하는 삶과 기꺼운 죽음을 겹쳐 본다.

이 어린 딸이 순교를 이해할 만한 나이까지 잘 키우려면, 아직 한참이나 돈 벌면서 열심히 살아야겠구나, 생각했다. 콘솔레이션 홀을 나오자마자 다시 콘솔레이션이 그리웠다.

상설 전시실의 전시는 평면적이나, 굽이치는 공간의 만듦새는 발군이다

• 콘솔레이션 홀에서 하늘광장을 바라보다

∷ 〈하늘길 A〉, 영상이 곧 영성으로 다가온다

∷ 하늘광장, 하늘로 열린 민짜의 텅 빈 공간

- 콘솔레이션 홀의 내부 전경
- 콘솔레이션 홀과 하늘 광장을 이어 주는 공간

• 지하1층 순교자의 길에서 바라본 도서관

⋮ 서소문성지역사박물관 입구의 거친 벽

⋮ 복도에서 바라본 콘솔레이션 홀의 입구

전쟁과 여성 인권 박물관

위안부

태평양 전쟁 말기, 일본은 전쟁의 광기로 물들어 있었다. 윤리, 인권, 도덕 등 인간의 정신적 가치에 대한 물음은 일본 군부에 가치 판단이 중지된 단어들이었다. 교토 구중궁궐에 유폐된 일본 천황을 꼭두각시로 삼은 일본 군부 파시즘은 눈에 보이는 게 없었다. 전선이 날로 확대되는 것과 비례해 병참은 힘에 부치기 시작했다. 힘에 부친 일본 군부는 그들의 식민지에서 별의별 것들을 다 쥐어짜 내기 시작했다. 조선반도에서 단물과 쓴물 다 빨아먹던 막바지에는 놋쇠 요강까지 뺏어다 총알 따위를 만들어야 했다. 이런 공출은 물산에만 그친 것이 아니라 인력에도 이어졌다.

일본 정부는 패전 한 해 전인 1944년 〈여자근로정신령〉을 발령해 여성의 노동력까지 착취하기 시작했다. 〈여자근로정신대〉란 이름으로 우리나라 여성들은 일본 본토나 해외 전후방 여기저기로 끌려다니며 중노동에 혹사당했다. 비단 이뿐이던가. 일본 정부는 전선에 동원된 일본군의 성욕 해소를 위해 〈위안부〉란 이름의 인류사에서 전무후무한 정부 주도의 거대한 조직적 성범죄를 저지른다. 〈위안을 주는 여자〉란 용어는 지극히 남성 중심주의적이며 동시에 폭력적이다. 위안부란 용어에서 여성은 개별적 인권의 주체가 아닌 성적으로 대상화된 타율적 존재로 전락한다. 위안부란 명칭은 성 노예의 잠재태이며, 성노예란 표현은 위안부의 능동태인 것이다. 성 노예라는 표현에 분노하는, 동음이의어를 구분하지 못하는 일본 극우들의 태도는 자못 한심하다. 정신대로 동원된 여성들이 때로는 위안부로 동원되기도 했는데,

그래서 흔히 정신대와 위안부를 구분하지 않고 혼용하기도 한다. 두 용어는 서로 차이가 있는 것이 분명하나, 전쟁 속에서 철저히 방기된 여성의 인권 측면에서는 동일하다.

영화 「눈길」은 열몇 살 꽃다운 나이에 위안부로 끌려간 두 조선 소녀의 이 야기다. 한 소녀는 오빠의 독립운동으로 풍비박산 난 집안을 벗어나고자 여 자근로정신대에 자원하지만, 결국 그녀가 끌려간 곳은 중국 만주의 어느 위 안소였다. 또 한 명의 소녀는 앞서 말한 소녀의 유복한 환경을 부러워하던 차에 납치되었는데, 그 소녀 또한 앞 소녀와 같은 위안소로 끌려갔다. 두 소 녀와 위안소 내 다른 소녀들의 삶은 참혹했다. 말해 무엇하겠는가. 처참과 참담 사이를 진자 운동하는 삶이었다. 정신적 박탈 상태에서 〈삿쿠(콘돔)〉를 씻는 소녀들에게서 희망을 이야기하는 것은 불가능한 일이었다. 이 영화는 오직 위안부로 끌려간 소녀들의 고통에만 집중한다. 위로와 추궁에 앞서야 하는 것은, 그 고통의 심연을 들여다보는 일이다. 그 고통의 질감을, 그리고 그 고통을 유발하는 원인을 아는 것에서부터 진정한 위로가 시작될 수 있으 며 추상같은 추궁이 가능해질 수 있기 때문이다.

전쟁과 여성 인권

지기 위해 수행되는 전쟁은 없다. 전쟁은 오직 승리를 지고 의 목표로 설정하며, 그를 위한 수단과 방법에 도덕적·윤리적 가치를 묻지 않는다. 물리력을 통해 상대를 강제하는 전쟁에서 인권은 부차적인 것으로 간주되며 어떠한 물리력도 갖지 못한 아이, 노인 그리고 여성의 인권은 철저 히 방기된다. 인류 전쟁사 한구석에는 약자에게 벌어진 참혹한 폭력과 인권 유린의 참상이 피와 눈물로 기록되어 있다.

남성에 의해 수행되는 전쟁에서 침탈지의 여성들은 침략자 남성들의 성적 노예로 전락한다. 지금 이 순간에도 벌어지고 있는 무수한 전면전, 국지전, 내전, 테러전 등 모든 전장에서 여성들의 인권은 무참히 짓밟히고 유린되고 있다.

위안부. 이 한 단어가 우리를 짓누르는 무게는 어떠한가? 이 단어는 가혹하게 무겁고 끔찍하게 무섭다. 태평양 전쟁 당시, 이 땅의 꽃과 같은 소녀들은 어디로 가는지도 모른 채 위안부란 이름으로 전장에 내몰려 끔찍한 고통을 당해야 했다. 이 가혹한 고통은 인간의 말과 글로 설명할 수도 없고 감당할 수도 없다. 일본군 〈위안부〉 문제는 일본 정부가 조직적이고 체계적으로 저지른 잔혹한 전쟁 범죄다. 그것은 있었던 역사로 명백하다. 국가적 차원에서 주도면밀하게 벌어진 명백한 범죄를 일본 정부는 부정하고 있다.

〈한국정신대문제대책협의회〉(이하 〈정대협〉)는 위안부 피해 여성들의 참상을 기록하고 일본 정부에 사과와 보상을 요구하며 우리 정부의 적극적인 대책을 요구한다. 〈정대협〉의 주도로 2012년 〈전쟁과여성인권박물관〉이 세워졌다. 주택가 작은 집을 고쳐 지은 박물관이다.

전쟁과여성인권박물관

서울 마포구 성산동 구불거리는 골목길 안쪽에 〈전쟁과여성인권박물관〉이 있다. 대로변 비싼 땅이 아닌 골목길 안쪽 덜 비싼 땅에 박물관이 들어섰는데, 위안부 문제가 우리 정부의 적극적 활동보다, 풍족할 수 없는 민간 단체에 의해 주도되고 있다는 사실을 박물관이 놓인 땅이 대변하는 듯해 보는 이들은 처연하다.

골목길로 접근하면 박물관의 측면이 보이기 시작한다. 측면에 벽화가 있다. 이 벽화에서 박물관의 이야기는 시작된다. 난 이 벽화를 한참 바라봤다. 벽화에는 채색된 할머니 뒤에 흑백의 소녀가 서 있다. 이 소녀가 아마 이 할머니일 것이다. 소녀와 할머니의 겹침 배치는 이미 절절한 호소로 다가온다. 〈고통의 기억이 나비처럼 날아가길〉이란 담벽에 붙은 어느 관람객의 염원 담긴 나비 모양 쪽지가 보인다. 쪽지의 염원은 가능할 것인가? 박물관의 시작과도 같은 벽화를 지난다. 벽화가 있는 박물관의 정면을 돌아 측면으로 접근하면 무거운 철문 출입구가 나온다. 이 무거운 철문을 여는 것, 개문(開門)으로부터 박물관의 본격적인 전시는 시작된다.

좁고 어두운 로비에서 표를 받는다. 좁은 로비는 박물관의 물리적 제약이지만 어두운 조명과 어울리며 건축적 해법으로 살아난다. 위안부의 고통의 발원을 건축적으로 은유하고 있다. 로비에서 표를 받고 뒷문으로 나가면 구석진 야외 뒷공간으로 연결된다. 이 뒷공간은 뒷집과의 경계 사이에 난 협소한 통로다. 이 통로를 거쳐야만 지하 전시 공간으로 갈 수 있는데, 이 좁은 길에는 쇄석(거칠게 깬 돌)이 깔려 있어 관람객이 걸을 때마다 나는 서걱서걱 소리가 군화 소리의 음향 효과와 오버랩된다. 이는 어디로 끌려가는지도 모른 채 전장으로 내몰렸던 당시 피해 여성들의 의사(擬似) 체험이라고 건축가는 말한다.

쇄석 길을 지나면 지하 전시실로 들어서는데, 지하의 음습한 공간 벽면에 피해 할머니들의 다큐멘터리 영상이 영사되고 있다. 그리고 한쪽에 허름한 계단이 나타난다. 이 계단을 올라서면 불현듯 1, 2층을 관통하는 개방된 공간과 마주하게 된다. 그리고 이 뻥 뚫린 공간을 가득 메운 많은 시각적 전시 정보가 쏟아진다. 무거운 철문을 열고 좁고 어두운 로비를 거쳐 협소한 통로를 통과한 뒤 음습한 공간의 벽면 질감을 확인하고 허름한 계단을 올라서는 순간, 벼락 치듯 뚫려 있는 개방된 공간에서 관람객들은 잠시 주춤한다. 입구부터 의도적으로 계획된 피해 여성들의 의사 체험 서사가 한순간에 해제되기 때문이다. 전시할 것(자료)은 많고 전시할 곳(공간)은 작기 때문이리라.

꽉 찬 전시 밀도의 버거움은 2층 발코니에 마련된 추모의 공간에서 경감된다. 많은 전시물의 숨 가쁜 독해에 몰렸을 때 추모의 공간 발코니는 잠깐의 휴지를 가능케 한다. 검은 벽돌이 중간중간 비워 쌓기 되어 있는 이곳은 반내부이며 반외부로 빛 또한 잘게 나뉘어 반만 들어온다. 이 쪼개서 들어오는 각각의 빛살은 위안부 전체의 거대한 고통에서 위안부 개개인의 개별적 고통 또는 희망으로 다가온다. 추모의 공간이 만들어 내는 빛의 연출은 박물관에서 가장 아름다운 공간으로 느껴진다. 이렇게 박물관의 서사는 막을 내린다. 1층 야외 마당에서 잠시 숨을 고른다.

이 박물관은 그 존재 자체로, 이제 백골이 되어 버린 피해 할머니들의 넋과 백발이 된 생존 할머니들의 마음을 위로하고 위무하며, 있었던 역사가 없었던 일이 될 수 없음을 증언하고, 치욕의 역사를 바로 보는 것에서 비로소 치유가 시작될 수 있음을 알려 준다. 박물관을 나설 때, 작은 골목길로 들어오는 일본인들을 보았다. 그것을 작은 희망이라 부를 수 있을까. 위안부 할머니들의 고통은 아직도 현재 진행형이며, 외면하는 자들의 외면 또한 아직 현재 진행 중이다.

제주4·3평화공원기념관

무밭과 파밭 속 버려진 집들

제주 중산간은 산(山)의 가운데(中) 사이(間)를 말한다. 제주 해안의 물가를 벗어나면서부터 산의 가운데 안쪽으로 들어갈수록 인간의 흔적이 옅어진다. 억새와 나무와 풀, 그리고 무밭과 파밭이며 버려진 공가(空家)들이 중산간을 덮고 있다. 제주 동부 성산읍과 구좌읍을 세로로 가로지르는 1136번 도로와 1132번 도로를 잇는 가지길을 걸으며 볼 수 있는 것은 수평을 덮고 있는 푸르거나 누런 것들이고 봉긋한 무덤과 오름의 굴곡이며 버려진 집들이다.

무밭, 파밭 사이사이 띄엄띄엄 서 있는 공가들을 들여다본다. 썩어 버린 나무 기둥, 거친 시멘트 벽돌, 쇳물 흐르는 골이 진 강판, 구멍 뚫린 슬레이트 지붕. 궁기 흐르는 가난한 재료들을 그러모아 간신히 집 꼴로 만들어 놓은 빈집들은 주인이 떠난 지 오래되어 보인다. 살점이 뜯기고 뼈가 부러지고 썩어 주저앉은 지붕이 너덜거리는 집들은 세월의 풍화 한가운데서 폭삭 늙어 있다. 아니, 죽어 있다. 흔적이라기보다는 차라리 사체 같아 보이는 무너진 집들은 떠나간 집주인의 손을 타지 않아 그리되었을 것이다. 이 떠난 집주인 개개인의 역사를 나는 알지 못한다. 알 길이 없고 물을 곳이 없다. 좀 더 나은 삶을 찾아 스스로 떠났을 수도 있고, 삶의 무게에 짓눌려 튕겨 나가듯 떠났을 수도 있다. 다만, 이 공가는 그 사체 같은 흔적을 남겨 무밭과 파밭을 일구던 어떤 삶이 있었음을 증거한다.

〈지슬〉 그리고 잃어버린 마을

다시 중산간을 걷는다. 다랑쉬오름에 다다를 즈음, 사람이 살았던 마을임을 알리는 음각으로 글을 새긴 큰 돌을 보게 된다. 다랑쉬 마을이란다. 그러나 다랑쉬 마을은 보려고 해도 볼 수가 없다. 잃어버린 마을, 사라져 버린 마을이기 때문이다. 다랑쉬 마을은 물리적 실체가 증발해 버렸다. 과거에는 있었으나 지금은 없다. 사체 같은 흔적조차 남기지 못하고 뿌리째 뽑힌 듯 사라져 버렸다. 마을 사람들은 어디로 가고, 마을의 골격을 이루던 집과 마당과 우물과 길과 와흘당은 어디로 사라진 것인가. 그래서 마을의 골격과 집들의 꼴과 틀에 대해서는 쓸 것이 아무것도 없다. 하지만 집에 관한 이야기가 아니라 이 마을에 있었던 사건들에 관해서는 쓸 것이 있다.

제주 방언 〈지슬〉은 감자를 말한다. 영화 「지슬」은 제주산 감자에 관한 이야기가 아니다. 숨어서 감자를 먹어야만 했던 제주 중산간 마을 사람들의 이야기다. 어느 날 중산간에 마을을 이루며 살던 사람들은 제집을 놔두고 도망쳐야 했다. 빨갱이 소탕이라던가. 중산간 소개 명령과 초토화 작전. 빨갛지도 않았던 중산간 원주민들은 뭍에서 온 눈이 벌건 군인들을 피해 달아나야 했다. 마을 사람들은 이 죽음의 광기를 피해 영문도 모른 채 산속 바위 밑에 숨어들고, 동굴 속에 숨어들고, 구덩이 속에 숨어들고, 몸을 숨길 수 있는 자연의 모든 은신처로 숨어들었다. 문명의 집을 버리고 자연의 집shelter으로 돌아갔으나 그곳도 살 자리는 아니었다. 광기에 마비된 사람들에 의해 그들은 모두 죽임을 당했다. 영화 「지슬」은 이 광기 어린 사건에 대한 이야기다.

인간의 광기는 무섭다. 그것은 때로는 고양된 상태가 아닌 매우 평이한 상태에서도 불쑥 튀어나올 수 있기에 더욱 무섭다. 제주 4·3 사건은 이 평이한 상태에서도 당연한 듯 벌어진 끔찍한 광기의 연속적 자취였다. 인간을 위해, 인간에게서 튀어나온 생각의 덩어리 또는 이념이 인간을 폭압했다. 이 폭압적 이념의 광기가 제주의 온 곳을 뒤덮었다. 이 끔찍한 광기는 1947년 3·1절을 기점으로 시작되었다.

2000년 발족한 〈제주 4·3 사건 진상 규명 및 희생자 명예 회복 위원회〉는 이 사건을 〈1947년 3월 1일 경찰의 발포 사건을 기점으로 하여, 경찰·서북 청년단의 탄압에 대한 저항과 남한의 단독 선거·단독 정부 반대를 기치로 1948년 4월 3일 남로당 제주도당 무장대가 무장 봉기한 이래 1954년 9월 21일 한라산 금족 지역이 전면 개방될 때까지 제주도에서 발생한 무장대와 토벌대 간 무력 충돌과 토벌대의 진압 과정에서 수많은 주민이 희생당한 사건〉이라고 정의했다. 이 정의를 좀 간략하게 말하면, 4·3 사건은 좌익(무장대)과 우익(토벌대)의 무력 충돌 중에 이들과 조금도 관련 없는 민간인 수만 명이 사망하거나 크게 다친 사건으로 줄일 수 있다. 그리고 이 사망은 주로 국가 권력을 중심으로 하는 우익 세력에 의해 주도되었다. 〈주로〉라는 단서를 붙인 이유는 좌익에 의한 민간인 희생도 있었기 때문이다. 그러나 〈주로〉라는 부사가 가능한 이유는 중산간을 활동 거점으로 하는 무장대를 진압하기 위해, 국가 권력이 통제해야 하는 토벌대가 드넓은 한라산 속 민간인 마을 대부분을 초토화시켰고 그 과정에서 민간인이 막대한 피해를 입었기 때문이다. 견벽청야(堅壁淸野)는 벽을 단단히 하고 들을 말끔히 비우는 군사 작전을 말한다. 무장대의 보급을 완전히 차단하기 위해 토벌대는 견벽청야를 시행하며 중산간 모든 마을을 불태웠는데, 이 과정에서 수많은 민간인이 학살당했다. 밥과 집과 가축만을 태운 것이 아니라, 좌익이 될 가능성이 있는 젊은 남자들은 그 얼마일지도 모를 가능성 때문에 죽어 갔고 그 젊은 남자들의 가족들 또한 덩달아 죽임을 당한 경우가 허다했다. 4·3 사건은 네가 옳은가 내가 옳은가의 문제가 아니라, 그 옳고 그름과 전혀 상관없는 죄 없는 양민들에게 국가 권력이 무자비한 폭력을 행사하고 피해의 고통조차 침묵하기를 강요했다는 데 문제의 심각성이 있다.

　　4·3의 광기는 말 그대로 미친 기운이었다. 중산간 마을 사람들은 이 미친 기운을 피해 마을을 버리고 도망가야 했다. 그리고 그들은 벌판에서 죽거나 산속에서 죽거나 굴속에서 죽었다. 마을 사람들이 통으로 다 죽어, 중산간

소개령이 해제된 뒤에도 마을로 돌아갈 사람이 씨가 마른 곳이 많았다. 중산간 다랑쉬 마을은 그렇게 〈잃어버린 마을〉 중 하나가 되었다. 다랑쉬굴로 숨어들었던 마을 사람 열한 명은 광기에 마비된 사람들이 지핀 연기에 숨이 막혀 죽었다. 그리고 그렇게 잊혔다.

1992년, 아름다운 다랑쉬오름 지척에 있는 다랑쉬굴에서 열한 구의 백골이 발견되었다. 그리고 제주 4·3 연구소와 제민일보 4·3 취재반의 합동 조사로 사건의 전모가 밝혀졌다. 유족과 제주도민들은 유골들을 양지바른 곳에 안장하기를 원했으나, 군사 정권 꼬리에 붙어 있던 시대는 그것을 용인하지 않았다. 결국 유골들은 분쇄되어 바다에 뿌려졌고 굴은 시멘트로 봉쇄되었다. 다랑쉬굴 안에는 아직도 당시 피난민 아닌 피난민들이 사용했던 솥단지, 접시 등의 생활 잡기들이 널려 있다고 한다.

다랑쉬오름에 오른다. 해발 382미터의 비교적 높은 오름이다. 정상에 오르면 동서남북으로 제주 수평의 땅과 봉긋한 오름과 먼 한라산과 아득한 바다가 지천으로 펼쳐진다. 다랑쉬오름은 오름의 여왕이란다. 자생하는 다양한 식생과 그 푸릇한 생명이 섞이며 만들어 내는 오름의 풍경은 과연 여왕답다. 다랑쉬오름은 아름답다.

다랑쉬오름에서 내려와 다랑쉬굴로 향한다. 굴로 가는 길은 외지고 막다르다. 그 길 끝에 시멘트가 발라져 막혀 버린, 이제는 오래 자란 키 큰 억새에 가려져 그 막혀 버린 자리가 어디인지 정확히 특정하기도 어려운 다랑쉬굴이 보인다. 굴 입구에는 제단인지 반듯한 돌 받침이 있다. 그리고 그 위에는 언제 놓였는지 알 수 없는 소주 한 병이 놓여 있다. 소주병은 뚜껑이 덮여 있는데 소주는 들어 있지 않다. 소주를 굴 위에 뿌리며 숨 막혀 죽은 어떤 영혼들을 위로한 것인지, 아니면 숨 막혀 죽은 어떤 누군가와 관련 있는 숨 막힐 듯한 누군가가 마신 것인지 알 수 없다. 소주병을 한참 들여다본다.

다랑쉬오름은 아름다우나 다랑쉬굴은 아름다울 수 없다. 다랑쉬 마을은, 지금 없으나 아직도 있다. 다랑쉬 마을의 꼴과 골격에 대해 걸칠 수 있는 건축 이야기는 아무것도 없으나 시대의 불화에 대해서는 말할 수 있다.

제주 4·3 평화공원과 기념관

제주 4·3 사건의 문서적 종료 시점은 1954년이지만, 실질적으로 종료되었는지는 아직도 의문이다. 2020년 현재까지도 4·3 사건을 부정하려는 이가 많기 때문이다. 1954년 이후부터 군사 정권에 해당하는 제5·6공화국에 이르기까지 〈4·3〉은 금기어였다. 공론화는커녕 사적인 대화에서조차 용납되지 않았다. 말만 해도 잡혀가던 시절, 공적인 자리에서 4·3을 말하는 것은 목숨을 거는 행위였다. 1978년 단편 「순이삼촌」을 발표한 소설가 현기영은 국가 기관에 끌려가 고문을 당했고 소설은 금서 조치되었는데, 군사 정권에서 문민 정부로, 군인 아닌 민간인이 대통령이 되었지만 여전히 4·3 사건의 진상 규명은 시도조차 되지 못했다. 그러나 국민의 정부가 들어선 다음 해인 1999년에 〈제주 4·3 사건 진상 규명 및 희생자 명예 회복을 특별법〉이 제정되었고, 참여 정부에 이르러 대통령이 4·3 사건을 국가권력에 의해 민간인이 대규모로 희생된 사건임을 인정하고 제주도민에게 국가 원수로서 사과했다.

제주 4·3 사건은 이렇게 양지로 나왔고 2000년 4·3평화공원 조성 기본 계획 연구 용역의 시작으로 4·3 사건을 기록하고 추모할 수 있는 물리적 기반이 마련되었다. 2002년 현상 설계 공모를 통해 제주4·3평화공원 설계안이 확정되었다.

지금 제주시 명림로 430번지에 있는 평화공원 및 평화기념관이 만들어진 사정은 위와 같다. 그러나 정작 공원이 있는 자리는 4·3 사건과 직접 연관성이 없는 장소다. 이처럼 평화공원은 장소의 아쉬움을 안고 시작되었다.

기념관을 비롯해 위령탑, 위령 광장, 위패 봉안실 그리고 어린이 체험관 등이 들어선 공원은 드넓다. 기념관과 위패 봉안실, 어린이 체험관이 각각 삼각형의 꼭짓점에 해당하는 자리에 있고 이 삼각의 구도 안에 여러 탑(塔)

과 비(碑)와 상(像)이 들어차 있다. 2002년 당시 현상 설계 제출안들을 살펴보면 공원의 계획 범위가 더욱 넓다. 공원 내 꼭짓점 중 하나인 위패 봉안실 맞은편 저 끝 쪽에는 〈상생의 장〉이 자리하면서, 지금의 삼각 구도가 아니라 마름모 구도로 되어 있는데, 마름모 대각의 꼭짓점들이 직선으로 이어지면서 두 개의 강한 축이 전체 공원의 큰 틀이 되도록 계획되었다. 그러나 단계적 사업 과정에서 〈상생의 장〉과 그 일대가 삭제되고 규모가 축소되어 현재와 같은 삼각 구도가 되었다. 사업 계획 규모가 축소된 시점은 참여 정부 이후인데, 보수 정권 집권 중에 시행된 4·3평화공원 사업 축소가 우연인지 필연인지는 알 수 없다. 제주 4·3 사건이 실질적으로 종료된 것인지 다시 한번 자문하게 된다.

어찌 되었든 4·3평화공원은 작지 않은 규모로 많은 공력을 들여 완성되었다. 이제 4·3은 금기어가 아닐뿐더러 공원과 기념관을 찾는 이가 해마다 늘고 있음이 고무적이다. 그러나 공원과 기념관이 방문하는 이들과 원만히 소통하는지는 별개의 문제라 할 수 있다.

2002년 현상 설계 공모에 참여한 당시 다른 두 명의 건축가(조성룡과 승효상)는 각자 자신의 계획안을 설명하며 도드라진 건축물과 구조물의 구축을 지양했다고 말했다. 그들은 공원과 기념관이 그 자체로 〈기념비〉적 형태가 되는 것이 부적당하기 때문이라고 그 이유를 밝혔다. 그동안 우리에게 (국가에서 발주한) 기념관이란 정작 기념이 소외된 채 건축 자체에 바친 기념이 대부분이었다. 최고(最高)와 최대(最大)의 수사 속에서 정작 기념 대상이 방기되는 주객전도의 기념비적 건축은 씁쓸하다.

그러나 공간 건축이란 유수한(어쩌면 유수했던) 설계 사무소의 당선안은 종래의 기념비적 건축 언저리에 머무른다. 설계자가 계획안을 설명하는 글들을 살펴보면, 〈상징 축〉, 〈문화 축〉, 〈미래 축〉과 같은 식상하고 경직된 〈축〉이 계획안의 큰 뼈대를 이루고 있다. 그리고 이어서 건축가는 〈과거〉, 〈위령〉, 〈추념〉, 〈미래〉, 〈평화〉, 〈상생〉 등의 용어를 〈개념화〉하여 살을 붙였다고 설명하고 있다. 그러기 위해 공원 안은 두 개의 관(기념관과 체험관)과 탑, 비, 상 등이 축과 개념에 복무하기 위해 공원 내부에 혼재된 채 부조화의 난장을 이루고 있다.

게다가 관, 탑, 비, 상 등은 제주 근원 설화의 형상화나 오름의 형상화 등을 이야기하고 있는데, 이 모든 〈형상화〉는 건축 형태를 만들어 내는 손쉽고도 작위적이며 자의적인 방법이 아닐 수 없다. 오름의 형상화가 형상화한 설계자를 제외한 다른 이들에게는 어떤 의미인가? 4·3 사건을 추모하는 장소와 난데없이 〈형상화〉로 호출된 오름은 서로 어떠한 호응을 이루는가? 높고 뾰족한 탑과 비 등은 여전히 기념비적 구태에 갇힌 인상을 지울 수 없다. 제주 4·3평화공원과 기념관의 존재는 지극히 반가우나 그 존재 형태는 아쉬움이 가득하고 또 가득하다. 관, 탑, 비, 상으로 난장을 이룬 기념관을 나선다.

붙 이 는 글

희망을 이야기할 수 있을까. 4·3과 관련된 이야기만이 아니라, 정권의 좌우에 상관없이 어려운 삶은 더욱더 어려워지는 지금 여기, 우리의 삶에서 희망을 이야기하는 것이 무의미하지 않을까 하는 고통스러운 자문이 반복된다. 어린 딸과 딸의 어린 친구들에게 희망을 이야기해 주고 싶고, 그것이 어른 된 자의 책임이라 생각하는데, 실천 방안은 어른거리지도 않는다. 희망을 구상하기 전에 뒤를 먼저 돌아보자. 무밭과 파밭을 일구던 흔적들, 있었으나 없어진 잃어버린 마을들, 그리고 또 다른 흐려지거나 잊힌 기억들을 떠올려 보자. 그것이 희망을 말하기에 앞서 해야 할 일 아닐까.

제주4·3평화공원기념관의 측면

위령 제단, 피해자들의 위패가 모셔져 있다

오름의 형상화? 무엇을 위한 형상화인가

잃어버린 다랑쉬 마을

위령탑, 죽은 사람의 영혼을 위로함이여

인천상륙작전기념관

송도와 인천상륙작전

　　인천광역시 연수구 옥련동 한 곳에는 백제 때 나루터인 능허대 터가 있는데, 이 일대는 소나무가 울창하고 앞에 섬까지 보여 송도라 불렸다. 이 옥련동 일대는 삼국 시대부터 배가 드나들던 뱃나루의 지형적 특성이 있는 곳이었는데, 조수 간만의 차가 커서 썰물 때가 되면 수평선인지 지평선인지 모를 거대한 일자의 망망한 갯벌이 드러난다. 내 마음대로 〈벌평선〉이라 불러 본다. 이제 이 너른 벌평선은 매립되어 신도시로 개벽했는데, 송도 국제 신도시는 인천 능허대 앞 갯벌을 민물과 썰물과 무관한 단단한 땅으로 개간한 도시다. 지금은 인구 16만의 신도시로 번화한 곳이지만 불과 10여 년 전만 해도 바닷물이 밀리고 썰리는 물가였고, 이 물가에 작은 해수욕장 하나와 그 옆 유원지가 있던 한가롭고 조용한 곳이었다. 지금은 인천 송도라고 하면 법정동의 행정적 지위를 갖는 송도 신도시의 송도동이 떠오르지만, 이전에는 능허대 터를 중심으로 하는 옥련동 일대를 부르는 관습적 지명이었다.

　　1950년 9월 15일, 유엔군 사령관 더글러스 맥아더가 지휘하는 유엔군은 송도 앞바다 세 지점에서 상륙 작전을 개시했다. 상륙 작전은 성공적이어서 패퇴만 거듭하던 전쟁의 전황이 역전되었다. 상륙 작전의 성공으로 수도 서울은 수복되었고 중공군이 개입하기 전까지 국군과 유엔군은 계속해서 북진할 수 있었다. 이를 기념하기 위해 옥련동 드넓은 갯벌이 눈앞에 펼쳐지는 청량산 기슭에 인천상륙작전기념관이 들어섰다.

내 초등학교 시절 소풍 장소는 대부분 이곳 송도였는데, 송도 해수욕장 물가에서 놀다 그 옆 유원지에서 놀이기구 몇 가지 탄 뒤 종종걸음으로 청량산 기슭까지 몇백 미터를 걸어 인천상륙작전기념관으로 향했다. 물놀이와 놀이기구로 신나 있던 아이들은 기념관에 들어서면서부터 반공 교육과 더불어 조용해졌다. 상륙 작전이 성공을 거둬 남한의 공산화는 저지되었고, 그러한 대한민국에서 우리는 자유를 영위할 권리를 갖게 되었다는 것이 어린아이들을 대상으로 하는 순화된 반공 교육의 핵심이었다. 인천상륙작전기념관은 설립 목적 중 하나인 〈자유 수호의 실증적인 교육장〉으로서 충실히 작동해 왔다.

인천상륙작전기념관

더글러스 맥아더란 인물은 우리나라 사람들에게 가장 널리 알려진 외국인일 것이다. 6·25 전쟁 초기 전황은 남한 측에 극히 불리했다. 대비가 전혀 안 된 상황에서 준비된 북한의 남한 침공은 전광석화와 같이 이뤄졌다. 이승만 정부는 전쟁 발발 사흘도 되기 전에 수도 서울을 포기하고 남쪽으로 피난했다. 그리고 전선이 계속 밀리면서 대한민국 정부는 경남 일부에서 연명하는 상황에 처했다. 이때 맥아더 장군의 지휘 아래 인천 상륙 작전이 이뤄졌고, 이를 통해 서울 수복과 이북 진격이 가능해졌다. 우리에게 맥아더와 인천 상륙 작전은 거의 동의어와 마찬가지로 받아들여지며, 맥아더란 인물은 대한민국의 수호자 반열에 오르게 되었다. 그의 동상이 송도 인근 송학동 자유공원 제일 높은 곳에 세워진 것도 이와 같은 상황에 따른 것이었다.

휴전 이후 군사 정권기 맥아더와 인천 상륙 작전은 국가의 존재 근간인 반공과 불가분의 관계를 형성했다. 전쟁이 시작되고 이틀 뒤 미국의 트루먼 대통령은 〈6·25 전쟁은 공산 세력이 대한민국을 공산화하기 위해 도발한 불법 남침이다〉라는 성명을 발표했고, 이어 미국 국무부는 맥아더 장군을 한국 작전의 최고 사령관으로 임명했다. 그렇게 맥아더는 반공을 위해, 또 반공을 통해 대한민국의 존재를 가능하게 했다.

신군부의 군사 정권은 정권의 존립 근간인 반공을 위해 상징적이며 기념비적인 물적 기반이 필요했고, 이런 사정으로 인천상륙작전기념관이 건립되었다. 기념관은 건축가 김수근의 설계로, 시비 28억 원과 시민 성금 15억 원을 동원해 완공되었다.

　　기념관은 청량산을 등지고 상륙 작전이 감행되었던 인천 앞바다를 바라보고 있다. 후면이 높고 정면이 낮은 구도로 된 기념관은 배산임수의 안정적 구도에서 기념 지점이자 상륙 지점을 향해 넓은 조망이 가능하게 배치되었는데, 조망의 끝점과 기념관 사이에는 직선의 강렬한 축이 형성되어 있다. 기념관은 이 조망 축과 진입 축이 일치하게 계획되었다. 관람객들은 조망 축이자 진입 축을 따라 이동하게 되는데, 이 동선은 기념관 입구에서 전시관을 거쳐 부지 최상부 자유 수호의 탑으로 유도된다. 기념관 입구는 거대한 아치형 구조물이다. 이 아치 밑에 서면 계단이 보이고 그 계단 끝에 높고 뾰족한 탑이 보인다. 최종 목적지를 진입부에서부터 강하게 노출시켜 기념탑을 오르는 행위 자체가 목적임을 입구에서부터 보여 준다. 아치문을 통과하면 폭 1미터 내외의 좁고 가파른 계단을 오르게 된다. 이 좁은 폭 계단은 좌우 벽이 모두 거친 마감의 화강석이고 하늘은 열려 있다. 이 좁은 폭과 좌우의 거친 벽과 열린 하늘은 위요된 아늑함이라기보다 지나는 이들에게 압박감으로 작용하는데, 이 압박감은 기념관 광장의 개방감을 극적으로 부각하는 건축적 장치다. 가파른 계단을 오르면 어느 순간 사방이 번쩍 트인 기념관 마당에 서는데, 송도 앞바다의 광막한 수평선이 눈앞에 펼쳐진다. 시퀀스의 극적인 반전으로 상륙 작전이 전개된 장소가 드라마틱하게 인식된다.

　　기념관의 절정은 이 마당이라고 할 수 있다. 이 마당에서 한 층 정도 높은 위치에 전시관 출입구가 있고, 여기서 다시 두어 개 층에 해당하는 계단을 오르면 자유 수호의 탑에 도달한다. 기념관은 강렬한 축 위에 설정된 수직 동선 계단을 중심으로 거의 완벽한 좌우 대칭을 이루며 건축물과 외부 모두 거친 화강석으로 덮여 있다. 권위와 안정감은 기념관의 형태와 재료를 통해 효과적으로 구현되었다. 인천상륙작전기념관은 기념관 자체가 기념적이라 할 만큼 그 조형이 묵직하며 강렬한 축을 통해 전개되는 진입 과정이 드라마틱하다. 김수근이란 건축가의 탁월한 재능을 확인하기에 부족함이 없다.

스코토마

다시 기념관을 나와 일자로 뻗은 인권로를 따라 걷는다. 길 이름이 〈인권(人權)〉임이 새삼스럽다. 길 이름 〈인권〉을 보며 〈민족상잔〉과 〈맥아더〉와 〈자유 수호〉와 〈반공〉과 그리고 〈좌익 용공〉 등의 낱말이 반사적으로 떠오른다.

송도 인근에 있는 송학동 자유공원에 올라가면 정면을 응시한 채 쌍안경을 들고 있는 맥아더의 동상을 볼 수 있다. 이 맥아더 동상을 향해 달걀을 던지고 페인트를 뿌리는 사람들이 있는가 하면, 그런 사람들을 향해 증오의 시선과 욕설을 퍼붓는 사람들도 있으며, 이러나저러나 관심 없고 외국인의 동상 앞에서 기념사진을 찍는 사람들도 있다.

맥아더 동상에 페인트를 칠갑하는 자들의 의도와 신원을 알 수는 없으나, 그들은 아마 〈자유 수호〉와 〈반공〉, 그리고 〈좌익 용공〉 등의 용어 뒤에서 스러지거나 피 흘렸던 자들 또는 그런 자들의 힘없음에 자괴하던 사람들이었을 것이다.

인천상륙작전기념관은 그런 의미에서 다시 다가온다. 이 기념관은 무엇을 기념하는가? 국가의 은인인 맥아더인가? 그 맥아더에 의해 감행된 성공적 작전 수행인가? 아니면 그로 인한 대한민국의 자유 수호인가? 앞서 말했듯, 기념관은 이 세 가지 모두를 기념하고 있다. 이를 위해 건축가 김수근은 그의 재능을 전력하여 상륙 작전의 영웅적 시퀀스를 건축물로 구현했다.

그러나 그 기념 뒤에 가려져 있는 암점(暗點, scotoma)은 보이지 않으나 너무나 선명하다. 얼마나 많은 이가 이념이란 용어 뒤에서 스러져 갔던가. 건축가 김수근의 탁월한 건축적 재능은 이 지점에서 반쪽의 성공에 머무를 수

164

밖에 없어 보인다.

건축이 이데올로기와 프로파간다에 동원되는 예는 수도 없이 많다. 건축물은 그 자체로 의지가 없는 것이므로, 건축물은 동원되는 것이고 그 건축물을 설계한 건축가들은 복무하는 것이리라.

이데올로기에 동원되는 건축이 모두 부정적인 것만은 아닐 것이다. 러시아 공산 혁명과 관계하는 러시아 구성주의 건축가들은 공산주의와 노동 혁명을 위해 복무했다. 러시아 건축가 블라디미르 예브그라포비치 타틀린 Vladimir Evgrapovich Tatlin의 제2인터내셔널 기념탑은 공산주의 이념을 건축적으로 구현하기 위한 열렬한 열정을 전위적으로 보여 준다. 전통의 구태와 불합리성을 털어 낸, 그리하여 기능으로만 순전한 구축을 상징적으로 보여 주는 기념탑은 모더니즘 여명기의 서유럽 건축에도 적잖은 파장을 일으켰다. 타틀린의 기념탑과 몇몇 혁신적인 러시아 구성주의 건축물들은 프로파간다적 구축(건축)의 순수한 열정을 보여 준다.

그러나 불행히도 프로파간다적 건축은 순수하거나 혁명적이라기보다 그렇지 못한 경우가 대부분이다. 북한의 인민대학습당을 비롯한 북한 내 거의 모든 정치적 영향력에 놓인 건축물들은 인간의 스케일을 압도하고 좌우 대칭으로 엄격하며 고전주의적이거나 민족주의적인 형태를 취한다. 건축물에 부여한 권위 방식이 이러한데, 마르크스주의와는 하등 상관없거나, 오히려 대치되는 민족주의적이거나 고전주의적인 거대 건축물 앞에서 인민은 소외되고 독재의 권위만이 떠오른다.

극과 극은 서로 만나는 것처럼 우리의 건축 또한 여기서 자유롭지 못하다. 군사 정권 시절 내내 정권이 필요에 의해 세운 건축물들은 거대하고 좌우 대칭으로 엄격하고 고전주의적이거나 민족주의적 형태를 취하고 있다. 이러한 건축은 스스로 기념비가 되고자 기를 쓴다. 관람객 또는 방문객들은 오히려 이 기념비적 건축을 빛내 주는 소모품으로 복무하기에 이른다. 인천상륙작전기념관의 암점을 들여다보자.

- 인천상륙작전기념관의 야외 전시장, 유도탄과 함포와 LVT는 상륙 작전의
  화석으로 남겨졌다
:: 인권로, 인천상륙작전기념관으로 오르는 길
:: 인천상륙작전기념관으로 들어서는 아치 입구

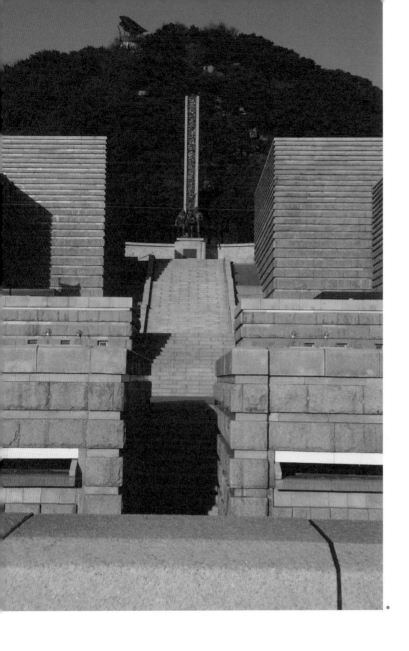

- 자유 수호의 탑, 기념관의 소실점

: 협소한 오름의 계단, 꽉 막힌 측면은 오르는 자들을 압박한다

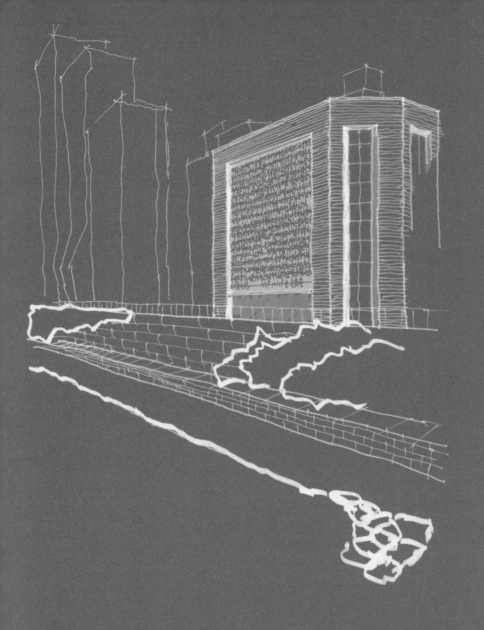

전태일기념관

전태일

1970년대, 동대문을 중심으로 하는 청계천 변 일대에는 옷 만드는 공장이 많이 모여 있었다. 1970년 11월 늦가을 어느 날, 봉제 일을 하던 스물세 살 청년 노동자 전태일은 자기 몸에 불을 붙이고 스스로 생을 마감했다. 그는 몸에 불을 붙이며 근로 기준법을 준수하라고 외쳤는데, 분신 자리에서 절명하지 못한 그는 검게 탄 상태로 인근 병원으로 옮겨져 어머니 이소선 여사가 지켜보는 가운데 운명했다.

스물세 살 청년이 스스로 목숨을 끊은 이유는 무엇이었을까? 무산자이며 무학의 노동자인 그가 외치는 근로 기준법 준수를 아무도 귀담아들어 주지 않았기 때문이다. 그는 자기 몸에 불을 붙이는 극단의 결기만이 세상이 자기 말에 귀 기울이게 하는 유일한 방법이라고 생각했다. 이러한 분신 항거는 그의 반사회적 울분과 피해 의식 때문이었는가? 그렇지 않다.[1] 스스로 분신의 방법을 택하기 전, 그는 생각할 수 있고 실천할 수 있는 여러 근로 여건 개선 방법을 모색했으나 그 모든 것이 벽에 부딪혔다. 전태일은 자기 생각을 명료하게 정리하고 표현해 줄 똑똑한 대학생 친구 한 명을 평생 아쉬워했다. 그

---

1 전태일 열사 50주기에 맞춰 연세대학교 김대중도서관이 공개한 김대중 전 대통령의 친필 연설문은 다음과 같은 내용을 담고 있다. 〈서울 평화시장의 피복 노동자 전태일 씨의 분신 자살은 결코 일개 피복 직장의 노동 조건에 대한 반항이 아니라 실로 현 정권의 반근로자적 노동 정책에 대한 항의인 것이며 오늘의 절망에 찬 사회 현실에 대한 일대 경종이라고 반성해야 한다.〉

러나 대학생 친구 한 명 없었던 전태일은 그가 생각하고 실천할 수 있는 방법으로 또래 동료들을 모아 열악한 노동 환경 개선 방법을 궁리했고, 청계 6가에서 창동에 이르는 왕복 20여 킬로미터를 걸어서 출퇴근하며 아낀 돈으로 배곯던 어린 여공들에게 풀빵을 사주며 끼니를 때우게 도왔다. 그리고 분신하기 몇 달 전 노동청에 청계 피복 노동자들의 열악한 노동 환경과 위법한 근로 조건들을 시정해 달라는 진정서를 제출했지만, 이 또한 달걀로 바위를 치는 일이었다. 노동자의 권익을 위해 존재하는 노동청은 못 배우고 가난한 전태일과 그의 동료들을 기만했다. 전태일의 요구를 노동청은 유야무야 어물쩍 뭉개 버릴 심산이었다.

우여곡절 끝에 어느 주요 일간지에 봉제 노동자들의 참혹한 노동 환경이 기사화되고 나서야 노동청 담당자들은 사업주와 노동자 사이에 잠깐 개입했는데, 그나마 시간이 흐르면서 모든 것이 원점으로 돌아갈 꼬락서니였다. 전태일은 스스로 불을 붙여 자신이 산화해야만 이 사회가 자신과 같은 노동자들의 말에 귀를 열겠구나 생각했다. 그리고 1970년 11월 13일 평화시장 앞 청계천 변에서 분신을 결행했다. 청년의 분신은 몇 분 만에 종료되었지만, 개발 지상주의에 감금되어 있던 한국 현대 노동 운동은 비로소 다시 타오를 수 있게 되었다.

찢어지는 가난. 그런 가난이 존재했을 성싶을 만큼 궁핍한 삶을 살았던 청년 전태일은 국민학교 4학년 중퇴와 잠깐의 야간 학교 학력이 전부였지만, 세상 이치와 노동 현실의 부당함을 명확하게 인식했고, 그 자각의 힘으로 사문화된 근로 기준법을 흔들어 깨우려 했다. 비록 그는 살아서 뜻을 이루지 못했지만, 1.5미터 높이의 다락방에서 허리 한 번 못 펴고 혹사당하는 쪼그라든 청계 피복 노동자들과, 그처럼 참혹한 환경에 처한 이 땅의 많은 다른 노동자가 바로 설 수 있는 자리를 목숨 바쳐 마련했다. 스물세 살 청년 봉제 노동자 전태일의 삶과 죽음을 반추하는 일은 우리 산업화의 현실과 노동의 역사, 그리고 인간 해방과 사회 개혁의 지난함을 상기하는 일이다.

『전 태 일 평 전』

전태일이 분신하고 열세 해가 지나『전태일 평전』이 세상에 나왔다. 가진 것 없고 배운 것 없는 젊은 노동자의 삶도, 물론 평전으로 쓰일 수 있음은 당연하다. 대학생 친구 한 명이 간절했던, 국민학교 중퇴 학력이 전부인 무명 노동자의 삶은 서울대학교 법대 출신 변호사에 의해 평전으로 다시 태어났다. 1947년생인 조영래는 사법 시험을 준비하던 시기에, 그 또래 1948년생 봉제 노동자 전태일의 분신 소식을 접했다. 학생 운동과 투옥과 수배 생활은 조영래의 삶을 단적으로 설명해 주는 단어들인데, 조영래는 본인 또래 젊은 노동자의 분신에 이르는 삶을 수배 생활 동안 치열하게 기록하여 전태일의 삶과 생각을 사상으로 직조했다. 조영래의 글 속에서 전태일의 세상 이치에 대한 명석한 인식은 비로소 사상의 옷을 입는다. 한 생각이 〈사상〉이란 관념의 테두리에 들어오느냐 그렇지 않느냐는 중요한 문제가 아닐 것이다. 다만 조영래는 전태일의 신산했던 짧은 삶과 그 속에서 자연 발생한 그의 생각을 사상이란 테두리에 귀속시켜 영구히 우리 곁에 붙들어 두고자 했던 것이리라. 평전이 출간된 1983년 당시는 아직도 군부의 서슬 퍼런 감시가 엄혹했다. 생각이 검열당하고 말과 글이 칼처럼 잘려 나가던 당시, 노동 운동의 분신과도 같던 전태일을 언급하는 일은 금기였다. 1991년『전태일 평전』개정판이 나오기까지 평전의 저자 조영래는 가려져 있었는데, 그가 불치의 병으로 세상을 떠나고 얼마 지나지 않아 개정판이 나오고 나서야 알려졌다.

전태일이 노동청에 제출한 진정서 내용을 보면 노동 환경의 물리적 공간에 대한 기록이 있는데, 그중 다락에 대한 부분이 가슴을 울린다. 물리적 노동 공간 확보 또는 확장을 위해 당시 대부분의 피복 공장 사업주가 택하던 방법은 공간을 수직적으로 확장하는 것이었다. 물론 층수를 올려 정식으로 증축하는 것이 아니라 3미터 남짓한 한 개 층의 공간을 1.5미터 내외[2]로 쪼

---

2 조정래의 대하소설『한강』에는 다락이 설치된 피복 공장에서 일하는 여공 나윤자와 이미순의 모습이 서술되어 있다. 〈창고비를 따로 들이지 않고 돈을 아끼려는 사장들의 꾀〉가 다

개는 것을 의미했다. 성인 남녀가 이 낮은 공간에서 허리를 펼 수 없음은 당연했다. 공간을 이렇게 쪼개는 마당에 채광 시설이나 환기 시설이 웬 말이었겠는가. 전태일과 그의 동료들, 그리고 거의 모든 청계 봉제 노동자들의 물리적 노동 환경이 이러했다. 풀풀 날리는 먼지를 마시며 하루 종일 허리를 구부린 채 그들은 월평균 372시간 일했다. 거의 대부분 만성 질환을 앓았고, 당시 국제 근로 기준의 두 배가 넘는 시간 일하는 봉제 노동자들의 급여는 굶주림을 채 면하기 어려운 수준이었다. 불과 50년 전이라고 해야 하나 아니면 까마득한 50년 전이라고 해야 하나. 반세기 전 이 땅의 노동 환경이 이렇게 참담하고 참혹했다. 조영래는 평전에서 이렇게 썼다.

나쁜 작업 환경 중에서도 가장 대표적인 것은 앞에서도 설명한 다락방이란 것이었다. 이것은 업주들이 좁은 작업장의 공간을 최대한으로 활용함으로써 생산비를 절감하고자 만든 것인데, 바로 이 사실이야말로 한국의 저임금 경제가 딛고 선 냉혹한 인간 경시, 인간 비료화(肥料化), 저 참혹한 노동 지옥을 상징하고도 남음이 있다. 부모로부터 물려받은 멀쩡한 육신을 제대로 바로 펴지 못하고 비좁은 작업장 사이를 허리를 꾸부리고 걸어다니는 노동자들을 상상해 보라.[3]

1.5미터 천장고의 다락은 실제 노동이 이뤄지는 물리적 배경이면서 동시에 노동 지옥의 상징이었다. 노동 지옥에서 매일같이 허리를 꼬부린 채 일하는 어린 여공들과 젊은 청년들을 상상하는 것이 고통스럽다.

락이란 〈이상한 구조〉를 만들어 냈는데, 〈그래서 공원들은 더욱 고통을 당해야 했다〉. 넝마주이의 딸 나윤자의 친구 이미순은 폐병에 걸렸고, 발병이 드러난 당일 바로 해고당했다. 아, 인간 비료화의 공간이여.

3   조영래, 『전태일 평전』(파주: 돌베개, 1983), 112쪽.

전태일기념관

1981년 〈전태일기념관 건립 추진 위원회〉가 발족되었고, 이 사업은 약 40년이 흐른 뒤에야 결실을 맺었다. 2019년 3월 전태일이 분신한 지근 거리에 전태일기념관이 개관했다. 전태일기념관은 설계 공모를 통해 계획안이 결정되었다. 1963년 건축가 김정수의 설계로 완공된 서울은행 관수교 지점을 리모델링하는 것이 설계 공모의 가장 큰 전제였는데, 이에 대해 서울시립대학교 건축학과 교수 윤정원과 협업 건축사 사무소의 공동 계획안이 당선작으로 선정되었다. 당선안은 서울시의 건축 위원회 심의와 건립 추진 위원회의 의견 조율 과정에서 원래 설계 개념을 대폭 수정한 채 우여곡절 속에서 완공되었다.

청계천은 서울 구도심을 관통하는 하천이었고, 지금도 물론 그러하다. 개발 시대 종로와 을지로 사이를 흐르는 청계천은 서울 서민 생활 최전선의 하천이었다. 청계천은 상수(上水)이면서 동시에 하수(下水)였다. 전후 서울 재건과 도시화에 맞춰 청계천은 밀려드는 이주민들의 생활 터전이 되었고, 이와 맞물려 시장과 공장이 들어찼다. 이후 하천은 복개되었고 청계 고가가 위에 얹히면서 고가를 따라 소규모 상점들이 무수히 들어차며 20세기 북적이는 서울의 대동맥 같은 장소가 되었다. 흐름이 빈번한 청계천을 중심으로 높은 건물들이 들어서기 시작했는데 최신식 높은 건물 안에서, 정리되지 못한 청계천의 풍경은 볼 만한 조망 대상이 아니었다. 청계천 변 건물들은 청계천과의 시각적·공간적 연계 없이 위로만 올라갔다. 21세기 시작과 더불어 추진되어 속전속결로 종결된 청계천 복원(2003년 7월 1일 착공해 2005년 10월 1일 준공)은 청계천의 모습을 극적으로 바꿔 놓았다. 복개된 하천이 다시 하늘을 향해 복원되었고 복개 하천 위에 올라타 있던 청계 고가는 해체되었다. 복원된 하천은 인공 하천의 한계에도 불구하고 말끔한 화장술로 서울 시민들의 공원으로 작동하기 시작했다. 이러한 청계천 자체의 변화는 천변에 접한 건축물들의 변화를 불러왔다. 복개 하천과 고가에 무심하게 세워졌던 건물들이 복원된 청계천을 향해 열리기 시작했다. 벽이 있던 곳에 창이 나고, 문이 없던 곳에 문이 생기기 시작했다. 도시 내 간선 인프라의 변화가 인접한 건축군(群)의 변화를 일으켰다.

천변의 기존 건축물을 리모델링하는 전태일기념관의 기본 계획 또한 청계천과 기존 건축물을 연결하는 것을 시작점으로 설정했다. 도시의 하부 구조 변화에 맞춰 간선 청계천을 향해 건물 정면 파사드를 개방했다. 기존 건축물의 반사 유리는 전면 투명 유리 커튼 월로 대체되었다. 이러한 시각적 연계는 건축물 안팎 강성의 경계(벽)를 연성의 그것(투명한 유리)으로 누그러뜨리며 청계천을 향한 열린 공간으로 거듭나게 했다. 이러한 건축적 처리만으로도 전태일기념관으로의 흐름은 크게 개선된 것으로 평가할 만하다. 건축가는 이를 〈도시와 건축 사이의 대화〉라고 설명했는데, 그 밖에도 몇 가지 건축적 개념을 함께 제시[4]했다.

그런데 이러한 건축가의 공간적 개념은 입체 글씨로 정면 전체가 덮여 있는 정면 파사드에 의해 압도되고 있다. 이 입체 글씨가 새겨진 정면은 건립추진 위원회가 건축가에게 〈차가운〉 유리 커튼 월에 대해 자문받기를 요청한 결과다. 자문 위원인 화가 임옥상은 전태일이 분신하기 한 해 전 근로 감독관에게 보낸 호소문을 입체 글씨로 만들어 정면 유리 커튼 월에 부착하는 아이디어를 건축가에게 제시했고, 이 제안이 실현되었다. 지금의 입체 글씨는 전태일의 친필 필적이 아닌, 화가 임옥상이 다시 필기한 것이다. 비교적 어두운 유리 표면 색상에 정면 꽉 차게 흰색으로 부착되어 대단히 독특한 외관 이미지를 만들어 내는데, 이 정면 파사드가 기념관 전체의 분위기를 지배하고 있다.

청계2가에서 임옥상에 의해 다시 태어난 전태일의 글을 보며 기념관으로 들어선다. 봉제 공장의 다락방을 재현한 체험 공간은 3차원의 입체감 있는

4 「층과 층 사이의, 유사한 용도 사이의 대화」, 「방과 방 사이의, 사람과 사람 사이의 대화」. 윤정원의 디자인 리서치 연구실 홈페이지(https://uostad.com/)에서 발췌했다.

공간이지만, 재현 수준은 평면적이다. 노동 지옥의 상징인 다락방은 어쩌면 전태일기념관을 가장 상징적으로 보여 주고 또한 체험할 수 있는 공간임에도 불구하고, 밋밋하고 평면적으로 재현되었다. 인간 비료화의 공간, 노동 지옥의 상징적 공간, 인간의 물리적 실존 조건을 무시한 공간에 대한 근원적 물음이 전시에 투사되지 못했다.

기념관의 재현된 다락방 공간은 상징적 공간으로서의 쓰임과 아름다움, 구조 등의 제약에서 충분히 자유로울 수 있다. 이 공간은 분신한 청년의 고통과 같은 시기에 일했던 노동자들의 고통을 소환할 수 있는 상징적 공간이면 충분한데, 물론 그러한 공간을 만든다는 것이 쉽지 않다. 그렇지만 이런 공간을 떠올려 본다. 베를린 유대인 박물관의 홀로코스트 타워. 창문 없는 콘크리트 밀실, 높은 천장에 얇고 길게 들어오는 빛, 바닥에 깔린 쇠붙이 얼굴 조각들, 이 얼굴 조각을 밟으며 걸을 때 쇠붙이가 부딪치며 내는 쇳소리, 이 쇳소리가 콘크리트 벽에 반사되면서 수용소 안 유대인들의 비명을 환기시킨다. 전태일기념관의 다락방이 〈또 다른〉 홀로코스트 타워가 되지 못함은 아쉽다.

그러나 전태일기념관은 존재 자체만으로도 의미가 깊다. 분신을 결행한 50년 전 청년을 위로하는 기념관이 반세기가 지난 얼마 전에야 그가 분신한 장소에 세워졌다. 그럼에도 불구하고 아직 많은 노동자가 타워크레인 위에서 잠들고, 공장 굴뚝 위에서 잠들며, 청년 노동자들이 현장에서 꽃다운 나이에 생을 마감하고 있다. 『전태일 평전』을 읽어 보기를, 기념관에 들러 1.5미터 다락방에 본인 몸을 쪼그려 들어가 보기를, 그리고 그 쪼그린 몸으로 10시간 넘게 일한다고 생각해 보기를. 더불어 기념관의 공간이 좀 더 우리의 마음을 울릴 수 있기를, 이런 생각을 하며 기념관을 나선다.

- 근로 기준법을 손에 쥔 전태일이 벽 속에서 튀어나와 달린다
- 전태일기념관 전면에 새겨진 입체 글씨
- 복원된 다락방
- 기념관의 내부 전경

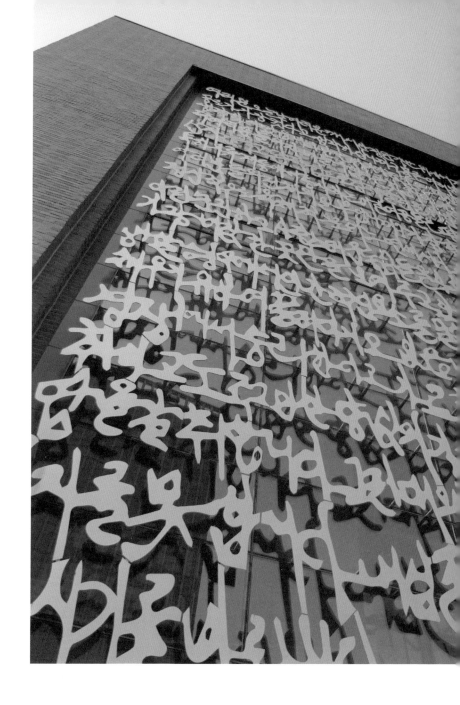

　　　기념관 전면에 새겨진 입체 글씨는 기념관 전체 분위기를 지배하고 있다

4 아름다움에 대한 몇 가지 주제

〈아름다움〉이라는 말뜻의 테두리는 너무 넓어 몇몇 언어적 정의로 한정하기 어렵다. 그것은 〈아름다운 꽃〉처럼 어떤 대상에 부여하는 감각적 상태를 나타내는 용어이기도 하고, 〈아름다운 행동〉처럼 행위나 태도 등의 특정한 지향을 의미하는 용어이기도 하다. 아름다움은 여기저기에 있으나 아슴푸레한 안개와 같다. 아름다움은 아포리아다.

아름다움에 대한 동서양의 태도에는 차이가 있었다. 일본은 근대 개화기 당시 서구의 문물을 받아들이며, 동아시아에서 서구어 번역의 선구적 입장을 선점할 수 있었다. 그래서 일본은 동아시아에 존재하지 않았던 여러 용어의 번역을 위해 새로운 개념어들을 조어하기도 했다. 번역은 새로운 세계에 대한 눈 뜸과도 같은 것인데, 〈아름다운 꽃은 있다, 꽃의 아름다움이란 것은 없다〉라는 고바야시 히데오의 명제는 서구의 동양 침투 이전, 동아시아에는 아름다움을 개념화·관념화하는 사고가 없었음을 보여 준다. 반면 서구는 아름다움을 감각적 대상에서 똑 떼어 학문의 영역으로 끌어들이며 미학aesthetics이란 학문 분과를 만들어 냈다. 그렇다고 동양 문화 속에 아름다움에 대한 숙고가 없었던 것은 물론 아니다. 서구 근대 미학이 아름다움을 감성적 인식에 관한 정치한 학문으로 정립한 것과 다르게, 동양에서는 문사철(文史哲) 속에 아름다움이 완연히 투영되어 있었다. 시서화(詩書畵)는 단순한 지식이나 정보로서의 글과 글씨와 이미지가 아니었으며, 이성적인 인식과 감성적인 아름다움이 합쳐진 종합적 결과물이었다.

앞선 설명과 같이 동양과 서양의 아름다움에 대한 태도 자체에는 차이가 있었으나 아름다움을 희구하는 것에는 차이가 없었다. 아름다움은 동서양을 막론하고 인간세(人間世) 어디에도 있었고 또한 삶을 약동하게 하는 원천으로 희구 대상이었다. 그러나 이미지 범람 시대, 아름다움이 뷰티 산업의 상품으로 포획되면서 아름다움의 다양한 아포리아적 깊이를 상실한 채 바싹 말라 버렸다. 화장과 포장에서 오는 시각적 쾌감은 즉각적이지만 빠르게 휘발된다. 피상적 또는 표피적 아름다움은 너무 얕고 납작해서 깊이를 가늠할 수 없다.

고(故) 신영복 선생은 아름다움은 글자 그대로 〈앎〉이며, 그리하여 진정한 아름다움이란 세계와 자기를 대면하게 함으로써 자기와 세계를 함께 깨닫게 하는 것이라고 했다. 그래서 그는 케테 콜비츠Käthe Kollwitz의 「죽은 아들을 안은 어머니」란 작품이, 시각적 쾌감을 주는 요소가 없다 하더라도, 우리가 처한 세계의 실상을 대면하기에 충분히 아름다울 수 있는 것이라고 했다. 비단 콜비츠의 작품만 그러하겠는가? 반 고흐의 「구두」가 그러하고 김환기의 「피난 열차」가 그러하다. 알베르토 자코메티의 조각이 그러하고, 앙리 카르티에 브레송Henri Cartier Bresson의 사진이 그러하다. 아름다움은 표면에 떠 있기도 하지만 두께 속에 층층이 녹아 있기도 하다.

고졸(古拙)과 질박(質朴) 같은 단어들은 한 단어의 서구어로 번역하기가 곤란한, 동양의 미적 정서를 함축하는 낱말이다. 이 단어들은 무기교와 단순과 거침 속에서도 넘실거리는 아름다움을 표현한다. 제주도에 있는 한 박물관은 실용의 거침 속에서도 표표히 떠오르는 질박한 아름다움을 보여 주고, 다른 한 갤러리는 건축 비전문가의 기교 없는 소박한 아름다움을 보여 준다. 우리나라 첫 국립현대미술관은 근대 예술이 예술 이외 것들을 탈탈 털어 내고 자신에게 집중한 것처럼, 당대 우리 건축이 여러 강박에서 벗어나 건축의 내적 아름다움으로 침잠해 들어가는 과정을 보여 준다. 포르투갈의 거장 건축가가 미메시스한 뮤지엄이 우리 감각을 어떻게 각성시키는지를 파주의 한 뮤지엄에서 확인할 수 있다. 그리고 미술이, 또 예술이, 그리고 아름다움이 정적인 상태에 머무르는 것이 아니라 끊임없이 진화하는 것이라는 사실을 우리는 여러 현대 미술관을 통해 깨닫는데, 우리 국립현대미술관 서울관이 과연 그러한지 들여다본다.

유미와 질박 조랑말박물관

리립(里立)과 목축

중심 또는 가운데로 뭉쳐졌던 힘이 느슨해지고, 그 힘은 먼 곳으로 또 먼 곳으로 스며든다. 풀뿌리 민주주의는 지역에 기반을 두며, 위에서 내리꽂히는 행정이 아닌, 지역 주민들의 자발적 참여로 삶의 터전을 스스로 가꿔 나감을 의미한다.

우리나라 풀뿌리는 광역시와 도를 시작으로 시군구와 읍면동을 거쳐 가장 작은 마을 단위인 통·리에 이른다. 시가 박물관을 지으면 시립 박물관이 되고 도가 미술관을 지으면 도립 미술관이 된다. 뿌리에 가까운 큰 자치 단체일수록 행정 재정 규모가 커서 주체적으로 무엇을 할 여지가 많다. 읍립 박물관이나 동립 미술관은 그래서 아직 생겨나기 어렵다. 그런데 가장 작은 마을인 리가 주체가 된 리립(里立) 박물관이 있다. 제주특별자치도 서귀포시 표선면 가시리에는 리에서 설립한 박물관이 있다.

리립이란 명칭은 아름답다. 인구 천몇백 명이 살고 있는 작은 마을에 생겨난 리립 박물관은 풀뿌리 자치의 꽃처럼 보인다. 마을이 갖고 있는 공동 재산으로 만든, 모두에게 열려 있는 공공 문화 공간은 문화의 힘으로 자치의 터전을 기름지게 할 수 있다는 사실을 말해 준다.

씨 뿌리고 거두어 먹기 위한 머무르는 삶과 함께, 약탈적 수렵은 가두어 기르는 목축으로 대체되었다. 농경과 정주, 그리고 목축은 서로 함께 시작되었음이 분명해 보인다. 중산간 초지대 가시리 마을 사람들은 땅에 눌어붙어 살며 귤 농사 짓고 말 키우는 삶을 이어 왔다. 귤과 말은 그들 삶의 근간이었으며 제주 으뜸말 갑마(甲馬)를 키우는 갑마장이 가시리에 있었다. 가시리 마을 사람들은 갑마장의 역사를 보여 주려 했고, 농림식품부의 〈신문화 공간 조성 사업〉의 지원을 받아 건축가 윤웅원과 김성주가 설계한 마을 목축 박물 관이 2012년 개관했다.

유미와 실용 그리고 질박

유미(唯美, 오직 아름다움)와 탐미(耽美, 아름다움에 대한 탐닉), 그리고 심미(審美, 아름다움을 살펴 찾음)는 모두 아름다움에 대한 극 적인 집중이다. 이 집중은 오직 한 점인 미(美)로 수렴된다. 그래서 탐미와 심미는 결국 유미, 〈오직 아름다움〉으로 귀속된다(〈aestheticism〉의 우리말 번 역은 그래서 탐미주의 또는 심미주의보다 유미주의가 가장 합당할 성싶다). 오직 표현주의적 아름다움이라는 한 점으로 무섭게 집중해 들어갈 때, 그것 외에는 대부분 소외된다. 유미주의는 아름다움에 대한 극적인 집중과 찬양 이며 그 집중과 찬양에 복무할 수 없는 기타 대부분의 것은 소거된다. 유미 주의 속에서는 삶의 총체적인 모습이 드러나기 어렵고 이해되기 어렵다.

쇠는 그 단단함에 쓰임의 목적이 있다. 인류는 쇠의 외적 아름다움이 아닌 단단함에서 연유한 쓰임에 기대어 세상 개조를 향한 열망을 구체화할 수 있 었다. 쇠는 시청(視聽)을 매개로 얻어지는 기쁨, 즉 눈과 귀를 즐겁게 해주는 무엇이 아닌, 유연한 쇳물의 가소성과 단단한 쇠붙이의 실용성으로 아름답 다. 쇠는 유미주의에 포획되기에 앞서 실용주의 테두리 안으로 귀속한다.

콘크리트의 실용성과 필요미(必要美)는 쇠의 그것에 뒤처지지 않는다. 콘 크리트는 아주 오래전부터 건축 자재로 사용되었다. 질퍽거리는 시멘트풀 cement paste을 거푸집에 부어 굳혀서 만드는 집짓기 방식은 이미 로마 시대 부터 존재해 왔다. 로마의 도시 문명은 돌과 더불어 콘크리트가 있어서 가능 했다. 이 콘크리트는 근대 건축의 혁명적 변화와 함께 산업화된 대부분 국가 에서 도시와 건축 만들기의 가장 강력한 물적 바탕을 이루었다. 콘크리트는 시멘트풀의 가소성과 단단한 물성이 근본적인 쓰임의 바탕이다.

　노출 콘크리트는 눈에 보이는 콘크리트 표면을 반반하고 매끈하게 가공하는 것을 말한다. 이 가공에는 많은 비용과 노력이 필요한데, 노출 콘크리트의 목적은 시각적 아름다움에 집중되어 있다. 눈에 거슬리는 모든 우둘투둘함과 거친 흔적을 제거해 맑고 밝은 회색 면을 만든다. 노출 콘크리트는 반반함과 매끈함으로 아름다움에 도달하려고 한다. 노출 콘크리트는 콘크리트의 실용 위에 유미를 매핑mapping한 결과다. 유미주의의 덧붙임 속에서 거푸집의 거친 흔적들은 사라진다.

　그렇다면 매끈함은 미(美)이며 거침은 추(醜)인가? 대체로 과거일수록 이 물음은 사실이었다. 서구의 고전은 반듯한 기하학과 희고 매끈한 대리석에서 장대한 미의 서사를 펼쳐 나간다. 그 옛날 미란 불변부동(不辨不動)의 원리, 그러니까 변하지 않고 움직이지 않는 미의 발생 인자, 고유의 원리가 미적 대상 내부에 온전히 놓여 있는 것이었다. 그래서 미는 〈느껴야 하는 것〉이 아니라 〈알아야 하는 것〉이었다. 그 알고 깨우쳐야 하는 것들은 대부분 반듯한 기하학과 희고 매끈한 대리석, 그리고 고전적 정형(定型) 안에 놓여 있었다.

　그러나 구태여 서구 미학의 지난한 흐름과 동양의 미적 정서를 돌아볼 필요도 없이, 거침 속에서도 아름다움은 떠오른다. 무너진 폐허 속에서도 무진장의 아름다움은 발견되며 광풍노도의 거친 바다와 천 길 낭떠러지 위에서 서구의 숭고미sublime beauty는 시작된다. 조선백자 달 항아리의 비대칭과 얼룩에서도 아름다움은 넘쳐흐르며, 막사발[1]의 이지러진 선과 거친 질감에서

　1　일본에 의해 〈막 쓰였던 그릇〉, 〈막사발〉로 규정된 조선 전기 분청사기 계열의 일부 그릇은 일본으로 유입되어 〈이도다완〉으로 불리며 일본 다도(茶道)를 완성하는 최고의 찻잔이 되었다. 막사발은 실제 용도와 제작 배경에 대해 알려진 바가 거의 없으나, 경남 진주, 곤양(사천) 등지에서 제작되었고 찻사발이나 제기(祭器), 발우(鉢盂, 스님들의 공양 식기) 등의 용도로 쓰였을 것으로 추정하기도 한다. 일본의 국보 기자에몬이도(喜在衛門井戶)는 대표적인 이도다완 중 하나다.

도 아름다움은 표표히 떠오른다. 거침에서도 아름다움은, 당연히 떠오른다. 우둘투둘한 일상의 삶을 껴안을 때, 노출 콘크리트의 매끈함이 아닌 〈그냥〉 콘크리트의 거침에서도 아름다움은 넘실거린다. 질박(質朴)은 꾸민 데 없는 수수함을 의미하는데, 가공 없는 콘크리트의 자연스러운 거친 질감은 질박이란 단어와 호응한다.

조랑말박물관

제주 중산간의 초지대 위에 조랑말박물관이 있다. 한라산의 완만한 능선인 중산간은 인공의 흔적이 옅은 대신 초록의 신록이 빽빽하다. 말들이 유유자적하는 초록 벌판 위에 회색빛 콘크리트 박물관이 눈에 띈다. 빠듯한 예산 속에서 조랑말박물관은 매끈함과 반듯함을 포기했다. 재생 거푸집 사용과 매끈함을 만들어 주는 공정을 생략하고 거친 시공을 받아들여 회색빛 조랑말박물관 안과 밖의 표면은 우둘투둘하다. 조랑말박물관은 매끄러운 표면 질감을 목표로 한 정형화된 노출 콘크리트 공법이 아닌 콘크리트의 실용성을 거칠게 노출시키는 〈그냥〉 콘크리트 공법으로 완성되었다. 박물관의 겉과 안 모두 콘크리트의 거친 면이 그대로 마감되었다. 겉과 안의 표면 모두 꾸민 데 없이 수수하다. 그러나 이 가공 없는 질박함은 추하지 않다. 박물관은 그 놓인 곳과의 조화로운 관계 맺음과 삶의 실용에 부흥하는 필요미로 충분히 아름다워 보인다.

초록 벌판 초지대 위 회색 원형 박물관은 콘텍스트context란 관점에서 바라보기 어렵다. 조랑말박물관은 그야말로 무인지경의 벌판 위에 하나의 오브제로 자유롭게 떠 있기 때문이다. 박물관은 유미를 향한 미적 욕구보다 예산의 한계, 오름 천지인 주변 자연환경과의 관계 설정, 박물관의 기능 속에서 자연스럽게 재료와 공법, 형태, 그리고 배치가 결정된 것으로 보인다. 녹색과 회색의 대비, 수평 위에 떠 있는 원형 구조물의 구도는 드라마틱한 콘트라스트를 이룬다. 마치 저 푸른 초원 위 그림 같은 집과 같이 질박하면서

188

도 목가적인 풍경이 박물관의 백미다.

　조랑말박물관은 2층이다. 1층의 불규칙한 벽으로 만들어진 공간들은 사무 공간 등으로 사용되는데, 그 위에 2층 도넛 형태의 원형 전시관이 올라타 있다. 1층의 덩어리들이 대지 바닥을 가득 메우지 않고 여기저기 공간을 만들고 있어 2층 밑으로 한가로운 그늘 공간과 눈비 피하는 공간이 만들어졌다. 말 키우는 사람들과 박물관 관람객들은 여기서 쉬다 가고 저기서 놀다 간다. 2층 전시관은 입구와 출구가 서로 꼬리를 물고 있는 환형(環形) 평면이고 전시도 자연스레 환형 동선을 통해 전개된다. 전시관 입구로 들어와 목축의 역사를 둘러보다 보면 어느새 다시 입구 근처에 있는 출구에 이르게 된다. 입구와 출구 사이에 끼여 있는 카페에서 커피 한 잔 마시고 3층으로 올라간다. 3층은 층이 아닌 사방이 열린 옥상 바닥인데, 이 위에 서면 제주 수평이 벼락 치듯 펼쳐지고 따라비오름, 번널오름, 쳇망오름, 까끄래기오름, 새끼오름 그리고 또 이 오름, 저 오름이 여기에 저기에 흩어져 있다. 조랑말박물관 옥상에 오르면 한정 없이 펼쳐진 초록빛 초지대와 봉긋봉긋한 오름들을 볼 수 있다.

　가시리 목축의 삶은 제주 무인지경의 수평 위에서 어제처럼 내일도 계속될 것이다. 그 자리 한 곳에 거칠면서도 질박하게 아름다운 조랑말박물관이 있다.

조랑말박물관은 초지대 벌판 위에 그림같이 떠 있다

• 조랑말박물관의 둥근 옥상, 주변 오름과 호응한다

⠆ 박물관의 로비, 환형 전시 공간의 시작점이자 끝점

⠒ 거친 흔적에서도 아름다움은 표표히 떠오른다

라멘과 고졸 김영갑갤러리두모악

잠수종과 나비

세계적 잡지『엘르』의 편집장이었던 장도미니크 보비Jean-Dominique Bauby는 어느 날 뇌출혈을 일으켰다. 일회의 급작스러운 타격과 같은 뇌출혈로 보비에게 락트인 증후군locked-in syndrome이 찾아왔다. 우리말 감금 증후군은 정신의 각성 상태는 온전히 유지되는, 그러니까 외부 환경 등에 대한 지각은 가능하나 전신이 마비되어 신체적 반응이 불가능한 상태를 말한다. 병원에서 눈떴을 때, 그는 왼쪽 눈꺼풀을 제외한 어떠한 근육도 자신의 의지로 움직일 수 없다는 사실을 알고 경악했다. 그러나 그는 소리칠 수 없었고 손가락 하나 움직일 수 없었다. 경악했으나 그는 누워서 왼쪽 눈꺼풀만 깜빡거릴 뿐이었다. 의사들은 그에게 눈꺼풀을 깜빡이는 방법을 통해 알파벳 단어를 조합하는 방식을 알려 주었다. 그가 그 방식으로 의사들에게 처음으로 전한 문장은 〈나는 죽고 싶다Je veux mourir〉였다. 그래도 그는 삶을 택했다. 그리고 왼쪽 눈꺼풀을 20만 번 깜빡여 자전적 수필『잠수종과 나비』를 완성했다.『잠수종과 나비』는 훨훨 날아다니는 나비와 잠수종에 속박된 부자유의 몸을 성찰하며 써 내려간 한 감금 증후군 환자의 자전적 에세이다. 제주 서귀포에는 잠수종과 나비를 닮은 갤러리가 있다.

김영갑

김영갑은 사진 찍는 사람이었다. 그는 사진사, 사진작가보다 사진 찍는 사람이 더 어울린다. 사(師)나 작가(作家) 같은 특화된 직업군에 붙이는 접미사는 그에게 별로다. 그는 제주의 온 곳을 뒤지고 다니며 사진을 찍는 사람이었다.

김영갑은 1957년 충남 부여에서 태어나 서울에서 고등학교를 다녔다. 그리고 스물아홉, 다 크고 나서야 제주에 정착했다. 제주가 품고 있는 정서와 제주의 풍경은 그를 제주 사람보다 더 제주 사람답게 만들었다. 그는 우유 한 잔 사 마실 여유가 없었고 얼큰한 해물뚝배기 한 그릇 쉽게 사 먹을 수 없을 만큼 가난했지만, 필름 사는 데는 돈을 아끼지 않았고 제주의 온 곳을 뒤지고 다니는 데 드는 기름값을 아끼지 않았다. 그렇게 그는 제주를 뒤지지 않은 곳 없이 돌아다녔다.

근위축성 측삭 경화증, 즉 루게릭병이 어느 날 그에게 찾아왔다. 그는 친구들에게 이제는 자신이 얼마 살지 못할 거라고 담담히 이야기했다. 그러나 그도 몸으로 살아가는 인간이기에 그 병을 무서워했고 떨쳐 내려 몸부림쳤다. 공식적인 현대 의학으로는 치료가 불가능함을 알게 되자, 비공식적인 별별 민간요법에 간절히 매달렸다. 당연했다. 인간의 몸에 깃드는 병은, 그 병의 근원이 세균이건 박테리아건 간에 살아 있는 몸이기에 들어와 자리를 잡는다. 그리고 그 병원체가 사라지지 않는 한 그 자리 잡은 몸은 서서히 파괴된다. 살아 있는 몸이어서 병이 나는 것인데 병이 난다는 것, 발병한다는 것은 그래서 삶을 더 명징히 확인시킨다. 그 병이 독하면 독할수록 살아 있다는 사실이 더욱 선연하게 다가온다. 루게릭병은 발병 원인조차 알려져 있지 않다. 근육을 위축시켜 사지를 못 쓰게 만들고, 결국에는 호흡에 관여하는 근육들마저 마비시켜 죽음에 이르게 한다. 죽음에 이르는 그 과정에서도 정신만은 온전한데 근육이 마비되어 몸을 움직일 수가 없다. 몸이 정신의 감옥이기에 루게릭병 환자는 죽음에 대한 공포에 앞서 움직일 수 없는 삶에 대한 공포, 지각하나 반응할 수 없는 공포에 먼저 직면한다. 김영갑은 루게릭병과 대면하면서, 죽음과 삶이 뒤섞인 공포의 심연을 헤쳐 나가며 오히려 마음의 평온을 얻었다(라고 말했다). 그렇게 그는 병으로 서서히 굳어 가는 몸을 이끌고 직접 그의 사진을 보관하고 전시할 갤러리를 지었다. 제주 서귀포시 성산읍 삼달리에 있는 전시관의 이름은 〈김영갑갤러리두모악〉이다.

고 쳐 짓 는 집

아무것도 없는 빈 땅에 집을 짓는 꿈은 찬란하다. 집주인 또는 건축가들의 생각은 빈 땅 위에 거칠 것이 그려졌다 지워지고 또 그려진다. 아무것도 쓰인 것 없는 하얀 백지 위에는 내 땅과 남의 땅의 경계만이 있을 뿐인데, 남의 땅으로 선이 넘어가지 않는 한도 내에서 집주인 또는 건축가들의 생각은 종횡무진한다. 그러나 이미 존재하는 집을 고쳐 짓는 일은 지난하다. 이미 있는 집의 존재를 부정할 수 없는 상황이라면 그 이미 있는 집의 기본 꼴이 어떠한지 생각해야 하기 때문이다. 적은 돈으로 갤러리를 지어야 했던 김영갑은 새로 짓지 못하고 고쳐 지었다. 그는 중산간의 폐교를 얻어 그 학교의 원 꼴을 바탕으로 갤러리로 고쳤다.

오래된 폐교의 골격은 라멘rahmen 구조다. 라멘 구조는 기초 위에 기둥을 세우고 그 기둥과 기둥 위에 보를 얹은 후 바닥 판을 덮어 완성한다. 이 바닥 판에 흐르는 모든 하중은 전단력, 휨력 할 것 없이 바닥 판을 거쳐 보를 흘러 기둥으로 전달되고, 그 기둥을 타고 이동한 힘은 다시 기초를 지나 땅으로 흘러들어 소멸한다. 뼈대 틀 구조로 번역할 수 있는 라멘 구조는 선(線)적인 구조다. 19세기 정량적 구조 계산을 통한 역학적 해법이 완성된 후 라멘 구조는 기둥과 보를 통해 건축이란 분야를 근대의 반석 위에 올려놓았다. 기둥과 보로 이뤄진 라멘 구조는 근대 건축의 시작이자 핵심이었다. 기둥과 보의 골격이 유지된다면 기둥과 보를 제외한 모든 건축 부재는 하중으로부터 자유로워진다.

라멘 구조 안에서 벽은 하중을 짊어져야 하는 의무에서 자유로워진다. 이제 벽은 비내력벽(非耐力壁)이 되었다. 서구 건축의 육중한 돌벽은 수천 년간 짊어지고 온 굴레와 같던 하중을 털어 버릴 수 있게 되었다. 안에 있는 벽

(내벽, 內壁)은 칸막이처럼 자유롭게 공간을 분할하고, 밖에 있는 벽(외벽, 外壁)은 이리저리 부유하며 건축 조형에 극적인 자유를 부여할 수 있게 되었다.

제주 서귀포시 성산읍 삼달분교는 1998년 폐교되었다. 선생님과 학생들은 떠났지만 철근 콘크리트로 된 단층의 작은 학교는 남겨졌다. 김영갑은 이 작은 폐교를 얻어 그의 사진을 보관하고 또 전시할 갤러리로 고쳐 지었다. 그는 수필집『그 섬에 내가 있었네』에서 고쳐 짓는 일을 기록으로 남겼다. 그 것은 건설 과정의 기술적 기록이 아닌 고쳐 짓는 과정에서 벌어진 사소한 일들과 갈등에 관한 기록인데, 그 기록들을 들여다보면 김영갑이 고쳐 짓는 과정의 시작과 끝을 모두 통제한 것을 확인할 수 있다.

그는 병든 몸을 이끌고 고쳐 짓기 계획을 수립하고 공사 과정을 지휘하며 직접 공사 잡부 역할도 한 것으로 보인다. 아마 오래된 폐교의 도면을 구하지 못했을 것이고, 그 고쳐 짓기 계획 또한 정밀한 도면으로 표현되지 못했을 것이다. 다만 기둥과 보에 흐르는 힘의 거동을 직관적으로 이해하고 그 기둥과 보를 어려워하며 건들거나 비틀지 않았다. 대신 비내력벽의 자유로움 또한 알고 있어 내부 사이사이 벽을 걷어 내고 구멍 파고 또 다른 벽을 세우면서 전시관의 안 꼴을 다듬었다. 김영갑은 폐교의 기둥과 보 안에서 오히려 자유로웠던 듯하다.

김영갑은 건축 형태와 조형에 집착하지 않았다. 그에게 건축의 겉 꼴은 그리 중요하지 않았고 주된 관심 대상일 수도 없었다. 그는 라멘이란 잠수종 안에서 비내력벽을 이리저리 움직이며 그 나비 같은 벽 위에 자신의 사진을 걸었다. 단층의 작은 폐교 겉모양은 단순하고 거칠지만 그 안에 김영갑이 배열해 놓은 벽과 그 벽으로 만들어진 공간은 사진과 조명과 여백이 섞이면서 충만하고 농밀한 전시 공간으로 완성되었다. 갤러리두모악은 건축적 욕망과 사소한 관련도 없어 보이나, 그 건축적 결과는 그의 사진을 걸기에 부족한 부분이 없어 보인다.

김영갑은 오히려 갤러리 외부 공간에 천착한 듯하다. 근대 이후 건축 설비 기술의 진보는 실내 공간 안에 모든 것들을 깡그리 집약해 놓았다. 건축가들은 환기와 냉방과 난방과 채광이 가능한 여러 설비를 설치하고 실과 실을 긴밀하게 연결했다. 몸의 안락함을 추구하는 과정에서 일기(日氣)에 반응하는 삶은 축소되고 지양되었다. 눈비 오고 바람 부는 외부 공간은 건축의 들러리가 되거나 자투리로 버려졌고, 마당은 일하고 노는 삶의 공간에서 다만 바라만 보는 관조의 빈터로 밀려났다.

갤러리두모악 외부 공간에 김영갑이 쏟아부은 품과 정성은 갤러리 내부 공간에 비해 부족하지 않다. 아니, 그보다 넘쳐 보인다. 갤러리 내부는 기둥과 보를 조심해 가며 나머지 것들을 비워 내는 방법에 신경 썼는데, 갤러리 외부는 걷고 보고 듣고 또 만질 수 있도록 채우고 배열하는 방법에 집중했다. 그는 사람들에게 그의 사진을 보여 주는 것만큼이나 제주의 자연과 정서를 압축적으로 전달하기 위해 사력을 다했다. 갤러리두모악은 안과 밖의 비움과 채움, 정(靜)과 동(動), 허허로움과 풍요로움의 콘트라스트로 조율되고 있는데, 그 건축적 디자인의 수준을 전문가와 비전문가로 따져 묻는 일이 문득 주책없게 느껴졌다. 김영갑은 루게릭병을 앓고 있는 몸을 이끌고 나비처럼 자유롭게 생각하며 갤러리의 안과 밖을 농밀하게 엮어 냈다.

비 전 문 가 의 고 졸

이반 일리치는 전문가에 대한 절대적 지지와 의존을 부정한다. 그는 근대 이후 각 분야가 지극히 세분되어 발생한 전문가들의 사회를 비판한다. 전문가에 대한 절대적 권위 부여를 통해 우리가 스스로 할 수 있는 일들로부터 스스로를 소외시키고 격리시킨다고 그는 말한다. 의사와 교사, 건축가 들도 일리치의 비판 안에 들어 있는 전문가 직종이다. 일리치에 따르면 스스로 치유할 수 있는 능력, 스스로 배울 수 있는 능력, 그리고 스스로 거주 공간을 만들 수 있는 능력이 이 전문가들에게 전적으로 의존함으로

써 퇴화해 불모 상태에 이른다.

김영갑은 돈이 없었지만 본인의 사진을 걸 공간 만들기에 자신과 애착이 있었다. 건축가라는 문화적·사회적 권위에 기대어 있는 우리의 건축은, 과연 그 전문가적 권위에 부끄럽지 않은 수준이라 말할 수 있는가? 건축 설계를 밥벌이로 하는 나는 대답하기가 마땅치 않다. 자의식 과잉의 일그러진 건축들이, 자본과 관성에 견인되는 영혼 없는 건축들이 여기저기 너저분하게 널려 있다. 건축 없는 건축, 건축가란 전문가의 오만이 없는 그런 건축에서 오히려 더 큰 감동과 더 큰 아름다움을 발견하곤 한다. 지금껏 건축가의 개입이 없는 건축에서만 진실한 감동과 아름다움을 느꼈다고 말하는 지천명을 넘긴 어느 건축 평론가의 고백이 떠오르기도 한다. 졸(拙)이란 낱말은 쉽게 정의 내리기 어렵다. 그것은 서투름이란 뜻이기도 하지만, 서투름은 오히려 큰 빼어남보다 나을 수 있다(大巧若拙)고 어느 성인께서 말씀하셨다. 고졸은 기교 없는 소박한 멋을 말하는데, 나는 김영갑갤러리두모악에서 그러한 고졸(古拙)의 정서를 절절히 느낀다.

김영갑은 2005년 그가 지은 갤러리두모악에서 영면했다. 영면(永眠). 죽음은 영원히 잠드는 것인가? 잠든다는 것은 깨어남이 있어야 성립되는 말 아닌가? 그래서 나는 영면이란 단어에서 생물학적 죽음에 앞서 영혼 또는 정신적인 것들의 불멸을 떠올린다. 김영갑은 비록 깨어날 수 없는 잠자리에 들었으나, 그가 제주 사진 속에 남긴 영혼과 정신은 잠들지 않고 계속 이어질 것이다. 그렇게 김영갑의 가로로 기다란, 제주 수평의 평온을 닮은 사진을 본다.

• 김영갑갤러리두모악 전경, 삼달국민학교 표지석이 아직 남아 있다 ⓒ 이인심

: 갤러리의 한 곳, 김영갑이 작업했던 공간인 듯하다 ⓒ 이인심

- 갤러리두모악 외부 공간에 김영갑이 쏟아부은 품과 정성은 갤러리 내부 공간에
  비해 부족하지 않다 ⓒ 이인심
: 갤러리 건물 후면 공간의 자투리도 가꿔져 있다 ⓒ 이인심
∴ 갤러리 외부 공간에 놓인 돌인형 ⓒ 이인심

- 잠수종 같은 라멘과 나비 같은 칸막이벽 ⓒ 이인심

: 라멘의 골격 안에 편안히 걸려 있는 김영갑의 사진들 ⓒ 이인심

자기 지시성

모더니즘은 벗어나려는 욕망에서 발원했다. 내일을 새로 여기는 데 장애가 되는 모든 것을 전복하고자 했던 모더니즘은, 그래서 관성에 의해 견인되는 전통과 구태를 거부했다. 모더니즘 문학, 모더니즘 미술, 모더니즘 건축 등 모더니즘으로 수식되는 모더니즘의 여러 자식은 기존과 기왕이란 전통의 자식들과 불화하며, 그 불화의 힘으로 차이를 생산하는 것으로서 존재의 근거를 마련했다.

예술 비평가 클레멘트 그린버그Clement Greenberg는 모더니즘 예술의 핵심 세 가지를 다음과 같이 정의했다. 자기 완결성, 자기 지시성 그리고 평면성. 이 세 가지 요소는 결국 모더니즘 이전의 예술과 대비되는 모더니즘 예술의 정체성에 다름 아니다. 모더니즘 이전 예술은 그 자체를 위해 존재하지 않았다. 그것들은 문맹들을 위한 시각적 텍스트이거나, 신화나 영웅을 기록하는 기록 매체이거나, 국가나 가문 또는 종교를 위한 선전 등을 위해 복무했다. 모더니즘 이전 그림이나 조각 등은 고전적 규범 또는 숙련된 제작술에 의해 만들어졌으나, 그 자체의 미적 추구만을 목적으로 하지 않았다.

그러나 벗어나려는 모더니즘의 욕망은 예술에 엉겨 붙어 있는 예술 이외 것들을 소거해 나갔다. 그린버그의 말처럼 예술이 자기 스스로에 집중(자기 지시성)하면서 그 자체로 완결성(자기 완결성)을 가지려 했는데, 해석되기 위한 텍스트란 목적에서 자유로워진 예술에서 사실적 재현을 위한 투시 도법이나 원근법, 그리고 3차원적 표현 등은 불필요(평면성)했다. 평면성은 앞서 말한 자기 지시성과 자기 완결성을 가능하게 한 방법이자 결과였다. 칸딘스키의 단순하며 알록달록한 그림이나 몬드리안의 선과 색으로만 이뤄진 회화는 모더니즘 미술의 여명이며 동시에 모더니즘 예술의 핵심을 보여 준다. 모더니즘 이후 예술은 스스로에 침잠하면서 자신의 존재 이유를 궁구하기 시작했다.

모더니즘과 건축

서유럽에서 발아한 모더니즘은 서구적 문화 현상이었으나 바다 건너 멀리멀리 퍼져 나갔다. 모더니즘은 서구의 팽창, 그리고 비서구의 식민화를 이동 경로로 하여 세계 여러 곳으로 전도되었다. 서구의 모더니즘이 자생적이라면, 비서구의 모더니즘은 대개 이식과 이입의 역사라 할 수 있다. 비서구권 국가들에 식민화와 근대화와 서구화는 동일한 역사적 근원을 갖는다. 그래서 비서구권 국가들에 모더니즘이란 정의 내리기 곤란하고 모호하며 까다로운 주제임이 분명하다.

서구에서 모더니즘이란 곧 개인의 탄생을 의미한다. 글 앞머리에서 말한 〈벗어나려는 욕망〉은 개인을 속박하고 있는 것들을 끊어 내려는 욕망이다. 개인은 종교 또는 국가에 복속된 사람들의 무리가 아니다. 개인을 구속하고 억압하는 모든 것을 거부하며 개인이 가치 판단의 구심이 되는 것, 그것이 모더니즘의 알짜라 할 수 있다. 더 이상 나눌 수divisual 없는in 개체가 개인indivisual(인디비주얼)인데, 인디비주얼이 바다 건너 우리에게 오기 전까지는 동아시아에 〈개인〉이란 단어가 없었다. 인디비주얼은 19세기 일본에서 〈개인〉으로 번역해 우리에게 소개되었다. 개인의 개념이 없던 우리에게 모더니즘의 적확한 이해는 불가능에 가까웠을지도 모른다.

우리 건축은 구한말 전후로 격변했다. 수천 년 목조 가구식 구조의 단층 건축이 일제 강점기를 거치며 중고층 철근 콘크리트 구조의 건축으로 일신했다. 천지개벽과도 같은 변화였는데, 건축만 바뀐 것은 물론 아니다. 우마차가 천천히 다니던 완보 중심의 마을 골격이 자동차가 달리는 속주 중심의 도시 골격으로 바뀌었다. 이 변화를 가능케 한 것은 근대화란 동력이었다. 전통적 삶의 공간은 서구적 도시 계획과 건설 공법으로 일변했다. 여기서 모더니즘은 비서구 국가들에 기술적 방법론으로 복무했다. 비서구권 피식민 국가들 안에서 효율적인 식민 수탈이 〈시혜적 근대화〉란 기만적 표현으로 치환되어 우리 삶의 공간 구조를 대폭 변화시키기 시작했다.

우리 건축의 〈기술적〉 모더니즘은 아마 이즈음, 그러니까 서구의 근대적 건축 공법이 도입되는 시기로 구분해도 될 듯하다. 서구 모더니즘의 건축 구법으로 건축이 세워지기 시작했다. 이후 해방과 6·25 전쟁, 그리고 전후 복구 시기를 거치며 철근 콘크리트 건축이 우리의 지배적 건축으로 자리 잡았다. 특히 전후 복구 시기, 그러니까 건설 입국과 개발 지상주의와 발전 국가의 이데올로기가 작동하던 이 시기에 수많은 건축물이 들어섰다. 그러나 이당시 세워진 많은 건축물이 과연 총체적이고 온전한 의미의 모더니즘 정신에 입각해 완성되었을까?

글 시작 부분에서 모더니즘은 벗어나려는 욕망이라 했는데, 모더니즘은 개인과 개인들의 집합인 사회를 억압하는 일체를 거부했던 사회적·문화적 지향을 의미한다. 그러나 발전 국가 시기 우리의 건축은 모더니즘의 파편적 부분만을 부여잡고 만들어졌다. 건축은, 또 건설은 나라를 일으키는 물리적 바탕 그 이상도 그 이하도 아니었다. 따라서 당시 우리의 건축은 구체의 바탕을 서구적 기술에 의지하고 있었으나, 그 외양은 어찌해야 할지 모른 채 전통을 재현하기에 급급했다. 또한 이러한 전통 강박 반대편에는 서구 모더니즘 건축의 기하학적 직육면체 형태와 유리와 금속 등의 근현대적 재료를 통해 발전 국가를 표상하려는 모더니즘 재현 강박이 병존했다. 당시 국가 주도의 많은 건설 프로젝트가 이 양극 사이를 진자 운동했다. 국가에 의해 호출된 대부분의 건축은 건축 이외 것들의 과제 수행이 우선시되었는데, 우리 건축에서 모더니즘 정신의 온전한 구현은 아직 요원했다.

자기를 지시하는 미술관

경시도 과천시 막계동 산속에 자리한 동물원은 서울대공원의 중심 시설이다. 동물원은 1978년 수립 계획이 시작되어 1984년에 개장했다. 과천에 있지만 서울시가 발주하고 관리해서 동물원이 있는 공원의 명칭은 서울대공원이다. 동물원 개장 후 몇 년이 흘러 동물원 옆에 국립현대미술관이 들어섰다. 기존 국립현대미술관은 덕수궁 내 일본 건축가 나카무라 요시헤이가 설계한 석조전 서관에 있었다. 독립 후에도 우리 미술계는 우리의 미술품을 수장, 전시할 공간을 새로 만들지 못했고, 강점기 식민 지배국 건축가가 일본의 현대 미술을 전시하기 위해 설계한 서양 고전주의 양식 건축물에 세 들어 있었다. 독립 후 한참 지나서야 우리 미술관을 지을 여력을 갖게 되었는데, 부지 선정은 오랜 논의를 거쳐 면적 제한이 적은 과천 동물원 옆자리로 결정되었다.

미술관은 1982년 지명 현상 설계 공모로 설계자를 선정했는데, 김수근과 김태수의 공모안 중 후자의 설계안이 채택되었다. 당시 건축가 김수근은 정부와 밀월 관계에 있었으나, 김태수의 공모안이 당선되었다. 당시까지만 해도 건축가 김태수는 한국에서 활동이 전무했다. 서울대학교에서 공부한 그는 졸업 후 미국으로 건너가 예일 대학교에서 공부하고 건축가 필립 존슨의 설계 사무실에서 실무를 익힌 뒤 미국에서 직접 건축 설계 사무소를 개소해 활동하고 있었다. 그런 그의 모국에서 첫 작업이 국립현대미술관이었다. 김태수는 김중업 이래 서구 모더니즘 거장 건축가에게 직접 사사한 몇 안 되는 우리 건축가 중 한 명이었다. 그런 그가 모국의 정부가 발주한 국가적 문화 건축물을 산속에 기하학적 형태와 화강석을 주요 마감재로 계획하여 설계 공모에서 당선되었다.

재미 건축가는 미술관을 청계산 한 자락의 산등성이 길이 방향을 따라 길게 배치했다. 미술관의 배치는 접근 방향으로 열려 있지 않고 건물의 측면이 먼저 노출되는 형상이다. 산세를 훼손하지 않고 미술관 단일 건물 덩어리를 온전히 배치하기 위한 선택이었다. 따라서 먼저 자리 잡고 있던 동물원이 진입 방향과 동물원 전체 배치가 하나의 축을 이루는 것과 달리, 미술관의 진입 축과 건물 축은 직각을 이룬다. 당대 경사 지형에 들어서는 많은 건축 작업에서 덩어리를 작게 나눠 높이에 따라 차곡차곡 배치하는 우리 전통 가람 배치가 선호되었던 것과 달리, 건축가는 산속에 차분히 자리하면서도 단독자의 존재감을 확보할 수 있는 미술관을 도모했다. 그의 말대로 〈멀리서 보면 웅장한 건물이지만 결코 산을 넘어서지 않게 다독〉[1]인 결과가 지금의 능선 배치 미술관이다. 그는 가람이나 한옥 등 전통적 건축 요소를 설계의 바탕으로 삼기보다 〈자연과 인공의 하모니〉를 목표로 〈멀리서 보면 산성 같지만 가까이서 보면 현대 감각이 나는 건물〉을 의도했다.

건축물의 접근 방향에서 우회하여 진입하는 미술관은 건물의 길이 방향에서 직각으로 출입한다. 출입구가 있는 중앙에는 원통형 덩어리가 높이 솟아 있고 지붕은 원뿔이다. 이 원통 몸체–원뿔 지붕은 미술관의 중심 공간으로 로비와 홀로 기능하고, 이 공간 좌우에 더 큰 원통과 반원통/직육면체 덩어리가 붙어 있으며 각각 전시실 용도로 기능한다. 출입구가 있는 로비 바로 안쪽에는 원통형 홀 공간이 뻥 뚫려 있다. 뻥 뚫린 이 원통형 둘레에 원형 경사로가 지붕까지 이어지는데, 이 공간이 미술관 전체를 하나로 엮는 구심적 역할을 하며 뚫린 원통 공간은 백남준의 거대 비디오 작품 「다다익선」으로 채워져 있다. 미술관은 중앙을 차지하는 원통–원뿔 덩어리가 가장 높고 좌측 원통 덩어리가 제일 낮으며 우측 반원통/직육면체 덩어리가 중간 높이로 되어 있는데, 산등성이의 굽이침에 호응하는 건축물의 높낮이로 계획하여 안정적인 구도가 형성되어 있다.

미술관의 전체 형태는 원통, 원뿔, 반원통, 직육면체 등 기하학적 형태로 정연한데, 이 정연한 몸통은 화강석이란 단일 재료로 통일되면서, 건축가의

---

1 「산을 존중…… 조화에 애썼다」, 김태수 인터뷰, 『중앙일보』, 1986년 8월 29일 자. 이하 인용 표시는 동일.

말대로 이상향적 석성의 이미지로 가득하다. 설계 당시 발주자인 국가 권력의 계속되는 전통 표현에 대한 요구는 건축가에 의해 단호하게 거부되었는데, 국내의 정치적·문화적 이해관계에서 비교적 자유로웠던 재미 건축가는 〈건물주의 간섭을 받지 않고 설계대로 지어져 아주 만족스럽〉다고 말했다.

우리에게 불현듯 주어진 모더니즘은 오랫동안 모호한 것이었다. 서구에 대한 동경과 전통을 향한 관성, 그리고 발전에 대한 갈망 속에서 모더니즘은 파편적으로만 소화되었다. 그것은 주로 기술적 취사선택이거나 발전의 표상일 뿐, 온전한 고찰 대상이 되지 못한 채 〈벗어나려는 욕망〉에 대한 숙고가 누락되었다. 그래서 발전 국가를 국가적 이데올로기로 설정한 국가 권력에 건축은 목표이기에 앞서 수단이었다. 당시 우리 건축에 부과되었던 전통과 발전 등은 오히려 건축을 억압하는 반모더니즘적 굴레였다. 국립현대미술관 과천관은 건축적 완성도와 별도로 이 지점에서 중요한 의미를 갖는다. 한마디로, 건축에 강제로 부과된 건축 이외 것들을 털어 버리고, 건축 자체에 집중한 거의 첫 국가적 문화 건축물이었다. 미술관은 산속에 안착한 기하학적 석성의 이미지로 반짝이고 있다.

- 국립현대미술관 과천관으로 접근하는 진입로

: 미술관은 직육면체, 원기둥, 원뿔 등의 기하학적 볼륨이 돌로 만들어져 있다

제1~6전시실을 관통하는 중앙 홀

• 원형 전시실의 내부 전경

⠿ 미술관의 구심적 공간인 램프코어, 백남준의 「다다익선」이 서 있다

⠿ 중앙 홀의 내부 전경

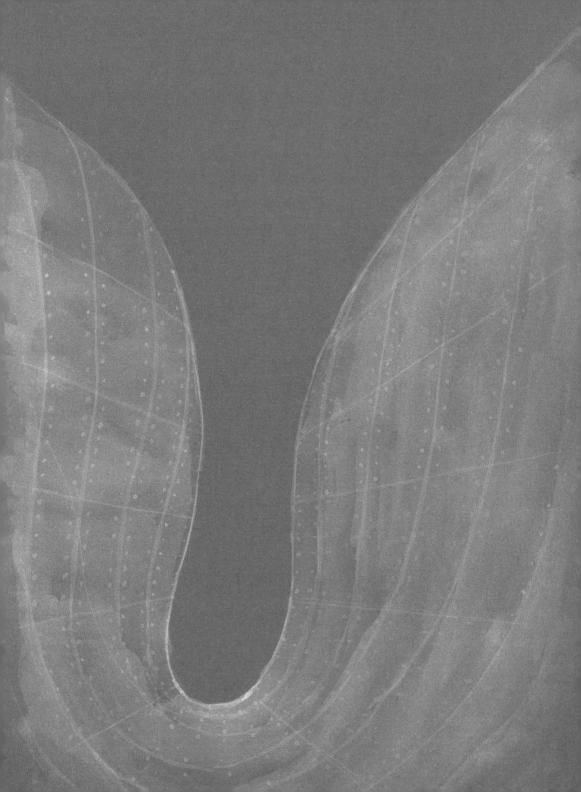

왕과 화가와 고양이

　　고양이. 웅크린 고양이인가 아니면 기지개 켜는 고양이인
가. 파주 출판 단지 한 곳에 고양이를 미메시스[1] 한 건물이 있다. 굽이치는 큰
곡선 하나와 직선 몇 개로 된 미메시스 아트 뮤지엄. 마치 미메시스 아트 뮤
지엄의 연기 설화처럼 읽히는 글이 있다.

　　옛날 중국에 고양이를 무척 좋아하는 황제가 살았다. 어느 날 그는 중국
에서 가장 유명한 화가를 불러 고양이를 그려 달라고 했다. 황제의 부탁이
마음에 든 화가는 고양이를 그려 주기로 약속했다. 그로부터 1년이 지난
어느 날, 화가에게서 고양이 그림을 받지 못한 일이 생각난 황제가 그를
불러 물었다. 고양이는 어찌 됐나? 화가가 대답했다. 거의 다 됐습니다. 그
리하여 또 한 해가 갔고, 그렇게 해가 거듭되었다. 두 사람의 만남도 되풀
이되었다. 결국 7년이 지났을 때 인내심이 바닥난 왕은 사람을 보내 화가
를 데려왔다. 고양이는 어찌 됐나? 벌써 7년이 지났는데 자네는 줄곧 약속
만 했지 여태 한 장도 안 그려 왔어! 그러자 화가는 붓과 벼루, 화선지 한
장을 꺼내 우아하고 멋들어진 동작으로 고양이를 그렸다. 평범한 고양이
가 아니라 지금껏 누구도 본 적 없는 아름다운 고양이였다. 황제는 그 아
름다움에 매료되어 몹시 흥분했다. 그리고 화가에게 이 아름다운 그림의

1　미메시스mimesis. 여기서는 일반적으로 통용되는 〈모방〉이란 의미로 사용했으나, 본문
에서 후술하는 미메시스에 대해서는 이하 내용을 참조할 것.

값이 얼마냐고 묻는 것도 잊지 않았다(요즘 같으면 어림없지만 당시에는 그냥 빼앗을 수도 있었으리라). 화가의 요구를 들은 황제는 깜짝 놀랐다. 방금 내 앞에서 2초 만에 그려 놓고 그런 거금을 달라는 건가? 그러자 가난한 화가가 대답했다. 예, 폐하, 옳은 말씀이십니다. 하지만 저는 지금껏 7년 동안 고양이를 그려 왔습니다.[2]

이 글은 건축가 알바루 시자Alvaro Siza의 동료 건축가인 카를루스 카스타네이라Carlos Castanheira가 쓴 것이다. 나는 이 글이 카스티네이라가 창작한 것인지 아니면 어느 설화나 전설을 갈무리한 것인지 알지 못한다. 그런데 마치 이탈로 칼비노의 『보이지 않는 도시들』처럼 이 글은 픽션과 논픽션, 그리고 설화와 전설 어디 즈음에 있는 듯하다. 이탈로 칼비노가 황제(쿠빌라이 칸)와 여행가(마르코 폴로) 간에 오간 실존하지 않는 도시 이야기를 꿈결처럼 들려주는 것처럼, 카스티네이라의 글은 황제와 화가 사이에서 오간 고양이 그림 이야기를 또한 꿈결처럼 들려준다. 모두 매력적인 글인데, 미메시스 아트 뮤지엄에 대한 카스티네이라의 윗글은 건축가 알바루 시자의 거장적 풍모를 설화적으로 드러내 준다.

알바루 시자

알바루 시자는 1933년 포르투갈에서 태어났다. 이 글을 쓰고 있는 지금 그의 나이는 아흔에 가깝다. 미메시스 아트 뮤지엄을 설계했을 당시 나이도 칠순을 훌쩍 넘긴 때였다. 알바루 시자는 〈비교적 변방〉에서 태어났다. 포르투갈은 비교적 변방이라 할 만한데, 이 생각은 내 사적 의견이 아니라, 포르투갈 사람보다 더 포르투갈 사람 같았던 이탈리아 소설가 안토니오 타부키가 그의 소설에서 작중 인물들을 통해서 한 말이다. 그런 변방에

---

2 홍지웅, 『미술관이 된 시자의 고양이』(파주: 미메시스, 2013), 12쪽.

서 나고 자란 알바루 시자는 〈변방이라는 편협한 관념으로부터〉 물론 〈자
유〉[3]로웠다. 그는 변방 콤플렉스나 왜소 콤플렉스와는 거리가 멀었다. 모더
니즘의 세례를 받고 건축가로 성장한 그에게 모더니즘에 대한 교조성은 없
었다. 시자의 학창 시절만 하더라도 서유럽 모더니즘 거장 건축가들이 건재
했다. 국제 근대 건축 회의CIAM가 해체됐음에도 불구하고 르코르뷔지에와
미스 등 서유럽의 거장 건축가들은 완숙의 절정을 선보이고 있었고, 근대 건
축의 총아라 할 만한 국제주의 양식 건축물들은 세계 각처에서 무리 없이 이
식되고 있었다. 모더니즘 건축에서 발아한 알바루 시자의 건축은, 그러나 전
설적 서구 거장들에게 속박되지 않았고 합리, 이성, 직선, 위생, 백색 등 모더
니즘을 관류하는 용어들로부터 자유롭게 전개되어 오늘에 이르렀다. 미메시
스 아트 뮤지엄이 실제 고양이를 미메시스하고 있는지 아닌지는 중요하지
않다. 다만 미술관이 된 고양이는 직각 좌표계 내에 함수로 정의 내릴 수 없
는 유연한 곡선으로 굽이치면서, 콘크리트의 가소성과 아름다움이 이 정도
다, 라고 우아하게 외치고 있다. 이 우아함은 귓가에 쟁쟁쟁 울리는 듯하고
눈가에 몽환적으로 안기는 듯하다. 고양이가 된 미술관의 내부와 외부는 모
두 시적 아름다움으로 가득하다.

미 메 시 스   아 트   뮤 지 엄

활처럼 휘어진 기다란 곡선 하나와 그 곡선을 닫아 주는 디
근자 비슷한 직선 몇 개. 미메시스 아트 뮤지엄은 곡선 하나와 직선 몇 개의
평면인데, 이 평면으로 입체화된 볼륨은 개구부가 거의 없이 밝은 회색빛의
반반한 면으로 단순하다. 그러나 이 단순한 평면과 양감이 만들어 내는 분위
기는 건축 미학적 오라aura의 절정을 보여 준다. 서구 건축의 고전 『건축십
서』에서 비트루비우스가 말한 건축물의 세 가지 본질, 구조Firmitatis, 기능

3 앞의 인용문 포함. 프리츠커상 수상 당시, 알바루 시자의 수락 연설에서 인용했다.

Utilitatis, 미Vernustatis는 지금도 건축적 판단의 중요 기준으로 작동한다. 그런 관점에서 보자면 미메시스 아트 뮤지엄은 구조와 기능에 대한 판단을 정지시킬 만큼 미적으로 보는 이들을 압도한다.

파주 출판 단지는 선택받은 몇몇 건축가만이 건축 설계를 할 수 있는 특별한 공간이다. 그런 만큼 일정 수준을 유지하면서 동시에 다종다양한 건축물이 건축의 백화점을 이루고 있는 이곳에서 미메시스 아트 뮤지엄의 단순무구한 형태는 실로 독야청청으로 돋보인다. 이 돋보임은 군계일학(닭 중의 학?)인가 아니면 백미(최고 중의 최고?)인가. 이 자문에 대한 답은 유보한다. 다만 미메시스 아트 뮤지엄은 모든 면에서 발군이라고 할 만하다. 배치, 평면, 입면, 단면, 공간 구성, 상세, 만듦새 등에서 그러한데, 특히 앞서 이야기한 미적 오라는 독보적이다. 유연하게 이어진 한 개의 곡선과 몇 개의 직선이 만들어 내는 미적 정취는 언어와 논리에 앞서 감성의 심연을 강렬하게 자극한다. 이 단순한 선은 건축가 알바루 시자의 일필휘지이자 오토마티즘automatism의 절정이다. 노숙한 거장 건축가가 단숨에 그려 낸 선 몇 개가 만들어 내는 힘의 거대함을, 나는 이곳에 올 때마다 느끼곤 한다.

젊었을 때의 알바루 시자는 아마 이런 선을 그리지 못했을 성싶다. 조숙은 없다. 일필휘지 또는 오토마티즘은 어린 천재들에게 해당하는 용어가 아니다. 어린 천재들은 발랄함과 기발함은 가능하나 단숨에 그려 낸 하나의 선으로 대상을 경지에 올려놓는 지경은 불가능하다. 그것에는 무수한 반복의 세월이 필요하다. 팔순에 이르기까지 부단한 선을 그려 온 알바루 시자의 일필휘지가 파주 출판 단지에서 입체화된 미술관으로 폭발했다.

미메시스

솔거가 황룡사 벽에 소나무를 그렸는데, 그 극사실적 표현에 새들이 앉으려다 부딪혀 떨어졌다. 신사임당이 그린 초충도의 벌레를 실제로 착각한 닭이 부리로 그림을 쪼았다. 제욱시스가 그린 포도 넝쿨은 너무

사실 같아서 참새들이 달려들었고, 파라시오스는 그런 제욱시스가 혀를 내두를 만큼 현실과 꼭 같은 가림막 그림을 그렸다. 이러한 것들이 모방imitation으로서의 미메시스다. 그런데 이러한 미메시스가 〈아파테apate, 즉 환영illusion〉의 개념과 결부되면서 그것은 (······) 환영을 만들어 낸다는 재현의 의미)[4]로 넘어가게 된다. 재현으로서의 미메시스는 단순한 모방을 넘어 창조적 재현으로 확장된다. 그런데 진중권의 표현[5]을 빌리자면, 미메시스의 예술적 가치는 제욱시스보다 피그말리온에 있고, 솔거보다는 화룡점정에 있는 것이 아닐까? 다시 말해, 극사실적 모방은 이미 카메라로 충분하다. 예술이란, 또 미메시스란 현실의 빈틈없는 모방이라기보다 오히려 현실의 빈틈을 드러내거나 그 드러난 빈틈을 통해 통념에 붙박인 우리의 감각을 새롭게 흔들어 깨우는 것이리라.

다시 미메시스 아트 뮤지엄 이야기로 돌아온다. 건축이 예술인가 그렇지 않은가의 물음은 여기서 중요하지 않다. 알바루 시자가 7년보다 훨씬 전부터 그려 온 선들이 일필휘지로 폭발해 파주 출판 단지 한 곳에서 건축물로 만들어졌다. 단조로운 모방의 미메시스로 가득한 파주 출판 단지 안에서, 고양이의 웅크린 몸처럼 곡선의 팽팽한 장력을 미메시스한 뮤지엄은 우리의 감각을 푸르르 깨어나게 하고 있다. 미메시스 아트 뮤지엄의 아름다움은 이 감각의 각성에서 비롯되는 것일지 모른다.

---

4   오병남, 『미학강의』(서울: 서울대학교출판문화원, 2017), 5쪽.
5   진중권, 『앙겔루스 노부스』(파주: 아트북스, 2013), 45~67쪽. 피그말리온은 다만 현실의 여인을 모방한 것이 아니라 감각의 대상을 창조한 것이며, 화룡점정은 현실의 동물을 모방한 것이 아니라 회구의 대상을 창조한 것이다. 예술의 가치는 다만 있는 것을 그대로 모방, 모사하는 것에 그치는 것이 아니라, 우리에게 세계를 새로운 눈으로 보게 해주는 것이다.

미메시스 아트 뮤지엄의 곡선, 알바루 시자의 오토마티즘

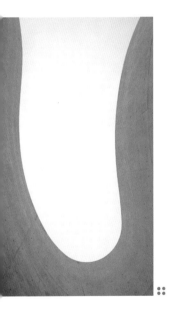

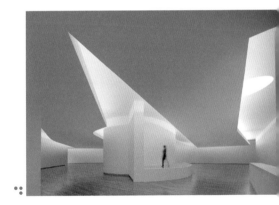

• 뮤지엄의 내부 로비 전경

⠅ 전시실의 내부 전경

⠰ 건축가가 의도한 자연광의 농밀함

⠶ 이 단순한 선은 건축가 알바루 시자의 일필휘지이자 오토마티즘의 절정이다

전화의 요람 국립현대미술관 서울관

현대 미술 (관)

　　예술의 역할은 대상을 아름답게 모방해 미적 즐거움을 전달하는 데 있는가? 이러한 물음은 시대착오적이다. 예술은 모방이란 테두리에 가둘 수 있는 협애한 의미의 미메시스가 아니다. 예술은 대상의 모방을 벗어던진 지 한참 되었고 스스로를 향유하는 자기 지시성self-referentiality을 경유해, 사회 속으로 적극 투신한 채 오늘 현대 예술에 이르고 있다.

　　예술은 물론 미적 쾌락과 재산 증식의 도구 등으로도 복무할 수 있겠으나, 관성적 예술 개념에 깊이는 상실되었고 자본에 포획된 예술은 이미 더러워져 예술 자신을 욕보였다. 현대 예술은 상실된 깊이를 회복하고자 하며 자본의 포획 틀을 벗어나 자존의 자립을 꿈꾼다. 그렇다면 현대 예술이 거하는 공간, 즉 현대 미술관은 어떤 곳이어야 하는가? 〈현대 미술관은 미술을 전시하는 곳이 아니다.〉[1] 그러면 어떠한 곳인가? 〈미술관은 미술의 촉매이면서 개별적 지식이면서 시대 의식을 연다.〉 미술이 시대 속에 투신하여 그 시대를 견인하는 밀알이 되려 할 때, 미술관은 시대 의식을 여는 미술의 자궁이 된다. 〈국립현대미술관도 그동안 지속적으로 장르를 확장하며 내용과 수단을 넓혀 왔다.〉 1969년 개관 이래 국립현대미술관은 과천과 덕수궁과 서울과 청주로 물리적 영역을 넓혀 나갔고 반세기 동안의 수집, 보존, 연구, 전시

1　『서울체』, 40쪽, 이하 인용 표시는 동일. 저자 박길룡은 우리 시대 우리 건축계의 가장 큰 어른의 범주에 계신다. 선생의 글은 깊고 명료하다. 선생의 글을 인용하여 현대 미술관에 대한 글쓴이의 생각을 밝힌다.

를 통해 역량을 비축했다. 그리하여 〈우리가 향유할 미적 카타르시스를, 지식의 심연을, 사회적 발언을, 자칫 누추해질 우리의 삶을 일깨운다〉. 그렇다. 현대 미술(관)은 자칫 누추해질 수 있는 우리의 삶을 일깨운다. 깊이를 상실한 미술은, 상품화된 미술은 현대 미술관에서 튕겨 나가며 상실된 깊이를 회복하려는 미술이, 자존의 자립을 꿈꾸는 미술이 현대 미술관으로 귀속되어 우리의 삶을 보듬으려 한다. 〈적극적인 미술관은 미술에 대꾸하는 것이 아니라, 미술의 개념을 진화시킨다.〉 하얀 벽을 만들어 그림을 걸어 줄 미술관은 진부하다. 현대 미술관은 미술의 개념을 진화하고 또 전화(轉化)하기를 꿈꾼다. 〈그래서 국립현대미술관은 우리 시대의 자신감이다.〉

미술관 터

영욕의 역사가 서려 있는 땅이다. 국립현대미술관 서울관(이하 〈미술관〉 또는 〈서울관〉)은 경복궁 동쪽 한 곳에 자리 잡고 있는데, 이 땅은 구한말에서 근현대에 이르기까지 여러 역사적 사건의 자취가 남아 있는 곳이다. 망국의 비탄이 힘없는 제국을 덮쳤을 때, 종실의 권위를 관(官)으로 받치고 있던 종친부(宗親府, 조선 시대 때 역대 국왕의 계보와 초상화를 보관하고, 국왕과 왕비의 의복을 관리하며 왕의 친척을 다스리던 관청) 건물들은 원래 제자리에서 쫓겨났다. 대신 그 자리에는 일제에 의해 경성의학 전문학교가 모더니즘 정신에 입각해 설계되었는데, 이 네모반듯한 붉은 벽돌 건물은 군사 정권을 통과하며 보안사령부를 거쳐 국군기무사령부로 사용되었다. 그리고 오늘에 이르러 국립현대미술관 서울관으로 바뀌었다.

서울관이 자리 잡은 땅에 서려 있는 역사적 밀도는 숨 막히게 높다. 조선 왕조와 식민 강점과 군사 독재의 시간 층이 켜켜이 쌓인 곳에 이 나라 정부가 세운 현대 미술관이 들어서면서 그 층위는 더욱 두꺼워졌다. 왕조와 식민과 독재의 공간은 일반 민중이 드나들 수 없는 금단의 공간이었는데, 이제 잘게 쪼개진 미술관의 사이사이를 관람객들과 길 가던 사람들이 유유히 돌아다니고 있다.

넘나드는 풍경의 미술관

국립현대미술관 서울관은 대중의 접근이 불편한 〈동물원 옆 미술관〉인 과천관의 기능을 보완하기 위해 세워졌다. 이 땅의 미술계는 서울관 건립이라는 숙원을 2009년에야 확정 지었다. 미술관은 종친부 건물 유구의 발굴과 복원, 기무사령부 건물의 철거 또는 보존 등 여러 갈등을 완벽하게 해소하지 못한 상태에서 2013년 가을 개관하기에 이른다. 그리하여 질곡의 역사가 새겨진 이곳에는 복원된 종친부 건물 일부(경근당敬近堂과 옥첩당玉牒堂)와 존치된 기무사령부 건물, 그리고 새로 지은 미술관이 한자리에 들어앉게 되었다. 왕조의 건물과 식민-독재의 건물, 그리고 현대의 건물이 군(群)으로 묶이며 하나의 용도로 동거를 시작했다.

서울관은 한 곳으로 들어가서 선을 따라 관람한 후 한 곳으로 나가는 일반적인 선형(線形) 미술관이 아닌, 여러 전시관이 섬처럼 띄엄띄엄 무리를 이룬 군도형(群島形) 미술관으로 계획되었다. 건축가 민현준은 다음과 같이 말했다.

국립현대미술관 서울관의 공간 구성 형식은 군도형 미술관을 지향하였습니다. (……) 그물망 구조인 네트워크형 동선은 우리 도시의 모습과 비슷합니다. 하나의 지점에서 다른 지점에 이르는 길은 여러 길이 있습니다. (……) 이러한 네트워크 동선의 공간 구조는 과거 잃어버린 도시의 골목길과 같은 효과가 납니다. (……) 골목길의 주인이 주민인 것처럼 미술관의 주인은 관람자입니다.[2]

2 민현준, 「MMCA 국립현대미술관 서울관: 군도형 미술관」, 건축사사무소 엠피아트의 블로그(https://blog.naver.com/mpart361/10173614692)에서 인용.

건축가의 생각과 미술관 측의 요구는 관람자가 미술관의 주인이 되는 지점에서 일치했다. 그리하여 미술관은 덩어리를 섬처럼 쪼개고 흩뜨려 그 사이사이에 여러 마당과 길을 만들었다. 그 마당과 길은 바깥에서 무시로 접근하고 머무르거나 건너갈 수 있는 공간이다. 담장과 경계 없는 미술관의 외부는 모두에게 열려 있다.

미술관의 내부는 어떠한가? 여기저기 흩어진 지상층 덩어리는 지하층에서 유기적으로 연결되어 있다. 이 연결은 일방향적 흐름으로 관람객을 유도하지 않으며, 여기서 시작해 저기 또는 거기 등에 이르는 복수 이상의 선택적 접근과 관람을 허용한다. 관람객은 미술품에서 미술품으로 이어지는 숨 가쁜 독해에서 벗어나 여기저기 쏘다니며 스스로 관람과 휴식의 비율을 조절할 수 있다.

미술관은 그 규모에 비해 비교적 짧은 시간 안에 설계와 시공이 진행되었다. 그 과정에서 오래된 문화유산과 근대 문화유산, 그리고 새로운 문화 자산 간 갈등은 원만한 조화에 이르지 못한 채 마무리되었다. 세 개의 각기 다른 건축물은 미지근한 갈등 관계에서 겸연쩍은 동거를 유지하고 있다.

그러나 국립현대미술관 서울관은 매표에서 관람으로 종결되는 진부한 미술관의 형식을 털어 내고, 관람객이 주인이 되고 지나다니는 사람이 주인이 되는 미술관의 얼개를 비교적 성공적으로 엮어 내고 있다. 경복궁과 북촌을 찾는 많은 이가 자연스럽게 미술관을 넘나드는 풍경이 이를 증명한다. 이 넘나드는 풍경의 힘과 시간의 풍화 작용이 미지근한 갈등 관계를 천천히 봉합하여 좀 더 여유롭고 넉넉한 미술관이 되기를 희망한다.

우리 시대의 자신감, 현대 미술관

우리나라는 대한민국 건국 후 오랫동안 나라의 미술관을 스스로 짓지 못했다. 국립현대미술관 과천관이 개관하기 전까지 나라의 미술관 역할은 일본 건축가 나카무라 요시헤이가 설계한 덕수궁 내 석조전 신관이 담당하고 있었다. 1986년 건축가 김태수가 설계한 과천관이 개관하고 나서야 우리는 국가의 위상에 걸맞은, 우리가 지은 미술관을 갖게 되었다. 건축가 김태수는 과천 산자락에 원통과 원뿔과 직선으로 반듯한 이상향적 석성을 연상케 하는 미술관을 설계했다. 미술관은 너른 대지 위에 싱그럽게 앉혀 있다. 그리고 과천관으로부터 스물일곱 해가 지나서야 수도 서울에 새로운 국립현대미술관 서울관이 개관했다. 27년 사이 예술에 대한 일반 대중의 눈높이는 높아졌고 현대 미술과 미술관에 대한 생각 또한 진일보했다.

1971년 현상 설계 공모를 통해 당선안으로 결정된 파리 퐁피두 센터가 미술관에 혁신적 변화를 선보인 지도 벌써 반세기가 지났다. 2000년 개관한 런던 테이트 모던 미술관이 폐발전소를 리모델링하여 대공간을 미술관으로 적극 전유appropriation하면서 도시 자체를 부흥케 하는 역할을 한 지도 벌써 20년 전 과거가 되었다. 퐁피두 센터와 테이트 모던 사이, 그리고 테이트 모던과 우리의 서울관 사이 많은 진보적 미술관은 글의 앞머리에서 말한 바와 같이 미술에 대꾸하기 앞서 미술의 개념 진화에 밑거름이 되었다. 과히 우리 시대의 자신감이라 할 만하다.

여기서 우리의 국립현대미술관 서울관을 생각해 본다. 서울관은 퐁피두 센터의 전위나, 스페인 구겐하임 빌바오 미술관의 시각적 스펙터클이나, 테이트 모던 미술관의 과감한 공간 전용 등과 거리가 있어 보인다. 서울관이 천착하고 있는 군도형의 미술관 구조 또한 세지마 가즈요(妹島和世)의 〈21세기미술관〉에 빚지고 있는 바가 선명해 보인다.

서울관은 다만 군도형 사이의 헐거운 외부 공간이 초고밀도 도심 속 기적 같은 쉼터로 자연스레 활용되고 있음이 커다란 위안으로 다가오나, 우리 시대의 자신감이라 하기에는 현대 예술에 대한 고민이 불분명해 보인다. 이 고민은 우리 건축계를 포함하여 현대 예술을 향유하고 또 그로써 스스로 위안받을 우리 모두의 몫이라 하겠다. 그림을 생각하러 미술관에 가자.

- 국립현대미술관 서울관 건물들 사이로 여러 길이 나 있다

- 국립현대미술관 서울관, 구(舊)기무사 건물이 갖고 있는 시간의 흔적

- 구기무사 건물의 내부 리모델링

• 미술관 외부 이쪽과 저쪽을 연결해 주는 공간

: 미술관의 내부 전경

5   시, 소설, 그림에 바친 공간

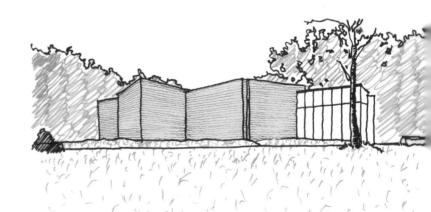

문학(또는 예술)이 인간을 구원하는가? 문학(또는 예술)이 인간의 영혼을 인도하는가? 이러한 물음에 어느 소설가는 〈이런 개소리를 하는 놈은 다 죽어야 된다〉고 말했다. 이 어느 소설가는 문학(또는 예술)이 지순하고 지고한 가치로 인간의 삶을 관리하고 지도한다고 믿는 예술 지상주의자들을 거친 소리로 나무란다.

예술이란 낱말이야말로 지극한 아포리아다. 예술은 분명히 있으나 아슴푸레하여 잡히지 않는다. 예술에 대한 정의는 다양하다. 다양한 예술의 정의는 예술이 아포리아임을 방증한다. 플라톤, 아리스토텔레스, 칸트, 쇼펜하우어, 헤겔, 베냐민, 하이데거, 아도르노를 거쳐 당대의 디키와 단토 등 고대에서부터 현대에 이르기까지 이어지는 예술에 대한 정의는 아직 현재 진행형이다. 예술은 한마디 말로 정의 내릴 수 없으며, 그렇기에 예술의 의미 또는 존재 이유 등도 이것이다 저것이다 단박에 잘라 선명한 단면을 보여 줄 수 없다. 다만 개소리 말라고 외치는 한 소설가는 삶의 밑바탕을 헛헛하게 비워 둔 채 〈오직 예술〉을 희구하는 문학(또는 예술)의 숙명주의자들을 나무라고 있다.

바움가르텐이 미학aesthetics을 서구 예술사의 기초로 정초하는 것과 무관하게, 겸재 정선이 진경산수의 세계를 새로 열기 전에도, 물론 사람들은 글을 쓰고 그림을 그렸다. 쓰고 그릴 뿐만 아니라 노래를 부르고 춤을 추고 술을 마시고 그렇게 놀았다. 예술은, 글과 그림은, 또 노래와 음악은 삶의 한복판에서 자연 발생했다.

예술은 인간을 구원한다기보다, 다만 인간을 비춘다. 예술은 우리가 볼 수 없는 암점까지도 비춘다. 보고 싶은 것뿐만 아니라 볼 수 없는 것과 보기 싫은 것까지도 비춘다. 우리에게 예술은 대체로 그러했다(고 나는 생각한다). 도스토옙스키의 『죄와 벌』은 인간을 구원하거나 인도하지 않는다. 다만 죄와 벌 앞에서의 인간을 비춘다.

예술은 아름다움뿐 아니라 잊고 있었던 것, 놓치고 있었던 것, 보기 불편해서 외면했던 것, 이런 많은 것을 입체적으로 우리에게 펼쳐 비춰 준다. 그 비침 뒤의 잔영이 우리를 위로하기도 하고 후려치기도 하면서 스스로 돌아보게 만든다. 시와 소설과 그림은 우리를 비추는 거울이다.

개항과 동시에 근대 문물이 쏟아져 들어왔다. 새로운 문화와 예술은 전통과 부딪치면서 우리 삶 한가운데로 육박해 들어왔다. 격변기의 시인, 소설가, 화가 들은 글과 그림으로 세상을 읽고 또 새로운 시대를 새로 쓰고 그려 나갔다. 나는 개화기 종합예술인이자 문제적 인물 임화를 자주 떠올린다. 그의 〈이식문화론〉을 좀 더 들여다보면 한 방랑자의 좌충우돌 파행과 탈식민주의로의 월경이 떠오른다. 근대 개화기 한국 문학의 역사가 인천 개항장 거리, 리모델링된 일본 적산 가옥에 들어서 있다. 개화기 신문물과 더불어 새로 이식된 신건축이 신문학의 전시 뼈대로 활용되고 있다. 이식된 건축 구조인 트러스 목조 지붕 아래에서 임화는 카프 문학에 짧게 등장한다.

통영의 박경리기념관과 김제의 아리랑문학관은 일제 강점기 빼앗긴 들에 봄이 오기 직전까지의 겨울이 얼마나 엄혹했는지 보여 주는 공간이다. 박경리의 『토지』와 조정래의 『아리랑』은 우리 현대 문학사의 기념비적 대하소설인데, 이 거대한 문화 텍스트를 건축 공간은 과연 어떻게 담아내고 있는가?

빼앗긴 들에도 봄은 왔건만, 이 봄도 아직 온전한 봄은 아니었다. 벌교를 중심으로 전개되는 소설 『태백산맥』은 좌우의 이념 대립 속에서 서로 죽고 죽이는 이야기다. 소설 속 중심 배경에 세워진 태백산맥문학관은 벌교 시내를 두루 조망할 수 있는 제석산의 허리춤을 잘라 내고 들어서 있다. 잘라 낸 땅속 안에 들어선 문학관은, 그래서 멀리서는 한눈에 조망되지 않는다.

경술국치 몇 해 전에 태어난 시인 서정주는 21세기가 되기 며칠 전 운명했다. 그를 기념하는 문학관이 고창 질마재 마을에 있는데, 초등학교를 리모델링한 문학관은 뒷산을 배경으로 리듬감 있는 양감만으로도 충분히 아름답다. 소년등과한 천재 시인의 기념 공간은 안온하고 아늑한데, 그 한 곳에 친일 시인으로서의 친일 문학 또한 전시되어 있다.

화가 이응노의 삶은 신산했다. 베를린에서 그림 그리던 그는 조국의 정치권력에 의해 불현듯 수감자가 되었다. 그는 조국의 감옥에서도 밥풀과 고추장 따위로 계속 그림을 그리다 쫓기듯 다시 독일로 건너가 그곳에서 영면에 들었다. 그를 기념하는 공간이 그의 고향 홍성에 있다. 기념관의 건축가는 이응노가 태어나 유년을 보낸 그 농촌의 한갓진 마을 지형의 윤곽을 복원할 수 있었고, 그 복원된 땅 위에 작은 기념관을 배치했다. 이응노가 그의 미적 성정을 키우며 지켜보던 풍경을 오늘의 우리도 볼 수 있다.

한국근대문학관

개항

조선 왕조의 말년은 불우했다. 서세동점의 세계사가 드디어 동쪽 끝에 다다랐을 때, 세상에 눈 감고 귀 막고 있던 오래된 왕조는 바람 앞 등불이었다. 1875년 인천 앞바다에 나타난 일본 배 한 척은 기신거리는 등불에 불어닥친 결정적 바람이었다. 1876년 조선 왕조 최초의 근대적 불평등 조약인 강화도 조약으로 쇄국의 빗장이 풀렸고, 1882년 제물포 조약으로 부산, 원산, 인천의 각 항구가 개항되었다. 일본은 조선반도의 식민화 물밑 작업으로 바닷길을 연 것인데, 부산은 그들과의 최단거리 뱃길로, 원산과 인천은 각각 동과 서의 뱃길로 개항되었다. 그중 인천은 수심이 얕고 조수 간만의 차가 커서 항구로서 불리한 조건이었으나 조선의 수도 한양과 가깝다는 이유로 개항 도시로 낙점되었다. 인천항은 수도 한양으로 연결되는 개항 핵심 간선의 중심이었다. 핵심 간선의 시점이자 종점인 인천은 그래서 개항 도시로 번화하게 되었다.

19세기 동아시아 국가들에 개항이란 단순히 배가 드나드는 것을 넘어서는 의미였다. 그것은 외래, 특히 서구 문물이 전방위적으로 침투해 들어오는 것을 의미했다. 힘없는 왕조의 나라들에는 선택 권한이 없었으며, 들어오면 들어오는 대로 뭐든 받아들여야 했다. 이러한 무차별 전래 문물의 이입은 개벽 같은 신세계였다. 전혀 경험해 보지 못한 새로운 것들이 무시로 쏟아져 들어오니, 구한말 우리의 삶은 개벽의 연속이었다. 이 연속되는 개벽은 의식주를 포함한 거의 모든 것에 걸쳐 있었다. 새로운 옷, 새로운 음식, 새로운 집짓기, 그리고 새로운 글짓기와 새로운 음악과 미술 등이 그러한 것이었는데, 이런 것들을 간단히 근대 문화라고 하겠다.

우리에게 근대 문화사란 내부에서 발생한 것들의 역사라기보다, 외부에서 주어진 것들의 이입과 이식, 그리고 착근의 역사라 할 수 있다. 그런데 이렇게 이입·이식된 것들과 기존에 있던 것들, 즉 전통과의 관계 설정은 고통스러웠다. 주체 의식이 자리 잡을 틈이 거의 없었던 식민의 시공간 속에서는 더더욱 힘겨울 수밖에 없었다. 경험한 적이 없는, 완전히 새로운 것들을 받아들이는 것은 우리 삶의 외연이 확장되는 것을 의미했지만 그만큼 주체의 분열도 만만치 않았다. 우리의 근대 문화사는 수입사, 이입사, 전통 단절과 같은 이식사의 극복이란 문제를 태생적으로 가질 수밖에 없었는데, 그 문제에 대한 해답 구하기는 한 세기가 넘은 지금도 여전히 진행 중이다.

임화

우리 근대 문학사에서 임화란 인물은 문제적 존재였다. 그는 시인이자 소설가였고 영화배우였으며 문학 비평가이자 이론가였다. 1908년에 태어나 1952년에 생을 마감한 그의 활동 시기는 일제 강점기와 해방의 시공간, 그리고 민족 동란기에 걸쳐 있다. 그는 너덜너덜해진 조국의 주체성과 육박해 들어오는 외래 문화의 이입 사이에서 성장했는데, 당시 쏟아져 들어오는 신사조를 접한 그는 다다이즘과 미래파와 모더니즘에 흠뻑 젖어 들며 신세계를 받아들였다. 별천지 개벽 속에서 성장한 임화는 사회주의 문학에 투신했다가 불현듯 전향했는데, 해방을 거쳐 민족 동란 통에 다시 사회주의로 건너가 남로당 문화담당총책 역할을 했다. 그러나 결국 그가 속한 정치적 구조 속에서 타의에 의해 생을 마감해야 했다. 문화 예술인 임화는 남과 북 모두에서 정치적으로 단죄를 받았기에, 그의 자리는 어디에서도 온전해 보이지 않는다. 더구나 전향 시기에 발표한 이식 문화론은 그에게 악명 높은 〈몰주체성〉이라는 꼬리표를 달아 주었다.

20세기 초 대한 제국 끄트머리에 태어난 불우한 문화 예술인 임화는 좌충우돌하며 격변의 시대를 온몸으로 부딪히며 통과해 나갔다. 그는 우리에게 쏟아져 들어오는 외래 문물에 매혹되었는데, 이 매혹의 심연을 헤집고 다니며 시, 소설, 영화, 평론 등 다방면에 걸쳐 생각을 투사했다. 그중 〈악명 높은〉이란 수식어가 항상 따라붙는 임화의 이식 문화론은 그가 갖고 있던 고민의 본질을 응축하고 있다. 이식 문화론은 오늘날 문학론가와 이론가들 사이에서 식민과 탈식민 양극단에서 평가받는다. 이식과 전통과 문화 창조의 간극 속에서 임화의 이식 문화론에 대한 평단과 학계의 평가는 끝에서 끝을 오가는데, 근래의 평가는 오히려 탈식민적 성격에 주목[1]하는 듯하다. 임화에게 〈우리의 근대 문학사는 서구 문학의 수입과 이식의 역사〉[2]였는데, 그는 우리의 고유 문화(전통)는 〈새 문화의 순수한 수입과 건설을 저해하였으면 할지언정 그것을 배양하고 그것이 창조될 토양이 되질 못했〉다고 말하고 있다. 그런데 임화는 이어서 그 이유가 〈결코 우리 문화 전통이나 유산이 저질의 것이기 때문이 아니〉며 다만 〈우리의 자주 정신이 미약하고 철저하지 못했기 때문〉이라고 밝히는데, 이 부분에서 임화의 이식 문화론은 몰주체에서 주체로 넘어올 가능성을 확보하게 된다.[3]

임화에게 외래의 문학 또는 예술이란 동경과 열망의 대상이거나 닮아야 할 맹목의 목적이라기보다 새로운 삶을 포획하고 지시할 수 있는 수단이자 방법이었다. 그는 우리에게 주어진 외래 문학과 문화를 〈그저 단순히 만지고

1 권성우의 「현대문학과 새로운 담론 — 임화 시에 나타난 탈식민성 연구」(2007), 박정선의 「민족국가의 시쓰기와 탈식민의 수사학 — 해방 후 임화 시에 대하여」(2008), 김혜원의 「임화의 이식 문화론에 나타난 탈식민성 — 호미 바바의 혼종성 담론을 중심으로」(2012) 등의 논문이 그러하다.

2 임화, 임화문학예술전집 편찬위원회 엮음, 「개설 신문학사」, 『임화문학예술전집2: 문학사』(서울: 소명출판사, 2009), 이하 강조 표시는 동일.

3 해당 문단은 또 다른 글에서 인용했다. 최우용, 『와이드AR』(2020년 1~2월, 70호) 119쪽.

느끼며)[4] 나를 비춰 볼 거울로 바라본 것이리라. 그런 의미에서 임화가 우리 근대 문학사에서 차지하는 상징적 의미는 찬란해 보인다.

인천의 근대 건축

인천은 근대와 더불어 성장한 도시다. 인천항을 통해 들어오는 신문물은 조선반도 전역으로 퍼져 나갔다. 개벽의 물리적 공간이 된 인천에는 그래서 근대의 흔적이 많이 남아 있는데, 대부분 인천항을 중심으로 하는 중구와 동구 일대에 밀집해 있다.

개항 당시 일본 조계지가 형성되었던 지금의 인천 중구청 일대에는 당시의 오래된 건축물들이 아직 많이 남아 있다. 21세기 초만 해도 이 일대 건축물들은 구시대 유물로 우리의 관심 영역 밖에 있었다. 개항장 일대 근대 건축은 식민 잔재의 부산물로 보존 가치 등에 대한 논의 자체가 터부시되었다. 오래되어 낡은 저층 건축물들은 오히려 개발 중심주의적 사회 분위기에서 당장 없애지 못해 어쩔 수 없이 동거할 수밖에 없는 천덕꾸러기 신세였다.

그러나 시간은 흐른다. 부박한 속도전에 익숙한 우리에게도 뒤를 돌아보려는 의식이 생겨나기 시작했다. 이것은 먹고 살 만해진 뒤의 여유라기보다, 소진 증후군으로 더 이상 앞으로 나아갈 기력을 잃은 자의 자기 치유 노력 같은 것이라고 해야겠다. 어디로 가야 할지 방향을 잃은 자는 자신이 걸어온 길을 돌아볼 수밖에 없다. 발밑만 보고 걷는 자는 지금 위치를 알 수 없다. 내가 있는 곳의 좌표를 알기 위해서는 눈을 들어 걸어온 자취를 확인해야 하는데, 이로써 나아갈 방향 설정 또한 가능해진다.

인천 구(舊)개항장 일대 오래된 근대 건축물들에 대한 관심은 이러한 시선에서 발아했다. 그것들은 구시대의 낡은 잔재인 일소(一掃) 대상에서 내가

---

4 프란츠 파농은 자신의 책 『검은 피부, 하얀 가면』에서 모든 열등의식이나 우월의식에서 벗어나 상대를 또는 대상 서로를 편견 없이 바라보기를 주문한다. 그는 이렇게 말한다. 〈왜 그저 단순히 타자를 만지고, 타자를 느끼고, 나에게 타자가 모습을 드러내도록 해보지 않는가?〉

있던 자리를 비출 수 있는 거울로 자리 이동했다. 중구 일대 근대 건축물들은 개항 도시 인천의 정체성을 그 구체(軀體)로 증명하고 있다. 이들 건축물은 보존되어 리모델링되거나 리노베이션되면서 식민 잔재의 부담과 청산의 강박을 털어 내고, 우리가 지나온 과거를 다시 응시할 기회를 마련해 주고 있다. 이것은 역사적 피해 의식 극복과 주체 의식 회복, 그리고 문화적 자신감을 바탕으로 하고 있다.

한국근대문학관

　　　　　인천광역시 중구청 일대 개항장 문화지구는 근대 건축물의 보존과 갱신을 통해 개항 도시 인천의 역사를 보여 준다. 해안동과 관동 그리고 중앙동 일대를 중심으로 산재해 있는 근대 건축물들은 박물관과 전시관 등 문화 시설로 리모델링되면서 퇴락해 가던 구도심 일대를 각성시켰다. 이 개항장 거리 한 곳에 한국근대문학관이 자리하고 있다.

　인천아트플랫폼에 인접한 문학관은 근대 건축물 네 개 동을 리모델링하여 2013년 개관했다. 원래 건축물들은 백여 년 동안 창고와 공장 등으로 사용되었다. 네 개 동의 건축물 모두 벽돌을 쌓아 네 변의 벽면을 만들고, 네 모서리 벽면 위에 나무로 트러스를 만들어 지붕을 올린 단출한 건물이다. 벽은 면이고 트러스는 삼각 선형 부재의 집합이다. 기둥 없는 넓은 내부 공간을 만들기 위해 오래된 건축물 네 개 동은 모두 가볍지만 너비가 넓은 목재 트러스로 지붕을 만들었고, 이를 이쪽 벽에서 저쪽 벽으로 가로질러 얹어 놓아 건축물의 큰 꼴을 완성했다.

　붉은 벽돌 벽은 지붕의 무게를 감당하면서도 풍화된 거친 질감과 색 바랜 붉은색으로 시간의 켜를 시각적으로 전해 준다. 지붕의 목재 트러스 또한 나무 부재의 목가구(木架構) 짜임새를 조형적으로 보여 주면서도 오래된 목재 특유의 고풍스러운 느낌을 뿜어낸다. 건축가는 연와조의 몸통과 트러스조의 지붕틀을 보존하여 시간의 층위를 노출시키면서 동시에 이를 의장적으로 활용한다. 벽과 기둥과 지붕 모두가 콘크리트로 되어 일체로 붙은 몸체, 그 몸체의 안과 밖을 마감으로 감싸는 대부분의 현대 건축물과는 의장적 구조 체계가 다르다. 문학관 내외부에 노출된 오래된 붉은 벽돌과 천장에 노출된 목재 트러스 구조의 조형성은 매핑된 표면의 2차원적 미감이 아니라, 건축물의 얼개를 구성하는 뼈대에서 발산되는 골체미라고 할 수 있다. 건축가는 근대 건축물에 엉겨 붙어 있는 시간의 흔적과 기억을 무난히 보존하면서 동시에 의장적으로 활용하고 있는데, 이는 한국근대문학관만의 독창적 리모델링 방법이라기보다 오래된 건축물의 기본 꼴과 미감 작동 원리의 이해를 바탕으로 한 무리 없는 리모델링의 전형적 방식이다.

문학관은 보존의 큰 틀을 위와 같은 방법으로 유지하면서, 동시에 분동되어 있는 건축물들을 기능적으로 연결하기 위해 네 개 동을 2층 높이에서 유리 박스 하나로 꿰고 있다. 마치 유리 막대에 찔려 있는 건축물 꼬치와 같다. 문학관은 작은 덩어리의 자잘한 양감을 유지하여 자연히 저층 중심의 개항장 문화 지구의 맥락에 온전히 놓이면서도, 하나의 용도로 기능하고 있다.

이렇게 완성된 한국근대문학관의 전시는 1894년 〈왕조의 몰락〉에서부터 1948년 〈해방의 감격〉 사이에 전개된 우리 근대 문학의 궤적을 조망한다. 갑오개혁에서부터 대한민국 정부 수립에 이르는 파란만장의 시간 속에서 우리 문학은 일신했다. 망국의 비탄과는 별개로, 신문학의 도래는 이 땅의 근현대 문학의 새로운 시작을 열었다. 전시 속에서 임화는 〈1925~1935〉의 카테고리에 등장한다. 그는 카프KAPF 문학의 전시에서 잠깐 등장하는데, 한국 근대 문학의 전체를 개관해야 하는 전시의 한계로 비중은 크지 않다. 그러나 나는 문학관의 안과 밖을 보는 내내, 그리고 개항장 문화지구 일대를 거니는 내내 임화를 떠올렸다. 오래된 것과 새로운 것, 원래 있던 것과 받아들인 것 사이에서 고뇌했던 임화는 전근대에서 근대로, 식민에서 탈식민으로, 몰주체에서 주체로 갈 수 있는 길을 찾기 위해 고군분투했다. 그의 고군분투는 아직 후대인 우리에게도 이어지는 응전의 대상으로 남아 있다. 내가 나로,

우리가 우리로 살 수 있는 온전한 주체의 삶은 이다지도 힘겨운 과업이다.

한국근대문학관과 인천 중구라는 장소의 접점은 개항이라는 한 점이다. 이 한 점을 통해 쏟아지는 외래 문물이 선을 통해 퍼져 나가며 면을 이뤄 현대적 우리 삶의 근간이 되었다. 신문학과 신건축 또한 여기에 포함되어 있었다. 신문학과 신건축이 현대 문학과 현대 건축의 바탕임은 두말할 필요가 없다. 비춰 볼 거울이 아직 남아 있다는 것이 다행 아닐 수 없다.

- 한국근대문학관의 2층 공간은 노출된 목구조로 아늑하다

⋮ 1층 전시 공간 전경

⁙ 고쳐 지은 몇 동의 건물을 꿰고 있는 막대 공간

• 문학관은 고쳐 지은 흔적을 간직하고 있다

: 한국근대문학관의 전경

아리랑문학관

김산의 아리랑

님 웨일스Nym Wales는 중국에서 김산을 만났고 그의 구술을 바탕으로 김산의 생애를 기록으로 남겼는데, 이 책의 우리말 제목이 〈아리랑〉이다. 조정래는 소설 『태백산맥』을 탈고하고 다시 스스로를 글만 써야 하는 감옥으로 유폐시켜 그 글 감옥 안에서 소설 『아리랑』을 썼다. 두 책의 제목은 〈아리랑〉으로 동일한데, 제목만 같은 것이 아니라 시대적 배경이 동일하고 이 나라를 식민의 억압과 핍박에서 해방시키기 위한 고투를 기록한다는 점에서도 동일하다.

중국의 숨 가쁜 혁명기를 취재하기 위해 중국에 체류 중이던 미국의 저널리스트 님 웨일스는 중국 옌안에서 조선의 혁명가 김산을 만났다. 그녀와 그가 만난 시기는 김산이 조국의 독립과 혁명을 위해 중국 전역을 불원천리 돌아다니던 때였는데, 님 웨일스는 불꽃같은 삶을 살고 있던 조선 청년 혁명가의 생애를 기록으로 남기기로 했다. 그렇게 해서 님 웨일스의 『아리랑』이 출판되었다. 이 책은 미국, 중국, 일본 등지에서 출간되었지만, 정작 우리나라에서는 오랫동안 출간되지 못했다. 김산의 공산주의 경력 때문이었는데, 반공의 서슬 퍼런 시간이 지나고 나서야 『아리랑』은 이 땅에서 활자화될 수 있었다. 1991년 판본의 추천 글은 리영희 선생께서 쓰셨는데, 이 글에서는 인간 님 웨일스와 인간 김산의 이야기와 더불어 김산의 본명이 장지락으로 밝혀진 경위가 나와 있다. 1905년 평안북도에서 태어난 장지락이 잠깐의 일본 유학과 중국에서의 다사다난한 독립운동과 혁명에 투신하고 모함으로 사망한 해가 1938년이다. 서른네 살에 요절했으나, 그는 풋내 나는 청년이 아니라 완숙한 지식인이자 투철한 혁명가였다. 그는 일제 식민에 시름하는 조국과 핍박받는 민중 해방을 위해 중국 전역을 발로 뛰었고, 삶과 죽음이 무시로 갈리는 전장으로 나아가기를 주저하지 않았다.

그는 님 웨일스에게 그의 삶을 들려주었는데, 구술된 책의 머리에는 김산이 짓고 님 웨일스가 영문 번역한 노래 「아리랑」이 실려 있다. 그의 「아리랑」에는 삼천리강산을 잃고 압록강을 건너는 민중의 가련한 모습이 담겨 있다. 〈지금은 압록강을 건너는 유랑객〉인데 그것은 삼천리강산을 잃었기 때문이다. 그래도 그는 아리랑 아리랑 아라리요 아리랑 고개로 넘어가는 힘으로 다시 삼천리강산을 되찾아 압록강 넘어 집으로 가고자 한다. 김산의 「아리랑」은 다시 우리의 땅으로 건너오는 회귀의 아리랑이다.

떠나는 님은 잡지를 마라
못 보다 다시 보면 달콤하거늘
아리랑 아리랑 아라리요
아리랑 고개에 물새는 못 사네
아리랑 아리랑 아라리요
아리랑 고개를 넘어간다.

아리랑 고개는 열두 굽이
마지막 고개를 넘어간다.
청천 하늘에 별도 많고
우리네 가슴엔 수심도 많네.
아리랑 아리랑 아라리요
아리랑 고개를 넘어간다.

아리랑 고개는 탄식의 고개
한 번 가면 다시는 못 오는 고개
아리랑 아리랑 아라리요
아리랑 고개를 넘어간다.

이천만 동포야 어데 있느냐
삼천리강산만 살아 있네.
아리랑 아리랑 아라리요
아리랑 고개를 넘어간다.

지금은 압록강 건너는 유람객이요
삼천리강산도 잃었구나.
아리랑 아리랑 아라리요
아리랑 고개를 넘어간다.

아리랑 아리랑 아라라요
마지막 고개를 넘어간다.
동지여 동지여 나의 동지여
그대 열두 굽이에서 멈추지 않으리

아리랑 아리랑 아라리요
아리랑 아리랑 아라리요
아리랑 열세 굽이를 넘으리니.

김산의 아리랑

조정래의 『아리랑』은 대하소설이다. 큰 강이 흐르듯 유장한 소설. 열두 권 소설은 조국을 쫓기듯 떠나야 했던 방영근의 이야기로 시작한다. 아비의 빚을 갚기 위해, 자의 반 타의 반 사탕수수 이주 노동자로 하와이에 건너간 방영근의 일대기는 서글프고도 가련하다. 이 땅 이민의 역사는 자발적 이민이라고 할 수 없다. 그것은 나라를 뺏긴 국민의 참담한 디아스포라였다. 원고지 2만 장, 34년간을 시간적 배경으로 하는 소설 속 주인공이 방영근 하나겠는가. 주권 빼앗긴 조국에서 식민지 피지배자의 삶을 각각의 인간들은 어떻게 유영해 나갔는가? 친일하는 자들과 항일하는 자들, 그리고 친일과 항일 사이 수많은 회색 어느 틈에 속해 있는 소설 속 주인공들의 삶은 드라마틱한 대하소설의 장대한 풍경 속에서 찬연히 살아난다. 광복 후 75년이 지난 지금도 청산하지 못한 친일은, 〈발전적 미래〉를 위해 뒷자리로 밀려나야 하는가? 소설가 조정래는 이 물음을 부여잡고 원고지 2만 장을 채워 나갔다.

소설 말미에는 방영근의 다음 세대, 그러니까 하와이 이민 2세대들이 광복군에 자원해 임시 정부로 떠나는 장면이 나오는데 환송식에 참석한 그들 모두 눈물을 흘리며 「아리랑」을 부른다. 참혹한 삶을 살았던 나라 뺏긴 역부들의 자식들이 다시 나라를 찾기 위해 출정하며 부르는 「아리랑」은 아리랑 고개를 넘어가는 힘으로 다시 삼천리강산을 되찾아 태평양 넘어 집으로 향하는 아리랑이다.

아리랑 고개를 넘어가고자 하는 의지는 압록강도 건너고 태평양도 건너는 힘의 근원이다.

아리랑문학관

김제와 만경은 평야를 이룬다. 산지사방이 산으로 둘러싸인 이 땅에서 아득한 지평선을 김제 만경 평야에서 볼 수 있다. 인천 짠물에서 나고 자란 나는 수평선이란 단어에는 익숙한데 지평선은 김제에 내려와 징게맹게 외배미들을 보고야 체감할 수 있었다. 징게맹게 외배미들이란 표현은 김제와 만경을 덮고 있는 논들 모두는 끊김 없는 한 통의 배미란 뜻이라는데, 툭 튀어나온 곳 한 곳 없이 하늘과 일자로 맞닿아 있는 김제 만경 평야의 장대한 지평선은 외배미들이란 표현과 부합한다. 이 땅 최대 곡창. 그렇다. 곡창이다. 드넓은 호남의 검붉은 흙이 키운 벼는 우리 기층의 삶을 가능하게 하는 강력한 물적 토대였다. 그러나 빼앗을 것과 지킬 것이 많은 만큼 부침 또한 컸다. 징게맹게의 외배미들이 모두를 배부르게 한 것은 아니었다. 『아리랑』의 주된 배경이 이곳 김제 만경 일대인 것은 토지에 뿌리내리고 살아온 민중의 삶이 뿌리 뽑힌 채 압록강도 건너고 태평양도 건너야 했던 비운의 삶을 더 선명히 보여 줄 수 있는 공간이었기 때문일 것이다.

그래서 아리랑문학관 또한 이곳 김제 벽골제 부근에 세워졌다. 2003년 준공된 문학관은 소설의 장대함과 유장함과는 다르게 밋밋하고 허전하다. 조감되는 조형이나 내부 공간, 그리고 외부 공간 모두 건축적 기름기 없이 문학관을 위한 물리적 공간의 골체만으로 앙상하다. 구태여 무언가를 말해 보자면 문학관의 주 출입구 부분을 반원형으로 돌출시킨 조형 감각 정도를 말할 수 있을 듯하다. 그러나 이 정도로는 문학적 허기가 채워지지 않는다.

외배미들을 한참 달리다가 벽골제 인근에 도착한다. 근처 편의점 이름이 〈지평선 편의점〉이다. 편의점 상호가 이곳의 지형적 정체성을 대번에 알려 준다. 온통 수평의 논밭 사이에 띄엄띄엄 단층 건물들이 들어서 있다. 그중 아리랑문학관은 비교적 높은 2층으로 돌출되어 도드라진 양감으로 다가온다. 문학관 일대는 공원으로 조성되어 있고 그 한 곳에 아리랑문학관이 서 있다.

반원형으로 돌출된 입구는 이곳이 주 출입구임을 형태로 상징하고 있다. 주 출입구를 들어서면서부터는 지극히 평면적이고 예상 가능한 공간 구성의 전형이다. 홀을 제외한 1층의 나머지는 제1전시관이고, 계단을 오르면 제2, 3, 4전시관이 복도를 통해 연결되어 있는데, 이 정도가 문학관 공간 전개의 전부다. 화장실은 1층 홀이나 2층 복도에서 접근할 수 없고 출입문 반대편에 별개의 건축물처럼 부가되어 있는데, 이 분리된 화장실에 어떤 사연이 있는지는 짐작할 수 없다. 공간뿐 아니라 전시 또한 평면적으로 나열하는 수준에 머무르고 있다. 『아리랑』이라는 거대한 문화 텍스트와 문학관이 어떤 호응을 이루는지 찾기가 쉽지 않다.

문학관을 나와서도 문화적 허기는 여전하다. 문학관 일대 공원에는 기념비가 셋 있는데, 가수 현숙의 효행을 기념하는 효행비, 벽골제를 기념하는 기념비, 또 해상 강국 신라 당시 벽골제로 이주한 고대인들을 위한 기념비가 그것이다. 서로 관련성이 빈약한 세 개의 비는 하나의 공원에서 서로 겉도는 기념비 난장을 이룬다. 문화적 맥락 없는 여러 기념비와 아리랑문학관은 서로를 데면데면한 채 벽골제 수평에 몇 개의 점으로 자리하고 있다.

붙이는 글

문학관에서 가까운 거리에 있는 아리랑 문학마을에서도 맥락의 결핍은 이어진다. 문학마을을 이루는 일제 수탈관, 복원된 일제 수탈기관, 하얼빈 역사, 내촌 마을, 외리 마을 등에서 유기적 연계를 찾아보기는 힘들다. 문학마을의 중심 위치이자 관람의 시작에 해당하는 일제 수탈관은 아리랑문학관처럼 건축적으로 앙상하고, 일제 수탈 기관과 하얼빈 역사의 복원 수준은 조악하다. 『아리랑』 속 주인공들의 거처로 지어진 내촌, 외리 마을의 초가들 또한 전국 어디서나 볼 수 있는 또 다른 초가의 하나로 만들어졌다. 다만 일제 강점기의 수탈을 환기시킨다는 점에서, 그리고 안중근 열사의 히로부미 저격 장소인 하얼빈 역사를 사진이 아닌 실물 복원하여 전시하고 있다는 점에서 작은 위안을 얻는다.

소설 집필 당시 장년의 한창이던 소설가는 소설의 사실성 확보를 위해 일본, 중국, 미국 그리고 중앙아시아 등지를 헤집고 다니며 취재하여 열두 권 대작의 원고를 탈고했다. 이 방대한 소설을 일하는 틈틈이 비교적 짧은 시간에 읽을 수 있었던 것은 『아리랑』이 갖는 문학의 힘 때문이다. 인간에 대한 세밀한 관찰과 우리 역사에 대한 치열한 작가 의식이 『아리랑』을 낳았다. 만경의 평야는 벽골제로 살이 찌고 김제의 문화는 아리랑으로 풍족하다. 여기에 건축과 도시란 물리적 토대에도 기름기가 조금 더 돌기를 기대한다.

만경 평야에 노을이 잦아든다. 하늘과 일자로 맞닿은 지평선에 해가 넘어가는 장면은 장엄하다. 검붉은 빛의 옥토가 주홍 노을빛을 받아 반짝거리다 다시 새까만 심연의 검정으로 잦아들면 하루의 해넘이가 종료된다. 잠든 어린 딸을 안고 아직 젊은 아내의 손을 잡은 채 드넓은 만경 평야의 석양을 바라본다.

- 아리랑 문학마을 내 복원된 하얼빈 역사, 복원 수준은
  조악하나 실물 복원의 의미는 귀하다

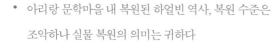 아리랑문학관 전시 공간 내부 전경

청해진 유민 벽골군 이주 기념탑, 문학관이 있는 공원에는
  탑이 여럿이다

- 벽골제 기념탑 또는 상징 탑, 문학관 공원에 있다

: 아리랑문학관의 전경

태백산맥문학관

벌교

벌교 하면 꼬막이 떠오른다. 우리 음식 문화에 익숙한 사람이라면 벌교와 꼬막의 연상 작용은 거의 무조건 반사적이다. 벌교는 꼬막이지. 하지만 우리 문학에 관심 있는 사람이라면, 벌교 하면『태백산맥』이 번뜩 떠오른다. 벌교는 꼬막만큼이나『태백산맥』을 마음속에 불러일으킨다.

전라남도 보성군 벌교읍은 지금 지방 소읍 마을의 잔잔한 풍경을 이룬다. 저밀도 저층의 건물군과 마을 회관, 우체국, 파출소 그리고 벌교 초중고등학교 등의 낮은 공공 건축물들이 벌교천을 기준으로 이쪽과 저쪽에 낮게 엎드려 퍼져 있고 부용교, 벌교 금융 조합, 보성여관 등 일제 강점기 근대적 건축물들이 군데군데 섞여 있다. 벌교의 오늘은 조용하다.

그러나 해방을 전후하여 벌교는 펄펄 끓는 공간이었다. 일제 강점기 벌교는 항일 투쟁의 중심지였고 해방 후 벌교는 좌익과 우익 대립의 격전지였다. 좌익이 세를 얻으면 우익이 쪼그라들었고, 다시 우익이 득세하면 좌익은 쫓겨 나갔다. 해방 이후부터 6·25 전쟁 종전 때까지 좌우의 권력 교체가 수차례 이뤄졌는데, 이 과정에서 좌와 우라는 이념적·사상적 편향으로 아주 많은 벌교의 필부필부가 무고하게 죽어 갔다. 이 죽음은, 어느 누구의 표현처럼, 한 무리의 죽음이 아니라, 무수히 많은 개개인 낱낱의 무수히 많은 개별적 죽음인 것이다. 이 무수한 죽음은 과연 무엇을 위한 것인가? 조정래는 이 물음에 답하기 위해『태백산맥』에서 1948년부터 1953년, 만 5년간의 이야기를 열 권의 대하소설로 복원했다.

태 백 산 맥

소설의 제목 〈태백산맥〉은 한반도 북쪽 끝과 남쪽 끝을 세로로 관통하는 우리 국토의 등뼈 산줄기다. 우리 국토의 땅덩이는 이 태백산맥 산마루 줄기를 따라 좌우로 흘러내려 완성되었으니, 이는 남과 북이 이념적으로 또 정치적으로 갈라진 것과 무관하게, 우리가 한반도 한 터전에 붙박여 사는 같은 무리의 겨레임을 환기시킨다.

조정래는 좌우익 대립의 격전장이었던 벌교를 통해 우리 역사의 참혹한 장면을 재생시킨다. 터부시되었던 우리의 역사, 좌익과 빨치산과 빨갱이가 서로 어떻게 물려 있는지 소설은 보여 준다. 5차 교육 과정에서 교육받은 나는 빨갱이는 곧 빨간 피부의 뿔난 괴물과 다름없다고 교육받았는데(「간첩 잡는 똘이장군」에서 악당은 빨간 망토를 두르고 송곳니가 무서운 괴물 돼지로 등장하는데, 이 시대 어린이를 대상으로 하는 반공 만화 대부분이 이러했다)『태백산맥』에서는 뿔난 괴물이 아니라, 그들의 사회주의적 신념에 투철한 실천적 집단으로 등장한다.

『태백산맥』은 빨치산 이야기다. 1948년 여순 사건으로 시작하는 소설은 남한에서 활동하는 공산주의자들과 이들을 저지하려는 반공주의자들, 그리고 이도 저도 아닌 자들의 죽고 사는 이야기다. 염상진과 하대치 등은 〈인민해방〉을 목표로 벌교를 중심으로 무력 투쟁하는데, 미군정 밑에서 득세한 반공주의자들이 이를 가만히 둘 리 만무하다. 지리산 산속으로 들어간 〈인민해방〉 전사들로 이 땅 빨치산의 역사는 시작되었고, 그렇게 빨치산은 빨갱이와 이음동의어가 되었다. 1983년부터 1989년까지 소설이 연재되는 동안, 대한민국은 제5공화국에서 제6공화국으로 바뀌었으나 권력의 정점은 계속해서 군인 대통령이었다. 반공 지상주의 국가에서 소설가가 겪은 곡절은 깊다.

소설가 조정래는 소설을 집필하고 연재하는 동안 줄곧 국가의 감시와 생각을 달리하는 집단들에게 고발과 고소를 당했는데, 그것은 빨갱이를 빨갱이〈답게〉 서술하지 않았다는 용공성 시비에서 비롯되었다. 빨갱이다운 것은 또 무엇인가? 공산주의가 이데올로기적 용어라면 빨갱이는 그 이데올로기에 씌워진 혐오와 낙인의 표현이다. 빨갱이는 그 자체로 타도와 척결 대상인데, 그런 빨갱이를 투철한 신념으로 과감하게 행동하는 집단으로 묘사한 것이 빨갱이답지 않은 서술의 요지라 하겠다. 연재 소설이 완결되어 열 권 단행본으로 간행된 것이 1989년인데, 21세기를 완연히 넘은 30년이 넘은 지금도 빨갱이의 유령이 우리 사회를 배회하는 것은 『태백산맥』의 비극이 아직 현재 진행형임을 상기시킨다. 그래서 벌교에 가서는 꼬막을 먹는 것만큼이나 태백산맥문학관에 가보는 것을, 특히 똘이장군 시대에 교육받은 내 또래 세대들에게 권유하는 바다.

태 백 산 맥 문 학 관

태백산맥문학관은 소설가 조정래와 나이가 꼭 같은 건축가 김원이 설계했다. 문학관 건립 기록에 따르면 문학관이 들어설 부지를 소설가가 직접 고른 듯한데, 부지는 벌교읍을 두루 조망할 수 있는 제석산 산자락에 위치한다.

문학관 설계는 경사진 산자락 부지에 건물을 어떻게 얹을까 하는 문제에서부터 시작되었다. 건축가는 언덕을 크게 잘라 내고 건물을 앉혀, 산 아래에서는 문학관이 조망되지 않고 출입구가 있는 면에서야 건축물의 윤곽이 눈에 들어온다. 산자락을 파내고 그 안에 문학관을 쏙 집어넣은 이유에 대해 건축가는 이렇게 말한다.

소설이 그려 낸 분단의 아픔은 산의 등줄기를 잘라 내는 아픔과 비견될 것이었다. (……) 그 등줄기가 잘라지는 아픔을 그대로 보여 주어야 했다.

분단의 아픔이 산의 등줄기를 잘라 내는 아픔으로 치환되고 그것이 다시 잘라 낸 땅에 건축물을 앉혀 그 아픔을 상기시키는 것으로 연결되는데, 나는 여기서 건축가의 자의적 의미 부여가 관람객들에게 온당하게 다가갈 수 있는지 의심스럽다. 마치 유리가 투명하기 때문에 관공서를 유리로 만들어 행정의 투명함을 보여 주고자 한다는 식의 건축 설계의 변 같은 느낌이다. 과연 그러한가? 과연 절토된 산자락은 분단의 아픔을 환기시키는가? 분단과 절토의 일대일 대응이라는 건축가의 의미 부여는 언어의 도움을 받지 못한다면 온전히 작동되지 않을 것이 분명해 보인다.

또 하나 태백산맥문학관에서 언급할 부분은 절토된 거대한 옹벽에 설치된 화가 이종상의 벽화다. 〈원형상 — 백두대간의 염원〉이라는 제목의 높이 8미터, 폭 81미터의 거대한 옹석 벽화는 박물관의 규모에 뒤지지 않는데, 벽화와 문학관의 거리가 3~4미터에 불과하며 그나마 외부에서의 접근이 통제되어 있다. 거대한 벽화는 오직 건물 내부에서만 관람이 가능한데, 내부에서는 거리 확보가 쉽지 않아 벽화가 한눈에 조망되지 않는다. 벽화를 향해 계획적으로 북향으로 커다란 창문을 냈음에도, 그리고 벽화가 문학관의 중요한 전시의 일부임에도 불구하고 벽화는 파편으로 다가온다. 전체를 조망할 수 없는 대작 벽화는 마치 우리에 갇힌 거대한 야생 짐승처럼 느껴지고, 문학관은 야생 짐승을 가두는 우리로 작동한다.

문학관은 앞서 언급한 절토와 벽화의 사연을 제외하고는 평평범범하다. 한 면만 노출된 주 출입구의 파사드는 특이할 것 없이 단순하고, 전시와 공간 또한 예측 가능한 정도에 머무른다. 다만 전망 탑에서는 산자락 등고(等高)의 도움을 받아 벌교 일대를 두루 굽어볼 수 있다. 문학관을 나와 다시 벌교 중심지로 발길을 옮긴다.

큰 문학관

보성여관에 여장을 푼다. 『태백산맥』 속 남도여관의 당시 실제 이름이 보성여관인데, 이곳은 지금 등록 문화재가 되어 여전히 사람들이 자고 가는 여관으로 기능하고 있다. 여관의 입면을 이루는 가로와 세로

선들이 얇고 정연해서 일본식 가옥의 분위기를 전해 준다. 어린 딸을 데리고 여관을 나와 이른 저녁으로 꼬막을 먹고 벌교 금융 조합을 구경하고 소화다리도 왔다 갔다 건너 본다.

소설가 김훈은 기자 시절에 『태백산맥』을 읽고 보성 벌교를 문학 기행하며 이렇게 썼다.

> 벌교는 자연 취락이 확장된 마을이다. 도시 계획의 행정력이 미치지 못하는 이면 도로의 얼개는 계통이 불분명한 옛길의 구도 그대로다. 그 옛길의 구도 속에 역사의 단층들은 벌거벗은 채 드러나 있다. (……) 남도여관(보성여관)이나 (……) 남초등학교 (……) 북초등학교 (……) 남원장 요정 (……) 벌교금융조합, 청년단 건물들이 자연 취락의 구도 속에 그대로 들어앉아 있다. (……) 노래방, 단란주점, 미장원, 약국, 목욕탕, 우체국이 마주 보는 일상의 거리 모퉁이마다 들어서서 누렇게 바래어 가고 있다. 그 시가지의 풍경은 난해했다. 일상성의 바로 한 차원 앞에 그렇게 거대한 역사의 상흔이 잇닿아 있었다.[1]

김훈의 글처럼 지금의 작은 마을 벌교는 거대한 역사의 상흔이 일상의 삶 사이사이에 남아 있으며, 박제된 채 부유하는 것이 아니라 용도 변경하며 일상성의 생명을 유지한 채 벌교의 역사적 층위를 두껍게 하고 있다. 그래서 벌교는 마을 자체가 태백산맥문학관의 확장이라 할 수 있다. 작은 문학관(태백산맥문학관)과 큰 문학관(벌교읍)을 두루두루 찬찬히 걸어 본다.

---

1 김훈·박래부, 『김훈·박래부의 문학기행 둘 — 제비는 푸른 하늘 다 구경하고』, (서울: 따뜻한손, 2004), 158쪽.

- 문학관 내에 걸린 조정래의 이미지
- 보성여관, 『태백산맥』의 주요 공간인 남도여관의 모델
- 문학관 내부 전시 공간 전경

- 태백산맥문학관 건립 기록에 삽입된 절토의 개념 스케치
- 복원된 소설 속 소화의 집 넘어 보이는 문학관의 전망 탑

문학관 내부에서는 맞은편 옹석 벽화가 보인다

박경리기념관

통영

　　나는 남쪽 바닷가 마을 삼천포 처가를 갈 때마다 삼천포의 동서로 놀러 다닌다. 서로는 남해와 하동, 조금 멀게는 순천과 여수 등지로 놀러 가고, 동으로는 고성과 통영, 그리고 조금 멀게는 부산, 김해 등지로 놀러 간다.

　　삼천포 대방동에서 출발해 77번 국도를 타고 남해 해안선을 따라 고성군 하이면, 하일면, 삼산면을 거쳐 고성읍을 통과하면 통영시에 진입하게 된다. 통영은 북쪽으로는 고성군을 접하고 나머지 모두는 바다로 둘러싸인 외통의 내륙이다. 통영은 고성을 거쳐 가거나 배로만 갈 수 있는 외진 곳이다. 그러나 외통의 통영은 풍요롭다. 따뜻한 남쪽 바닷가 마을은 물산이 풍요롭고 그 물산을 이리 짜고 저리 짓는 예인들의 기예로 풍요롭다.

　　남해 유서 깊은 마을의 너른 바다는 물속 생명을 살려 왔고 쏟아지는 햇살은 뭍의 생명을 키워 왔다. 많은 생명 살리고 건사하는 통영의 산천은 이 땅 어느 곳보다 넉넉하고 풍요로워 보인다. 넉넉한 자연의 베풂과 풍요로운 물산, 그리고 수려한 풍광은 통영의 많은 문화 예술인들을 길러 내는 자양분이었다. 조선 시대부터 통영은 훌륭한 전통 공예품들을 만들어 내는 예인들의 고장으로 이름이 높았다. 그리고 우리 근현대 문화 예술계를 빛낸 시인 유치환, 작곡가 윤이상, 시인 김춘수, 화가 전혁림, 소설가 박경리 모두가 이곳 통영이 키워 낸 통영의 아들과 딸이었다.

　　통영의 딸 박경리는 고향 통영을 이렇게 묘사했다.

통영은 다도해 부근에 있는 조촐한 어항(漁港)이다. 부산과 여수 사이를 내왕하는 항로의 중간 지점으로서 그 고장의 젊은이들은 〈조선의 나폴리〉라 한다. 그러니만큼 바닷빛은 맑고 푸르다. 남해안 일대에 있어서 남해도와 쌍벽인 큰 섬 거제도가 앞을 가로막고 있기 때문에 현해탄의 거친 파도가 우회하므로 항만은 잔잔하고 사철은 온난하여 매우 살기 좋은 곳이다. (⋯⋯) 어장을 경영하여 수천 금을 잡은 어장 아비들의 진출이 활발하였고, 어느 정도 원시적이기는 하나 자본주의가 일찍부터 형성되었다. (⋯⋯) 대부분의 남자들이 바다에 나가서 생선 배나 찔러 먹고사는 이 고장의 조야하고 거친 풍토 속에서 그처럼 섬세하고 탐미적인 수공업이 발달되었다는 것은 좀 이상한 일이다. 바닷빛이 고운 탓이었는지도 모른다. 노오란 유자가 무르익고 타는 듯 붉은 동백꽃이 피는 청명한 기후 탓이었는지도 모른다.[1]

생선 배 찔러 먹고사는 남자들의 조야하고 거친 풍토의 고장이지만, 잔잔하고 온화한 기후, 원시적이나마 자본주의가 일찍 형성된 경제적 풍토, 고운 바닷빛과 노오란 유자와 붉은 동백꽃이 지천에 널린 고장에서 공예가, 그리고 그로부터 빚어진 문예가 발달되었다는 것은 전혀 이상해 보이지 않는다. 고향 통영을 자신 인생의 모든 자산이자 36년간 문학의 지주와 원천으로 삼았던 작가 박경리의 수줍은 고향 자랑이라고 나는 생각한다.

박경리

일제 강점 막바지에 태어난 박경리는 우리 근현대사를 온몸으로 통과하며 살아 냈다. 그녀는 그 격변과 격동의 시간, 그리고 다사다난한 사건의 궤적을 꿰뚫는 수많은 소설을 발표하며 이 땅 여러 군상의 지난

---

1 박경리,『김약국의 딸들』(서울: 마로니에북스, 2013), 9∼11쪽.

했던 삶을 풀어냈다. 소설가 박경리의 글은 작중 인물들 삶의 희로애락을 극적으로 노정시키지 않으며, 조용하고 차분한 문체와 인간에 대한 깊은 통찰과 애정으로 삶의 표층과 심층 모두를 드러낸다.

1962년 발표된 『김약국의 딸들』은 통영에 뿌리내리고 살아온 관(官) 약국(藥局)의 의원 김성수 일가의 몰락을 그리고 있다. 이 몰락은 개인의 일탈 또는 급작스러운 돌발 상황에 따른 몰락이 아니라, 구한말과 일제 강점이란 시대적 변화에 얽힌 서사적 몰락이다. 김약국이라 불리는 김성수, 그리고 그의 아내 한실댁, 더불어 그들의 딸 용숙, 용빈, 용란, 용옥, 용혜는 모두 시대에 휩쓸리며 힘겨웠다. 시대상의 변화와 한 가족의 비극이 한 권의 장편소설 속에서 생생하다. 이 생생한 비극의 공간적 배경이 통영이다. 그리고 25년간 연재된 대하소설 『토지』에서 통영은 어떤 배경으로 등장하는가? 원고지 4만여 장 분량인 『토지』의 공간적 배경은 경남 하동 평사리에서 시작해 간도와 만주를 넘나든다. 그중 통영은 악인 조준구의 아들이자 그 아비의 악행에 고통스러워하는 맑은 마음을 갖고 있는 꼽추 조병수가 죽음의 문턱에서 생환하여 안착한 마을로 등장한다. 꼽추 조병수는 아비의 악행을 혐오하다 통영으로 흘러들어 구사일생했는데, 거기서 소목 일을 배워 그 일로 먹고살다 소목으로 대성한다. 대목은 집을 짓는 일이고 소목은 그 집에 들어가는 생활잡기 등을 짓는 일이다. 꼽추의 장애를 갖고 있는 그가 대재목을 다루는 대목 일을 하기는 어려웠을 것이다. 그는 소목 일을 천하게 여기지 않았다. 꼽추 조병수는 생활 소용에 닿는 가구 만드는 일에 정성을 다했다. 그에게 소목 일은 현대적 개념의 예술이었다. 예인 조병수는 통영의 문화적 정체성을 상징하는 인물이었고 그에게 통영은 예술적 영감과 재생의 근원적 공간이었다.

소설가 박경리는 김약국 내외와 다섯 딸을 통해 시대의 비극을 통영이라는 공간적 배경에서 보여 줬고, 예인 조병수를 통해 통영의 문화적 정체성을 그려냈다. 통영이란 장소는 소설가 박경리 스스로 말한 바와 같이 그녀 인생의 모든 자산이자 문학의 지주와 원천임이 분명하기에, 이곳 통영에 그녀를 기념하기 위한 기념관이 자리하고 있다는 것은 지극히 당연해 보인다. 박경리기념관의 장소로 통영은 부족함이 없다.

박 경 리 기 념 관

　　차는 고성읍을 지나 통영시 도산면으로 들어선다. 비 오는 날의 통영 이곳저곳은 비에 젖어 번들거렸다. 통영 길가에 퍼져 있는 물기와 짠 내는 이곳이 바닷가 마을임을 상기시킨다. 차는 다시 총연장 591미터, 폭 20미터의 통영 대교를 건넌다. 아치형 트러스에 케이블을 연결해 다리 상판을 지탱하고 있는 통영 대교는 토목 구조물의 기능에 충실할 뿐 미학적 기교와는 거리가 멀어 보인다. 다리를 건너 몇 킬로미터 더 가면 미륵산 자락에 있는 박경리기념관에 도착한다. 통영시는 통영이 낳은 소설가 박경리를 기념하기 위한 기념관을 세웠다. 기념관은 관록의 건축가 류춘수가 2008년에 설계해 2010년에 개관했다. 기념관은 미륵산을 뒷산으로 삼고 남해 너른 바다를 앞에 두고 있는 배산임수의 전형으로 앉아 있다.

　박경리기념관은 직육면 입방체의 단순한 볼륨으로 기단에 해당하는 지하 1층 위에 네모반듯한 적벽돌의 입면이 부유하듯 올려져 있다. 적벽돌 입면 군데군데 벽돌을 돌출시켜 민짜의 입면은 돌출 벽돌이 만들어 내는 음영으로 무료함을 덜어 낸다. 박경리기념관은 산기슭 완만한 경사지에 놓여 있는데, 건축가는 굴곡진 땅의 높낮이를 변형시키지 않으면서 자연스럽게 건물을 앉히고 유연한 동선을 만들기 위해 누하 진입(樓下進入) 방식으로 관람객을 유도한다. 우리 산지 사찰들에서 많이 보이는 누하 진입은 누 밑을 통과해 이쪽에서 저쪽에 이르는 진입 방식을 의미한다. 경사진 땅을 헐거나 하지 않고 건물을 앉혀 낮은 이쪽을 통과해 높은 저쪽으로 흘러가게 한다. 이는 낮은 곳에서 높은 곳으로, 닫힘에서 열림으로, 또 어둠에서 밝음으로 바뀌는 전이적 공간 체험을 의미한다. 누하 진입은 다만 물리적 좌표가 바뀌는 것을

270

넘어 진입하는 공간 체험자의 심상을 가지런히 누르고 고양시키는 장치다. 기념관은 밑의 층에 해당하는 사무동 덩어리와 세미나실 덩어리가 기둥처럼 전시관 덩어리를 받치고, 관람객들은 그 전시관 덩어리 밑을 통과해 위층 전시관으로 향하게 된다. 관람객들은 이 과정을 통해 마음을 한 번 가다듬고 박경리의 문학 세계로 접근한다.

박경리기념관의 전시관은 가운데에 중정을 둔 〈ㅁ〉자 형 평면이다. 관람객들은 주 출입구를 시작으로 시계 방향으로 전시물을 보고 들어온 곳으로 다시 돌아온다. 전시관으로의 접근이 입체적인 데 반해, 전시관의 공간 구성은 비교적 단순하고 관람 동선은 대체로 단선적이다. 기념관은 전형적인 선형(線形) 전시관의 동선과 공간 구조로 이뤄져 있다. 관람객은 건축가가 만들고 큐레이터가 배치해 놓은 전시물을 일방향으로 이동하며 관람하게 된다. 효율적이지만 밋밋하다. 또한 전시관 중앙에 놓인 중정은 유리창으로 둘러싸여 있는데, 창으로 흘러드는 자연광과 전시관을 밝히는 인조광이 원만한 조화에 이르지 못해 실내 전시관의 조도와 분위기는 어정쩡한 상태에 머물고 있다. 단순한 전시 구성과 어정쩡한 실내 밝기와 분위기는 아쉬움으로 남는다.

이 아쉬움은 외부 공간에서 상쇄된다. 기념관 사방이 초록 잔디이고 정원인데 기념관 뒷길을 따라 올라가면 추모 공원 내 박경리 선생의 묘소에 이른다. 묘소에서 미륵산을 등지고 바라보는 통영 앞바다는 일대 장관이다. 박경리기념관의 전체적인 모양새와 만듦새는 크게 독창적이거나 화려하지 않다. 다소 평범해 보이는 기념관은, 그러나 노숙한 건축가의 차분한 배치와 수더분한 조형 감각으로 박경리의 문체를 닮은 고요한 기념관으로 완성되었다. 비에 젖은 기념관은 아름다웠다.

- 박경리기념관의 외벽, 튀어나온 벽돌이 그림자를 만들어 낸다
- 기념관의 로비 공간

- 박경리기념관의 전경
- 박경리는 유고 시집 『버리고 갈 것만 남아서 참 홀가분하다』를 남기고 소천하셨다

·· 『김약국의 딸들』이 담긴 통영의 모형

팔 할의 시정 **미당시문학관**

나를 키운 건 팔 할이 바람이다

전라남도 고창군 부안면 질마재에 있는 미당시문학관은 건축가 김원이 설계한 건축물 중 백미라 할 만하다. 작고 단출한 규모와 달리 문학관은 쟁쟁한 시적 울림을 주는데, 시인의 시와 시 세계를 담고 있는 건축물로 부족함이 없어 보인다. 문학관으로 들어서는 마당 입구 한 곳에는, 〈나를 키운 건 팔 할이 바람이다〉라는 시구가 걸려 있다. 우리 근현대 문학사의 화석화된 명문이라 할 만한 「자화상」의 한 구절을, 나는 지금도 사랑한다.

〈애비는 종이었다〉로 시작하는 「자화상」은 파뿌리같이 늙은 할머니와 달을 둔 어매, 그리고 갑오년에 집 나가 돌아오지 않는 외할아버지를 지나 스물세 해 자신을 키운 건 거의 모두가 바람이라고 말한다. 이 바람의 정체는 무엇인가? 어떤 바람이기에 사람의 자식을 키웠단 말인가? 나는 시의 함축과 은유, 혹은 세상을 노래하고 또 읽는 이의 마음을 움직이는 시의 작동 원리를 잘은 모르지만, 시는 일대일 대응을 용납하지 않는다고 배웠고 그렇게 알고 있다. 미당이 말한 바람은 아마 질마재 줄포 앞바다에서 불어오는 밤바람이거나, 아마 질마재 뒤편 소요산 자락에서 불어오는 낮바람이거나, 아니면 갑오년이라던가 동학과 농민 혁명과 망국이 뒤엉킨 구한말 질곡의 바람이거나, 그도 아니면 또 무슨 바람이거나 했을 것이다. 그 무수히 많은 바람이 서정주를 미당으로 키웠는데, 「자화상」을 쓸 당시 미당 서정주의 나이가 스물셋이었다. 조숙이런가 노숙이런가, 아니면 천부적 재능이런가. 미당은 우리 근현대 시를 대표할 만한 주옥같은 명시를 약관의 나이에 이미 써버렸다. 때는 일본 제국주의의 광기가 절정에서 꼴깍꼴깍하던 1941년이었다.

　이후로도 미당의 정점은 거의 계속 이어졌는데, 그 절정의 절정이자 완숙의 꼭짓점이 여섯 번째 시집『질마재 신화』다. 질마재는 미당이 나고 자란 곳이다. 그의 머리꼭지가 굳고 성정이 자리 잡은 그곳은 그의 시 세계의 물리적 바탕이자 정신적 근원이라 할 만하다. 이 작고 한가한 시골 마을의 첫날밤에 버림받은 신부와 외할아버지를 그리는 외할머니와 노래 기똥차게 하는 상가수, 오줌 기운 대찬 이 생원네 마누라님, 명태 대가리까지 먹어 치우는 눈들 영감 등 질마재 사람들의 일상은 신화와 서로 얽혀, 마치 삶이 꿈인가 꿈이 삶인가 하는, 어떤 토속화된 도가풍의 시정을 전해 준다. 이 시정은 구어체의 산문시로 풀리면서 읽는 이의 마음속에 질마재의 신화를 불러일으키며 삶 또는 일상의 곤고함에 지친 우리의 마음을 위로하고 달래 준다. 이 위로와 위안을 나는 미당의 시를 읽으며 느끼는데, 스물셋 나이에 이미 절창에 다다른 미당을 키운 바람이 무엇인지 계속 궁금하다.

질마재의 문학관

　　　　전라남도 고창은 경기도 북부 한강 변 언저리에 사는 내게 먼 곳이다. 물리적으로도 그렇고 마음으로도 그렇다. 경기 북부에 자리 잡고 서울에서 직장 생활을 하는 내가 아이와 아내와 함께 놀러 가는 곳은 대부분 영서나 충북이고 잘해야 영동이나 충남이다. 처가 어르신들께서 삼천포에 계시니 대전-통영 간 고속도로가 닿는 경북과 경남 일대도 두루 놀러 다니는데, 전라도는 전북이나 전남이나 내게 먼 곳이다. 그래도 전라도는 멀고 낯설지만 낯설어서 설레는 곳이기도 하다. 태인 막걸리와 변산반도, 그리고 미당시문학관을 보러 전라도로 향한다.

　서해안 고속도로는 서해안에 바짝 붙어 남과 북을 연결하는데, 이 도로를 타고 계속 내려가다 선운산 IC에서 빠져나와 다시 서쪽으로 달린다. 그러면 고창읍과 부안면을 가로막는 소요산 자락 질마재를 넘어 질마재 마을에 도착한다. 질마재는 질마 고개를 뜻하기도 하고 그 고개에 붙어 있는 고창군 부안면 선운리와 오산리 일대의 마을을 뜻하기도 한다. 고개 이름과 마을 이름이 두루 질마재다. 지금이야 743번 지방도가 줄포 앞바다를 따라 들어서 있지만 미당이 질마재 신화를 써 내려간 당시에는 질마재의 고갯길이 대처로 나아갈 수 있는 유일한 길이었다. 지금은 외통수에서 벗어난 질마재 마을이련만, 나는 아내와 딸과 함께 질마재 고개를 넘어 미당시문학관에 도착한다.

글 첫머리에서 말했듯 미당시문학관은 관록의 건축가 김원이 설계한 건축물 중 으뜸이라고 나는 생각한다. 지금은 우리 건축판 최고 고참 원로가 된 건축가 김원은 1997년 50대 중반, 건축가로서 가장 뜨거운 나이에 미당시문학관을 설계했다. 문학관은 미당 생전에 계획되어 미당 몰후(歿後) 한 해 뒤에 완공되었다.

문학관은 폐교된 초등학교를 고쳐 지었다. 학교 건물과 운동장의 얼개를 그대로 유지하고 일자로 도열한 네 개 동의 건축물 중 가운데 교무실 동만 걷어 내고 그 자리에 탑과 같은 건축물 한 동을 신축했다. 좌우에 남은 세 개 동은 외벽 형태의 큰 얼개를 유지한 채 지붕과 내외부의 헌 곳을 새로 덧대어 고쳐 지었다.

가운데 새로 지은 건축물은 전망 탑이자 전시관인데 올라가는 계단의 면적과 부피가 전체의 반이니, 계단 탑인지 전시관인지 아니면 최상부 전망을 위한 전망 탑인지 헷갈린다. 계단의 면적이 반이나 되는 건축 계획, 그러니까 가로세로 7.2미터의 정사각형 평면에 반이 계단이니 전시 등 활용 가능한 한 개 층의 평면 면적은 나머지 반, 그러니까 8평(약 26제곱미터)이 채 안 되는 면적이다. 8평을 쓰기 위해 8평의 이동을 위한 계단을 만들었으니, 이는 건축 계획 각론 관점에서는 꽝이다. 그러나 건축이 특정 용도의 쓰임만을 위해 복무한다면 슬픈 일이다. 건축은 뮤즈의 영역이기에 그러하다. 오 할 활용 건축물을 계획한 건축가의 변을 이래저래 찾아봤으나 확인할 수가 없다.

그러나 그 변을 꼭 확인할 필요 없다는 생각이 들었다. 건축가의 변을 옮겨 적는 것이 의미 없고 그 변이 실제 건축물과 부합하는지 따져 보는 일도 미당의 문학관에서는 큰 의미가 없어 보였다. 이 건축물을 문학적·시적 서정으로 살펴보고 싶었기 때문이다. 이 건축물을 서게 한 것은 오 할이 기능이고 오 할이 시정(詩情)이다. 아니다. 팔 할이 시정이리라.

미당시문학관

예전 봉암초등학교 선운분교의 운동장은 이제 미당시문학관의 앞마당이 되었다. 문학관은 소요산을 뒷산으로 하고 넓은 운동장을 앞마당으로 두고 있다. 건축가는 문학관의 넓은 앞마당으로 들어가는 입구부터 개입한다. 사찰의 불이문처럼 문학관의 입구 구조물은 이곳과 저곳의 영역을 선언적으로 구분한다. 노출 콘크리트의 입구 구조물은 〈ㄷ〉자를 시계 방향으로 90도 꺾어 놓은 모습으로 단출하다. 단출한 입구에 들어서면 넓은 앞마당과 그 뒤 일렬로 도열한 문학관이 눈에 들어온다.

앞마당보다 어른 키 높이 정도 높은 곳에 세 개의 낮은 박공지붕 건축물과 그 중간에 돌출된 전망 탑, 그리고 전망 탑의 반 토막보다 조금 낮은 화장실 용도의 구조물이 앞마당의 평지와 뒷산의 곡선 중간에 있으며 시각적 조화를 이룬다. 옛 분교의 정연한 창이 난 낮은 건물은 점토 기와와 함석 기와를 얹은 박공지붕으로 되어 있고, 띄엄띄엄 창이 나 있는 돌출된 전망 탑과 중간 높이 화장실 탑(?)의 거친 질감의 노출 콘크리트 표면에는 담쟁이넝쿨이 얽혀 있다. 이 단순한 증축과 리모델링의 배열은 낮음-높음-낮음-중간-낮음의 리듬을 발생시키는데, 이 리듬에 복고적 입면과 현대적 입면, 그리고 담쟁이의 그물 같은 덩굴이 변주처럼 섞여 대단히 안정적이면서도 동시에 동적인 분위기를 연출한다. 미당시문학관은 문학관을 이루는 몇 개 동의 건축물 군집이 만들어 내는 운율적 효과만으로도 이미 문학관으로서 역할을 충실히 수행하는 것으로 느껴진다.

278

밖을 둘러보았으니 문학관 안으로 들어간다. 입구는 맨 우측에 치우쳐 있다.[1] 관람객의 동선은 우측 로비에서 전시관-전망 탑-전시관으로 이어진다. 전망 탑을 제외한 낮은 박공지붕의 건축물들은 기존 폐교의 지붕을 걷어 낸 뒤 목재 틀을 얹고 그 목재 틀을 시각적으로 노출시켰다. 평지붕 아래 민짜의 천장을 걷어 내고 목재 틀의 선적 구조 자체를 의장으로 활용했다. 이로써 문학관은 무료하거나 장식적이지 않으면서도 박공 아래 공간을 온전히 내부로 편입시키며 관람객들에게 시각적 즐거움을 주고 있다. 나는 로비를 거쳐 첫 번째 전시관을 지나 바로 전망 탑을 오르지 않고 두 번째 전시관을 마저 들른 후 마지막으로 전망 탑에 오른다.

이 전망 탑은 반쪽 면적의 전시관을 위한 계단이라기보다 오르는 것 자체가 목적이다. 무엇을 위해 오르는가? 정답이 있겠는가마는 이 계단은 줄곧 꺾이면서 계단참을 돌아 오르는데, 그 오르는 사이사이 건축가가 열어 놓은 몇 개의 선별된 구멍을 통해 질마재의 풍경이 들어온다. 차경(借景). 차경은 건축하는 이들이 자주 또 즐겨 언급하는 용어인데, 차경의 과소비가 심하고 허울이 심해 너저분한 관념적 차경이 식상할 때가 대부분이다. 그런데 건축가가 절제하며 뚫어 놓은 몇 개 남짓한 구멍은 질마재의 풍경을 그야말로 그림같이 포착한다. 이 구멍을 통해 소요산과 선운사, 줄포 앞바다, 질마재 신화가 현실화된 마을의 풍경이 그림같이 달려드는데, 이 구멍은 유리로 막혀 있으나 〈풍경〉 그야말로 〈바람(風)의 경(景)〉을 담아낸다. 건축가가 만든 바람의 경은 미당을 키운 그 바람의 은유였을까? 이 풍경 통로의 계단 공간에

<hr>

1   2001년 개관한 문학관은 2014년 리모델링을 큰 폭으로 했는데, 이 작업은 원 설계자가 수행하지 않았다. 리모델링 전에는 전망 탑으로 바로 진입할 수 있는 입구가 있었는데 리모델링 후에는 폐쇄되었고 내부 문 위치에 전시 벽이 설치되어 안에서는 문의 존재조차 확인할 수 없다. 또한 전망 탑 내부도 많이 변경되었는데, 전시를 위해 덧붙인 것이 많다. 이 과잉은 전망 탑의 원 설계 의도를 현저히 저해하고 있는데, 2014년 당시 리모델링은 개선이라기보다 개악에 가까워 보인다. 이 글은 리모델링 전 문학관의 원 설계 의도와 글쓴이가 10여 년 전 방문했을 때의 공간과 느낌을 회상하며 쓰였음을 밝힌다.

붙어 있는 전시실이 오히려 부속 공간의 느낌을 주는 것은 이 계단실이 갖는 시적 울림 때문일 것이다. 이 풍경의 창을 경유해 끄트머리 전망 탑에 이르면 질마재의 너른 풍광이 와락 쏟아진다. 한 개 층 16평(약 53제곱미터) 평면에, 18미터 높이의 작은 건축은 제물 치장(노출) 콘크리트, 그러니까 표면을 덮고 있는 다른 재료 없이 콘크리트의 제물 그대로가 치장 역할을 하는데, 이 거친 질감의 내외부 표면 질감이 현실과 신화가 얽히는 미당의 시, 그 시를 위한 문학관과 공명하면서 문학적·시적 오라를 뿜어낸다.

단죄

친일은 지울 수 없고 지워질 수 없는 악업이다. 나라를 팔아먹는 매국 뒤에는 내 나라 동포들의 피눈물이 엉겨 붙어 있다. 이 나라 친일 문인들은 그 피눈물을 짜내는 데 앞장섰다. 미당의 친일은 그의 아름다운 시에 가려 잘 보이지 않는다. 미당 서정주는 본인의 친일 행위에 대해 종천순일(從天順日), 하늘의 뜻에 따라 일제에 순응했을 뿐이라고 별 대단치 않은 일처럼 이야기했다. 과연 그러한가? 피 흘리며 항일한 순국선열들께서 기가 찰 후안무치한 뻔뻔함이다. 스물세 살 나이에 절창에 이른 시인의 자기변명이 망측하면서도 파렴치하다.

비시 정부 밑에서 나치에 부역한 프랑스 문인들이 단죄된 것을 생각하는 일이 착잡하다. 시인의 시는 시로서 봐야 하고 행위는 행위로 봐야 한다는 미당의 어떤 동료 문인의 말도 헛헛하다. 전망 탑 3층 한 곳에는 미당의 친일 문학이 전시되어 있다. 성전(聖戰)에 나가서 싸우다 죽으라는,[2] 미당의 글을

---

2 「마쓰이 오장 송가(松井伍長頌歌)」. 아아 레이테만은 어데런가./언덕도/산도/뵈이지 않는/구름만이 둥둥둥 떠서 다니는/몇천 길의 바다런가.//아아 레이테만은/여기서 몇만 리런가……//귀 기울이면 들려오는/아득한 파도 소리……/우리의 젊은 아우와 아들들이/그 속에서 잠자는 아득한 파도 소리……//얼굴에 붉은 홍조를 띄우고/갔다가 오겠습니다/웃으며 가더니/새와 같은 비행기가 날아서 가더니/아우야 너는 다시 돌아오지 않는다.//마쓰이 히데오!

보는 마음이 참담하다. 그러나 미당시문학관에 미당의 친일이 기록되어야 함은 마땅하다. 나를 키운 건 팔 할이 바람이라는 주옥같은 명문과 더불어 종천순일했다는 파렴치한 변명 또한 우리는 알아야 한다. 부정으로부터 불화는 시작된다. 치욕을 딛고 일어설 수 있을 때 비로소 우리의 오늘은 위로받을 것이고 온전한 내일이 시작될 것이다.

그대는 우리의 오장 우리의 자랑./그대는 조선 경기도 개성 사람/인씨(印氏)의 둘째 아들 스물한 살 먹은 사내.//마쓰이 히데오!/그대는 우리의 가미가제 특별 공격 대원./귀국 대원.//귀국 대원의 푸른 영혼은/살아서 벌써 우리게로 왔느니./우리 숨 쉬는 이 나라의 하늘 위에,/조용히 조용히 돌아왔느니.//우리의 동포들이 밤과 낮으로/정성껏 만들어 보낸 비행기 한 채에/그대, 몸을 실어 날았다간 내리는 곳./소리 있어 벌이는 고운 꽃처럼//오히려 기쁜 몸짓 하며 내리는 곳./쪼각쪼각 부서지는 산더미 같은 미국 군함!//수백 척의 비행기와/대포와 폭발탄과/머리털이 샛노란 벌레 같은 병정을 싣고/우리의 땅과 목숨을 뺏으러 온/원수 영미의 항공모함을/그대/몸뚱이로 내려쳐서 깨었는가?/깨뜨리며 깨뜨리며 자네도 깨졌는가-//장하도다/우리의 육군 항공 오장(伍長) 마쓰이 히데오여!/너로 하여 향기로운 삼천리의 산천이여!/한결 더 짙푸른 우리의 하늘이여!//아아 레이테만이 어데런가./몇천 길의 바다런가.//귀 기울이면/여기서도, 역력히 들려오는/아득한 파도 소리……/레이테만의 파도 소리…….

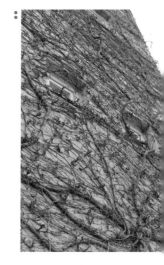

• 문학관의 동과 동 사이를 이어 주는 공간

⫶ 제물 치장 콘크리트와 담쟁이는 브루털리즘적 야성미를 뿜어낸다

⫶• 전망 탑의 금속문, 안이 전시 벽면으로 막혀 있어 문의 기능을 잃었다

　⫶⫶ 전망 탑의 창

풍경이 된 시간   고암이응노생가기념관

홍성의 두 건축물

　　충청남도 홍성에는 내가 사랑하는 두 건축물이 있다. 하나는 홍동면 일대 홍동 마을에 있는 밝맑도서관이고, 또 하나는 홍북읍 중계리에 있는 고암이응노생가기념관이다. 밝맑도서관은 건축가 이일훈이 설계했는데, 나는 지방에 내려갈 일이 있으면 일없이 도서관에 들러 놀다 가곤 한다. 총각 때는 혼자서 마을 여기저기 돌아다니다 도서관에 들러 책을 읽었고, 아이 아빠인 지금은 아이와 함께 이것저것 놀거리를 찾아 신나게 논다. 도서관 뒤편에서 기르는 마을 염소들한테 풀 몇 가닥 먹이기도 하고 도서관 마당에서 얼음땡 놀이도 한다. 도서관 옆 그물코 출판사 앞마당에 터 잡고 사는 마을 고양이들도 관찰하고 느티나무 헌책방에서 책 구경도 한다. 이것저것 놀다 지치면 다시 도서관에 가서 책을 잠깐 읽는다.

　　고암이응노생가기념관은 화가 이응노가 태어나고 자란 곳에 세워졌다. 화가가 태어난 원래 집은 사라진 지 오래이지만, 화가를 기념하기 위해 그의 생가가 복원되었고 또한 바로 옆에 그의 작품세계를 전시할 기념관이 세워졌다. 건축가 조성룡이 설계한 기념관은 2011년 개관했는데, 건축 면적은 1천 제곱미터의 비교적 작은 규모이지만, 그 놓인 땅의 면적은 건축 면적의 스무 배가 넘는 2만 제곱미터에 이른다. 너른 대지에 작게 자리하고 있는 기념관은 부드럽고 완만한 굴곡의 부지 위에 단층의 낮은 높이로 유순하게 앉혀 있다. 도서관에서 놀기 바빠 아직 어린 딸과는 같이 가보지 못했지만 언젠가 같이 와서 기념관 앞 너른 연밭에서 놀고 갈 계획이다.

동백림과 화가

　　동백림. 남해안 어느 바닷가 마을에 피어 있는 동백꽃 무리가 떠오르는 단어 〈동백림〉은 〈동(東)베를린〉을 한자로 음차하여 표기한 단어다. 1967년 파리에서 그림을 그리던 화가 이응노는 〈동백림 사건〉에 연루되어 2년 6개월의 무고한 옥고를 치렀다. 2006년 〈국가정보원 과거 사건 진실 규명을 통한 발전 위원회〉는 이 사건이 1967년 6·8 부정 총선 규탄 시위를 잠재우기 위해 정치적으로 이용된 조작 사건이라고 발표했다. 동백림 사건은 군부 독재 시절 정치권력에 의해 조작된 수많은 용공 조작 사건 중 하나인데, 화가 이응노뿐만 아니라 작곡가 윤이상과 시인 천상병 등도 이 사건에 연루되어 어처구니없는 옥고를 치렀다.

　　당시 독재 권력은 아직 발표하지 않은 조작 사건 당사자인 이응노를 〈국위 선양자 초청〉이라는 거짓말로 프랑스에서 귀국시켜 별안간 투옥했다. 그렇게 이응노는 형 집행 정지가 되기 전까지 2년 6개월의 투옥 생활을 했다. 하지만 화가의 신체는 구속할 수 있었으나 그의 정신은 감금할 수 없었다. 이응노는 옥중에서 휴지와 밥풀, 간장과 고추장 따위로 그림을 그려 가며 귀한 예술혼을 이어 나갔다. 사면 후 프랑스로 돌아가 계속해서 뜨거운 예술혼을 이어 갔다.

　　이응노는 1904년 충청남도 홍성의 한적한 시골 마을에서 태어났다. 전통 서화가로 등단한 그는 일본으로 건너가 서양화와 일본화를 배웠고 조국의 해방과 전쟁 난리 통에도 정력적인 작품 활동을 이어 갔다. 지천명을 넘긴 나이에 파리로 건너간 그는 유럽에서 화가로서 이름을 날리기 시작했는데, 그즈음 발생한 동백림 사건의 옥중 생활은 그의 예술혼을 오히려 고양하는 계기가 되었다. 구한말 태어난 이응노는 전통과 근대, 그리고 동양과 서양이라는 격절의 고해를 뜨겁고 정열적인 예술혼으로 도해했다.

　　그의 그림에 대한 프랑스와 서양 화단의 인정 여부는 부차적인 것이다. 이응노의 그림에 응축되어 있는 코즈모폴리턴적 예술혼과 그 반짝이는 범세계적 결과물이 우리에게는 더욱 값진 것 아니겠는가. 조국 대한민국으로 돌아갈 수 없었던 그는 결국 1983년 프랑스로 귀화했다. 윤이상이 독일인 작곡가가 되고 이응노가 프랑스인 화가가 된 이유에는 국가 권력의 반문화적이고 반인권적인 행태가 놓여 있다. 〈한국계 프랑스인〉 이응노는 관성과 타성에 투항하지 않으며 끊임없이 새로운 그림의 세계로 나아갔다. 그는 인종·민족·빈부·취향·남녀·노소·표정을 알아볼 수 없는, 그리하여 구분할 수 없고 구분할 필요 없는, 떼 지어 있는 사람들의 그림 「군상」 연작을 그리다가 1989년 프랑스 파리에서 영면했다.

이응노의 집

　　　　　　영면하기 한 해 전 이응노는 〈예술은 자신의 뿌리를 드러내는 작업입니다. 나는 충남 홍성 사람입니다〉라고 말했는데, 2011년 충청남도 홍성군 홍북읍 중계리에 그가 태어난 생가 복원과 함께 그를 기리는 기념관이 지어졌다. 기념관은 현상 설계 공모를 통해 당선된 건축가 조성룡이 설계했다.

　이응노가 나고 자란 곳은 월산과 용봉산이 불뚝하고 논과 밭이 평평한 평온한 작은 마을이었다. 고암이응노생가기념관에 서면 가까이 월산의 유순한 산자락이 보이고 멀리 용봉산의 우뚝한 산마루가 눈에 들어온다. 그 사이에 논과 밭이 지천으로 펼쳐져 있는데 그 한편에 복원한 이응노의 생가와 그를 위한 기념관이 납작 엎드린 채 산과 논과 밭의 풍경 속에 안온하게 편입되어 있다. 이응노는 그의 예술적 영감의 원천이 산과 논과 밭이 어우러진 홍성 마을의 서정이라고 술회했다.

　작가의 작품 세계가 그가 자란 유년 시절의 환경과 반드시 일대일 대응하는 것도 아닐 것이며, 불가분의 관계를 맺는 것 또한 아닐 것이다. 그러나 작가의 현재는 과거에서 비롯되는바, 그 과거는 작가의 바탕을 이루는 무시하지 못할 토대임이 분명하다. 이응노 예술혼의 심연에는 용봉산, 월산, 덕숭산의 등고(等高)와 논밭의 완만한 굴곡이 자리하고 있다.

건축가 조성룡은 〈선생의 생가 터에 이응노의 집을 새로이 지으면서, 이 땅에 깃든 그 (예술혼의) 켜를 찾아 드러내고자 했습니다〉라고 말했다. 그래서 건축가는 3백 평(약 1천 제곱미터) 남짓한 기념관 설계에 앞서 그 놓인 6천 평(2만 제곱미터) 땅덩어리의 만듦새에 고민했다. 기념관 규모는 크지 않지만 건축가가 구상한 기념관의 전체 얼개는 장대하다. 건축가는 이응노가 나고 자라며 그의 눈과 마음에 담은 등고와 굴곡 무늬를 복원하여 기념관에 오는 이들에게 그대로 보여 주려 했다. 그래서 오래된 지도와 지적도, 이응노가 그린 고향 풍경의 그림들을 뒤져 가며 구부러진 길과 굴곡진 땅의 형상을 복원했고, 그 위에 작은 기념관의 덩어리를 잘게 쪼개 얹어 놓았다. 복원된 땅은 푸른 잔디와 연밭과 소로(小路)로 얽히며 서정적이고 목가적인 풍경으로 자리하는데, 작은 기념관은 화룡점정처럼 찍혀 있다.

이제 시선과 발길을 돌려 기념관으로 향한다. 기념관은 로비와 기획 전시실이 긴 직사각형 평면으로 중심축을 이루고, 이 축의 측면에 상설 전시실 네 개 동이 덧붙어 있다. 건축가는 기념관이 단일한 덩어리가 되었을 때 생기는 도드라지는 양감을 거북스러워한 것으로 보인다. 그는 작은 기념관의 전시실을 잘게 나눠 어긋나게 배열하고 그 나눠진 실의 높낮이를 조절해 공간적 구분을 도모하며 그 사이사이에 창을 뚫어 산과 논과 밭의 풍경을 끌어들였다. 이로 인해 완숙한 경지에 오른 노련한 노(老)건축가의 세련되고 섬세한 상세detail가 기념관 전체에 투영되면서 기념관의 안과 밖이 정제되고 고요한 분위기로 완성될 수 있었다.

이응노기념관은 조형적 오브제로 도드라지는 대신 평온한 작은 마을의 풍경 속에 녹아들어 있으며 연밭과 밭두렁과 대숲과 채마밭과 함께 충남 홍성 예술가의 혼을 편안하게 담아내고 있다. 이응노는 충남 홍성 사람이고 이응노를 기리는 기념관은 충남 홍성에 있다. 이응노가 바라보던 풍경과 우리가 지금 바라보는 풍경이 서로 같다.

상전벽해

　　　　　1989년 대전시가 대전직할시(1995년 대전광역시로 개칭)로 승격하면서 대전은 충청남도에서 분리, 독립했다. 그러나 대전의 충남 이탈에도 불구하고 충남도청은 오랫동안 대전에 머물러 있었다. 2013년에 이르러서야 충남도청은 무거운 자리를 털고 일어나 홍성군 홍북읍 신경리로 이전했는데, 도청의 홍성 이전과 함께 홍북읍 일대는 내포신도시로 지정되었다.

　새로 지어진 충남도청은 전국 곳곳에 지어진 다른 지방 자치 단체 건축물과 꼭 같다. 형태와 색깔은 서로 전혀 다르지만 그 꼴 지워진 근본과 바탕은 서로 다르지 않다. 건축물에 부과한 개념은 과다하나 그 실체는 빈약하다. 과다한 개념은 소화 불량으로 거북해 보이며, 정작 그 안에 일상의 삶이 힘겹게 끼여 있는 형국이다. 내포신도시를 채우고 있는 다종다양한 건축물 또한 다른 신도시의 건축물과 꼭 같다. 그것들은 자본의 틀 안에서 〈기능〉과 〈개념〉이란 손쉬운 방법론을 통해 무한 복제 재생산되고 있다. 2013년 홍북면에 벼락같이 들어선 도청과 신도시로, 면의 행정적 지위는 읍으로 승격되었지만, 새로 만들어진(그리고 아직도 만들어지고 있는) 물리적 삶의 바탕 속에는 과연 역사성과 장소성, 그리고 정체성 등과 같은 정신적 가치들이 온전히 담겨 있다고 할 수 있는가? 이 물음에 대한 답은 회의적이다.

　이응노기념관은 내포신도시 지척에 있다. 도청에서 7킬로미터 남짓, 차로 10분도 걸리지 않는 거리다. 이제 내포신도시는 혁신 도시라는 지위를 더해 날로 상전벽해 중인데, 이 변화의 압박으로부터 이응노의 집은 너무 가까이 있다. 사라져 가는 것이 너무 많은 만큼 우리의 기억 또한 저 멀리 사라져 가고 있다.

- 이응노생가기념관의 전경, 언덕 위에 잘게 쪼개져 놓여 있다
- 기념관 내부의 전시 공간 전경

• 기념관 쉼터 공간, 창밖 풍경이 와락 눈에 들어온다

: 상설 전시실과 기획 전시실을 연결해 주는 공간

- 상설 전시실의 전경(1)
: 상설 전시실의 전경(2)

너른 연밭을 앞에 놓고 홍동산을 뒤에 둔 기념관

이응노생가기념관의 전경

닫는 글   박물관, 자기 정체성 찾기의 여정

박물관학자 도미니크 풀로Dominique Poulot는 말한다.

> 박물관 관람은 개인으로 하여금 자신의 정체성을 끝없이 찾도록 하는 계기가 되는데, 왜냐하면 이것이야말로 개인과 박물관이 맺는 상호 관계의 궁극적인 목적이기 때문이다.[1]

그렇다. 그런데 좀 더 엄밀히 말하자면 어떤 주제의 박물관을 관람할지 고민하고 결정하는 단계에서부터 이미 관람자의 자기 정체성 찾기 여정은 시작된다. 〈내가 알고 싶은 것은 무엇인가?〉라는 물음은 내가 서 있는 자리(현재)에 대한 자문인 동시에, 내가 비롯된 자리(과거)와 내가 있어야 할 자리(미래)에 대한 물음으로 확장된다. 박물관과 자아 정체성은 이렇게 관계를 맺는다. 이것이야말로 박물관과 개인 사이 궁극적인 관계 설정이다.

박물관을 주제로 한 이 책 또한 어쩌면 지극히 개인적인 정체성 찾기의 부산물일지 모른다. 책에 언급되는 박물관의 목록에서부터 이미 글쓴이 본인의 선정 의지가 개입되어 있기 때문이다. 아슐리안 주먹 도끼의 날카로움이 어느 정도인지 궁금하고, 전태일이 분신한 이유가 궁금하고, 빨치산이 궁금하고, 미당의 문학과 그의 친일이 궁금하고, 자이니치 예술가들의 고민이 궁금한 것은 결국 글쓴이 개인의 관심에 따른 것이다.

1 도미니크 풀로, 『박물관의 탄생』, 김한결 옮김(파주: 돌베개, 2014), 20쪽.

이 글은 앞서 〈여는 글〉에서 밝힌 바 있거니와, 뮤즈와 공간 사이를 무시로 오가며 쓰였는데, 공간 또는 건축을 꼭지마다 빠뜨리지 않고 언급했지만 정작 나의 주된 관심은 공간(건축/형식)보다 뮤즈(주제/내용)였음을 고백한다.

시적 울림이 있는 공간은 우리의 정신을 고양할 수 있음이 분명하다. 건축을 전공한 나는 그렇게 믿는다. 아름다운 공간에서 우리의 정신은 맑게 깨어나고 화사하게 만개한다. 그렇지만 공간의 울림에 앞서는 것은, 그 공간이 무엇을 위해 만들어졌는가? 혹은 어떻게 존재하는가? 하는 물음이라고 나는 늘 생각했다.

낡은 술통 속에서도 디오게네스는 무치(無恥)의 행복을 누렸고, 위리안치의 한 뼘 초가삼간 마당에서도 다산의 학문이 만개했으며, 야전의 지붕 없는 노지 허당 속에서도 체 게바라의 자유 의지는 활활 불타올랐다. 박물관의 알짜는 관um이라기보다 박물Muse이라 하겠다. 그래서 이 책에서는 〈건축적〉인 관점에서 크게 주목할 만한 점이 없거나, 심지어 마뜩잖은 박물관도 여럿 언급되었다. 박물의 내용을 온전하고도 적확히 포섭하고 있는 뮤지엄이 있는가 하면, 물론 그렇지 못한 뮤지엄도 있는 것이 당연하다.

전곡선사박물관의 유려하고 반짝이는 곡면의 외피보다 한탄강에서 돌멩이를 이리 깨고 저리 떼는 원시 인류의 삶을 향한 의지를 상상하는 일이 더욱 감동적이었음을 말씀드린다. 또한 임옥상 화백의 아름다운 글씨가 박힌 기념관보다는 전태일이 어린 여공들에게 풀빵을 사 먹이는 장면이 떠올라 더욱 가슴 뭉클했음 또한 사실이다. 반대로, 인천상륙작전기념관의 드라마틱한 공간이 무엇을 위해 복무하는지 생각하는 것이 고통스러웠으며, 미당 시문학관의 문학적인 시적 공간과 종천순일을 언급하는 서정주를 연결하는 것 또한 난해했음을 말씀드린다.

그렇기에 박물관 건축의 세련됨과 공간의 안온함만큼이나 그 박물관의 주제가 무엇인지 고민해 보기를, 이 글을 읽는 여러분께 간곡히 말씀드린다. 그렇지만 불완전한 형식에 내용 또한 가지런히 담길 수 없음은 자명하다. 맞춤한 형식의 옷을 입을 때 내용은 더 명징하게 떠오른다. 아름다운 박물관은 뮤즈와 엄이 어긋남 없이 온전히 만났을 때 가능할 것이다. 이 땅에 좀 더 많은 찰떡궁합의 뮤즈-엄, 뮤지엄이 세워지길 기대한다.

한 뼘 스마트폰이 시공간을 압축해서 우리 눈앞에 펼쳐 보이는 세상은 실로 놀랍다. 그러나 발로 걷고 손을 놀리며, 냄새 맡고 귀로 들으며 눈으로 보는 오감의 존재인 우리에게 직접 관람과 직접 체험은 스마트폰의 작은 액정 속 세계와 질적으로 다른 차원임이 분명하다. 우리 모두 직접 뮤지엄으로 갔으면 좋겠다. 가는 길을 즐기고 보는 일을 즐기면서, 내가 있는 곳과 내가 비롯된 곳과 내가 깃들 곳을 생각해 보기를, 이 글을 읽는 여러분과 함께할 수 있기를 소망한다.

※

제주에서 김포로 향하는 비행기 안에서, 안치운 선생님께서는 당신 젊은 시절의 이런저런 이야기를 들려주셨습니다. 때때로 밥과 술을 사주시며 삶을 들려주시는 안치운 선생님께 깊은 존경의 인사를 드립니다.

인천건축사회관에서 맥줏집으로 걸어가는 길 위에서, 전진삼 선생님께서는 젊음의 비결을 밝게 사는 마음이라고 말씀해 주셨습니다. 건축판 이곳저곳 귀한 자리에 불러 주시는 전진삼 선생님께 깊은 감사의 말씀을 드립니다.

다 쓴 원고를 출판사에 전달한 바로 다음 날, 아버지께서 돌아가셨습니다. 어머니 옆에서 잠들 듯 돌아가신 이유로 저는 임종을 지키지 못했습니다. 비가 오는 저녁 아버지께서는 그렇게 조용히 우리 가족 곁을 떠나가셨습니다.

아버지는 당신의 아버지와 평생 불화하셨습니다. 서로의 기대는 언제나 어긋났고 그 뒤엔 언제나 적막이었습니다. 울분과 원망과 회한의 삶을 사신 아버지는 평생 값싼 술로 스스로를 달래셨습니다. 아들인 저는 아버지의 기꺼운 친구가 되어 드리지 못해 슬펐습니다.

아버지 입관식에서 목놓아 울었습니다. 아버지의 한스럽고 외로웠던 삶이 측은하고 애처롭고 딱해서 계속 울었습니다. 눈이 내리는 삼우제 때 할아버지와 할머니와 아버지의 납골함을 가족묘에 함께 봉안해 드렸습니다. 그곳에서 평생을 불화했던 부자가 10년 만에 다시 만났습니다. 부디 아버지께서 당신의 아버지와 화해하시고 평생의 시름과 고통을 내려놓으셨으면 좋겠습니다.

스물다섯 살 즈음인가, 충남 서산에 있는 개심사에 처음으로 가봤습니다. 그곳이 너무 좋아 그 후에도 여러 번 더 갔습니다.

결혼하기 전 홀몸 총각으로 갔을 때의 일입니다. 무량수각 뒤편 툇마루에 앉아 기둥에 머리를 대고 설핏 잠이 들었을 때, 댕댕댕, 댕댕댕, 추녀 끝 풍경 소리에 잠이 깼습니다. 아니, 풍경 소리를 들으며 잠이 든 것 같기도 합니다. 흔들거리는 물고기 모양의 추가 작은 종을 때리며 댕댕댕거렸는데, 바람이 소리를 불러오는구나, 풍경이 바람 소리구나, 라고 생각했습니다. 바람 소리가 아득하니 마음을 위로해 줬습니다. 그래서 나중에 배 속 딸의 태명을 바람 소리라고 지어 줬습니다.

바람 소리였던 배 속 아이가 엄마에게서 빠져나와 예서가 되어 어느덧 초등학생이 되었습니다. 커가는 딸을 보면서, 어린아이는 어미와 아비가 키우는 것과는 또 다르게, 스스로 크는 존재임을 깨닫습니다. 까만 머리통에 드는 햇볕만으로도 아이는 자라는 듯합니다. 자라는 어린 딸을 볼 때마다 기특하면서도 눈물겹습니다. 어린 딸에게서 항상 커다란 삶의 위로와 위안을 얻습니다. 그리고 어린 딸을 바라보며 희망을 생각합니다.

방랑벽 있는 아빠와 함께 때론 업혀서, 때론 안겨서, 때론 스스로 걸으며 항상 함께해 준 바람 소리 내 딸 예서에게 이 세상 그 누구보다 사랑한다는 말을 전합니다.

추천의 말 　죽음의 집에서 인간의 집으로의 귀환

　　　　　　세상에 완전한 소멸은 없는 법, 박물관은 진열된 제물과도 같은 죽음을 감상하는 곳이다. 박물관은 죽은 것들의 잔해 혹은 영정을 모아 놓아, 다시 생명을 부여하는 곳처럼 보일 때가 있다. 아주 오래된 박물관에 가면, 기억과 아름다움의 기원은 저 아래로 쏟아져 내리는 심연과도 같은 죽음이라는 것을 깨닫게 된다. 박물관에 들어서는 것은 일상의 삶을 버리는 일, 죽음으로 들어서는 일이다. 그 공허의 터널을 지나 나오게 되면, 아니 죽음이라는, 삶의 부재라는 위험을 감수하고 나오게 되면, 박물관은 새로운 삶을 선택하게 되는 공간이 된다.

　이 책의 제목은 『뮤지엄 건축 기행』이고 내가 처음 읽었을 때 부제는 〈거의 모든 것에 바친 공간들〉이었다. 처음 원고를 접했을 때, 제목을 얼핏 보고, 부제는 아예 읽지 않았다. 그러다 프롤로그라고, 원고의 맨 앞, 여는 글을 거의 다 읽어 갔을 때, 읽고 있던 글귀에 밑줄을 쳤다. 우연한 일이었고, 그렇게 하고 싶었을 따름이다. 글을 다 읽고 보니, 밑줄 친 글귀는 이 책의 부제였다. 저자인 그와 독자인 내가 일치했다는 생각이 절로 들었다. 공교롭다. 부제가 매력적이었다. 뮤지엄, 즉 박물관의 주체는 〈모든 이〉이고, 그 공간에 바친 것은 〈그러니까 우리 모두에게 다가온 역사〉일 터이다. 저자는 우리 모두를 대신해서 죽음의 공간으로 갔고, 살아 돌아와서 이 글을 남겼다(다만, 부제가 없어져 아쉬울 뿐이다).

　저자는 건축으로 밥벌이하고, 건축과 관련된 글을 쓰는 작가다. 그는 이미 건축에 관한 몇 권의 책을 출간했다. 저자를 가까이하고, 더러 만나 밥과 술

그리고 이야기를 나누는 사이인데, 언제 전국의 박물관을 돌아다녔으며, 이런 글을 남겼는지 자못 궁금하다. 이 글을 쓰는 동안 그는 이웃들에게 이러한 사실을 전혀 언급하지 않았다. 건축 설계하는 일로 바쁘다고 하면서 그는 혼자 다녔다. 이 책은 그가 방문했던 우리나라 박물관들을 다섯 개의 장으로 분류한 내용을 담고 있다. 박물관은 도시 복판에서부터 산기슭, 산자락, 산비탈을 거쳐 넓은 산중에 이르기까지 흩어져 있다. 그것을 다섯 개의 주제로 나누어 글을 썼다. 저자는 잘 알려진 박물관을 서술하기도 하고, 많은 이가 알지 못하는 박물관을 찾아가서 주소지처럼 박물관의 분명한 내용을 샅샅이 보고 글로 옮겨 담기도 했다. 저자처럼, 우리는 뮤즈보다 먼저 박물관을 찾을 수 없다. 박물관을 찾는 이는 늦게 가서 모든 것을 읽어 내는 존재일 터이다. 박물관을 찾는 행위의 핵심은 최후의 인간이 되는 데 있다.

멀리서 보면, 박물관은 꽃을 잘라 꽃병에 넣고, 죽어서 흩어져 있거나 누워 있는 것을 한데 모아 놓은 묘지와 같다. 침묵하는 공간인 박물관은 죽어 있는 사물의 기억과 박물관을 찾는, 살아 있는 방문객의 현재 사이에 위치한다. 박물관은 삶의 그림자, 죽음의 얼굴이기도 하다. 저자는 명상의 단계처럼, 이 책의 내용을 다섯 개의 주제로 동여맸다. 주제들은 박물관의 풍경처럼 보인다. 첫 번째 주제인 사물과 사람 사이에서는 돌, 쇠, 그릇, 종이, 자동차와 같은 박물관의 원형을 정리했다. 첫 장의 서술이 돌에서 자동차에 이르는 인류 문명사와 연결 짓는 것은 당연한 노릇이다. 그래서 전곡에 있는 선사박물관에 관한 글이 이 책의 맨 앞에 있다. 그렇게 하면서, 건축 전공인 저자답게 박물관을 설계한 건축가, 건축으로서 박물관에 대한 평론도 잊지 않는다. 두 번째 주제는 토착과 강박이다. 일본 제국주의의 지배를 받았던 조선의 식민 근대 문물을 담은 박물관에 관한 장이다. 당연히 전통이나 토착에 대한 희원과 더불어 이입, 모방, 섞임에 대한 저자의 통찰은 분명하고 또한 정연하다. 그것은 우리 문화와 삶의 정체성을 확인하기 위한 박물적 시선의 결과다. 여기에서는 대한제국역사관에서 시작해 독립기념관을 거쳐 제주민속자연사박물관에까지 가닿게 된다. 세 번째 장은 기억을 저장하는, 이 책이 보여 주는 가장 보편적인 박물관 이야기다. 여기서 저자는 박물관의 기원인 기억의 문제를 말하되, 집단 기억과 탈집단 기억, 죽음의 기억, 인권의 기억, 산화한 기억을 세분화하고, 충무공이순신기념관에서 전쟁과여성인권박물관, 제주4·3평화공원기념관을 거쳐 전태일기념관에 이르기까지 두루 섭렵하고 있다. 박물관을 찾는 저자의 발걸음이 지칠 만할 무렵, 이 책은 아름다움을 기억하는 박물관으로 독자를 이끈다. 박물관의 이름마저 조붓한 조랑말박물관에서 시작해 국립현대미술관 서울관을 관통한다. 그 마지막 장은 시, 소설, 그림에 바친 공간으로서의 박물관에 관한 서술이다. 한국근대문학관, 아리랑문학관, 태백산맥문학관, 고암이응노생가기념관 등에 관한 것이다.

건축을 전공한 저자는 이 책에서 기억이라는 박물관의 내용뿐만 아니라, 공간으로서 박물관에 대한 서술도 빼놓지 않는다. 저자는 디오게네스를 말할 때는 낡은 술통을, 다산 정약용을 언급할 때는 위리안치의 한 뼘 초가삼간을, 체 게바라를 본받고 싶을 때는 지붕 없는 노지 허당 속을 들여다본다. 이 책에서 아름답고, 저자의 노력이 빛나 보이는 대목은 이처럼 외피로서의 박물관보다는 박물관의 박물, 즉 삶을 향한 의지를 상상할 때다. 유명한 작가의 아름다운 글씨가 박힌 공간에 들어서는 자기 자신을 기억하는 것이 아니라, 전태일 열사처럼, 어린 여공들에게 풀빵을 사서 나눠 주는 장면을 떠올리는 때다. 그렇게 될 때, 기억으로서의 〈뮤즈muse〉와 공간으로서 〈엄um〉이 오롯이 만나는, 저자가 박물관을 읽고 말하는 희망은 간결하고 뚜렷해진다.

원고를 다 읽고 나자, 저자가 말미에 적은 것처럼, 박물관을 찾은 발품의 정성을 다시금 떠올리게 되었다. 〈발로 걷고, 손을 놀리며〉 박물관이 끊임없이 쏟아 내는 침묵을 〈귀로 듣고, 눈으로 보며, 냄새 맡는〉 경험. 이 책은 그것을 재현한다. 누구보다도 저자는 뮤즈의 비명에 맨 먼저 꽂힌 존재였고, 그가 쓴 글은 그의 육신을 삼킨, 숨길 수 없는 뮤즈의 소리였다. 그 소리를 들을 때, 박물관은 꽃처럼 피어나는 것, 그러나 원시림과 같은 박물관을 거닐 수는 있지만 그곳에서 지속적으로 살 수는 없을 터, 산 자가 캄캄한 심층으로 떨어질 수는 없는 노릇이기 때문이다. 그렇게 해서, 저자의 건축 설계는 죽음에서 생의 향기를 가져오는, 살아 있는 인간의 집으로의 귀환일 것이다.

안치운, 호서대학교 연극학과 교수, 연극 평론가

최우용

건축 설계를 하고 관련된 글을 쓴다. 건축가 이일훈에 관한 평론으로 건축비평상을 수상했다. 일본 근현대 건축을 주제로 한 논문으로 석사 학위를 받았다. 이런저런 매체에 이런저런 글과 『일본건축의 발견』, 『다시, 관계의 집으로』 등 몇 권의 단행본을 썼다. 건축 매체 『와이드AR』의 편집 위원으로 해당 매체에 여러 글을 쓰고 있다.

paperwall210@naver.com

뮤지엄 건축 기행

지은이 최우용 **발행인** 홍예빈·홍유진 **발행처** 미메시스
주소 경기도 파주시 문발로 253 파주출판도시
대표전화 031-955-4000 **팩스** 031-955-4004
홈페이지 www.openbooks.co.kr **email** webmaster@openbooks.co.kr
Copyright (C) 최우용, 2022, Printed in Korea.
ISBN 979-11-5535-276-2 03810
발행일 2022년 7월 10일 초판 1쇄 2022년 11월 15일 초판 2쇄

미메시스는 열린책들의 예술서 전문 브랜드입니다.